KB078598

강한 채로 회귀

강한 채로 회귀 7

홍성은 퓨전 판타지 장편소설

초판 1쇄 찍은 날 § 2024년 3월 22일
초판 1쇄 펴낸 날 § 2024년 3월 29일

지은이 § 홍성은
펴낸이 § 서경석

총괄팀장 § 황창선
편집책임 § 김우진
디자인 § 스튜디오 이너스

펴낸곳 § 도서출판 청어람
등록번호 § 제387-1999-000006호
등록일자 § 1999. 5. 31
어람번호 § 제1-3228호

본사 § 경기도 부천시 부일로 483번길 40 서경B/D 3F (우) 14640
편집부 § 서울특별시 구로구 디지털로 272 한신IT타워 404호 (우) 08389
전화 § 02-6956-0531 팩스 § 02-6956-0532
http://www.chungeoram.com
E-mail § chungeorambook@daum.ne

ISBN 979-11-04-92514-6 04810
ISBN 979-11-04-92495-8 (세트)

도서출판 청람

7

[완결]

강한 채로 회귀

홍성은 퓨전 판타지 소설

FUSION FANTASTIC STORY

강한 채로 회귀

목차

1장
—
인류

인과는 충분했다.

미궁에서 튀어나온 인류는 모두 내게 작든 크든 빚을 지고 있었다.

내가 [인류의 챔피언]을 자칭한다고 한들 말도 안 된다고 코웃음 칠 존재는 드물다.

아니나 다를까.

내 힘이 [지구의 챔피언]이었던 때보다도 훨씬 강렬하게 차오르기 시작했다.

되새겨 보면 내가 지구를 위해 한 일은 그리 많지 않았다.

굳이 따지자면 이 은하의 분신체를 소멸시켜 지구에 색채와 영혼을 되찾아 준 것?

물론 이거 하나가 워낙 커서 [지구의 챔피언]이었던 시절에도 힘을 콸콸 써 댈 수 있긴 했지만……

기본적으로 나는 인류를 위해 일했지, 지구를 위한 적은 그리 없다.

그렇기에 이런 차이가 나는 것이리라.

[네, 네놈……!]

지구의 경악성이 내게는 극찬으로 들렸다.

그러나 다음 순간, 경악할 차례는 내 순서였다.

[그렇다면 네놈이 그렇게 좋아하는 인류를 내 손으로 멸절시켜 주마!]

내 눈앞에서 악몽이 되풀이되려고 한다.

지진, 화산, 해일, 태풍.

온갖 수단을 다 동원해, 지구는 지표면의 인류를 모조리 죽여 없애려고 들었다. 그 광경은 문명 멸망 직전, 내가 지하 벙커로 숨어들기 전에 보았던 광경이기도 했다.

"허락할 수 없다."

나는 그러한 지구의 의지를 막아섰다.

당연히 물리적으로야 막아설 수 없다.

그래서 나는 특별한 수단을 동원해야 했다.

[운명 조작★★★]

지구가 당장 저지른 짓을 없었던 일로 되돌렸다.

[뭣?!]

지구의 경악성이 그윽하지만, 아무 대가도 지불하지 않고 이런 이적을 일으킬 수야 없는 노릇이다.

이번 [운명 조작★★★]의 대가는 바로…….

[내 힘이… 이럴 수가!]

지구의 힘이었다.

은하 너머의 존재들과 겨루기 위해서 지구의 힘은 필수불가결.

이런 쓸데없는 내전 때문에 그 힘이 뭉텅 잘려 나갔다.

내게는 큰 손해다.

당연히 지구에겐 더욱 큰 손해고.

[네놈, 무슨 짓이냐!]

"그건 내가 할 말 아니야?"

불쾌하기 짝이 없다.

나는 지구를 노려보았다.

물론 [비밀 교환★★★]으로.

"쓸데없는 짓 말고 잠들어라."

[운명 조작★★★]을 통해 지구의 의지를 잠재우는 데에 필요한 대가는 단 하나.

지구의 의지가 다시 깨어날 가능성이다.

이 말은 곧 이번에 지구의 의지를 재워 버리면 필요할 때 깨울 수 없다는 의미였으나, 이런 놈이라면 차라리 영원히 재워 버리는 게 낫다.

그래도 고향 행성의 의지라고 존중해 주려고 했지만, 이런 식으로 자해에 가까운 판단만 반복한다면 참아 주는 데에도 한계가 있다.

[네, 네 이놈……!]

"자라."

[운명 조작★★★]이 발동했고, 지구의 의지는 잠들었다.

물론 행성으로써의 기능까지 잠든 건 아니었다.

그냥 평범한 행성이 된 것일 뿐이다.

그런데 여기서 또 의외의 일이 일어났다.

지구의 의지를 영원히 잠들게 한 탓인지, 어지간한 대성좌 하나, 아니, 여럿을 죽였을 때와 비슷한 양의 힘이 내게 깃든 것이 그것이었다.

"…사망 판정이었나?"

하긴 영면에 든다는 표현이 사망이랑 같은 의미로 통하긴 하지.

다만 신경 쓰이는 것은 내가 이 사실을 미리 인지하지 못했다는 점이었다.

"역시 이대로는 안 되겠어……."

[비밀 교환★★★]만으로는 알 수 없는 비밀이 있다.

적 본체가 다른 비밀로 자신의 주변을 둘러 진짜 비밀을 지키는 것도 그렇고, 이번 사건 또한 그랬다.

이로써 [비밀 교환★★★]에 ★을 더 붙여야겠다는 결심은 더욱더 단단해졌다.

이상적으로는 둘, 안 되면 하나라도.

마침 이번에 얻은 힘이 많으니, 시간이 좀 걸릴지언정 불가능하진 않으리라.

        *   *   *

작업에 앞서 일단 나는 [신비한 명상★]을 손봤다.

이제까지 조용하던 지구의 의지가 명상 직후 갑자기 내게 접촉해 온 것이 우연처럼 느껴지지 않았기 때문이었다.

그렇게 손을 보는 과정에서 나는 [신비한 명상★]이 오작동을 일으킨 원인도 같이 파악할 수 있게 되었다.

"역시… [신비]를 [지식]으로 변환하는 기능이 문제였군."

[신비] 능력치를 반영해 [지식] 능력치를 올려주는 기능은 꺼져 있었지만, 남아있던 코드가 ★을 붙이면서 오작동을 일으킨 듯했다.

그런데 하필이면 이 오작동으로 생긴 틈을 타 지구의 의지가 내게 간섭한 이유가 뭘까?

지구의 의지 또한 [비의 계승자]처럼 외신들에게 영향을 받아 변질되어 버린 탓일까?

답은 곧 알 수 있게 될 터였다.

그저 지구를 관측하기만 하면 되니까. 그러나 나는 서두르지 않았다. 지금 섣불리 움직일 이유가 없었다.

[비밀 교환★★★]의 업그레이드를 마치고 관측해도 무방하다.

아니, 오히려 쓸데없는 비밀에 경도될 위험을 줄이기 위해서라도 [비밀 교환★★★] 업그레이드를 우선시해야 했다.

그래서 나는 자세를 고치고, 이번에야말로 성과를 거두리라는 의지를 담아 재조정된 [신비한 명상★]에 들었다.

그리고 나는 지난 한 달간 왜 그런 고생을 했는지 의문이 들 정도로 간단하게 목표를 달성했다.

[비밀 교환★★★★★]

여기까지 일주일도 안 걸렸다.

"이거는 확인을 해야겠네."

사실 지난 원정에 별 결과물을 못 갖고 간 게 쪽팔려서라도 지구에는 내려가지 않을 생각이었지만, 이번에 겪은 일을 통해 마음이 바뀌었다.

갓 [신비한 명상★]을 만들고 확인도 안 하고 바로 썼다가 생긴 불상사…….

아니, 이거 불상사 맞나?

힘은 많이 받았는데.

…아무튼 그랬던 기억이 채 일주일도 안 지났다.

같은 실수를 반복할 수야 없는 노릇이지.

그래서 나는 타워로 내려가서 이번에 얻은 능력들을 확실하게 확인하기로 했다.

"티케?"

"응!"

내가 부르자, 티케가 후다닥 달려왔다.

나보다 빨리 능력을 완성한 건지, 명상에서 깨어나 있었던 것 같다.

"어때?"

"성공!"

[행운의 차원문]에 무려 ★을 세 개나 달았다고 한다.

그렇다면 새로운 능력의 세부 사항을 확인하지 않을 수가 없지 않을까?

그래서 나는 내 결정을 티케에게 털어놓았다.

"다녀와!"

"그래."

넌 안 가냐고 물어볼 필요가 없다.

티케도 쪽팔린 건 똑같을 테니까.

나 혼자 쪽팔리고 말지, 티케까지 같이 치욕을 겪을 이유는 없었다.

그래서 나는 나 홀로 지구로 향했다.

*　　　　*　　　　*

[비밀 교환★★★★★]: 비밀을 알아낸다.

이걸 보겠다고 굳이 지구까지 내려온 게 허무해질 정도로 짧은 설명이었다.

[비밀 교환★★★] 때와 달라진 점이라면 '주시 대상에게서' 라는 표현이 사라진 것을 들 수 있겠다.

그렇다, 이제 나는 그냥 방구석에 앉아 온 세상의 비밀을 탐구할 수 있게 된 거였다.

이렇게 말하고 보니 문명 멸망 전 방구석에 앉아 위키피디 아를 보고 있던 시절이 떠오르는군.

다만 그때와 다른 점이라면, 위키는 아무나 작성할 수 있어서 신뢰도에 문제가 있지만 [비밀 교환★★★★★]은 그렇지 않다는 것이다.

이 능력을 얻자마자, 나는 즉각 [기어오는 혼돈]의 비밀을 알아내기 위해 능력을 켰다.

온갖 비밀이 내 앞에 리스트 업 되어 나타났다.

"윽……!"

그러나 이것도 문제가 없는 건 아니었다.

한꺼번에 많은 비밀을 접하다 보니, 정신 오염도 그만큼 빠르고 강하게 진행되는 문제가 있었다.

그게 어느 정도냐면, [불변의 정신★★★]만으로는 버티지 못할 정도였다.

"…[불변의 정신★★★]도 ★★★★★을 달아야 한다는 뜻인가?"

하지만 아무리 지구의 의지를 잡아먹고 힘을 많이 늘렸다 한들, 또 하나의 능력을 ★★★★★ 업그레이드할 수 있을 정도로 힘이 남아도는 건 아니었다.

솔직히 불가능하지는 않은데, 그러면 내 힘이 너무 약해진다.

아무리 비밀을 밝히고 약점을 캐낸다고 해도 적의 공격에 한 방은 버틸 정도는 되어야 그 비밀을 써먹을 수 있지 않겠는가?

그런 의미에서, 나는 힘을 더 쌓아야 한다.

다행히 [지구의 챔피언]일 때보다 [인류의 챔피언]인 현재 힘이 쌓이는 속도가 더 빨랐다.

몇 년 정도만 기다려도 고유 능력에 ★ 두 개 정도 더하는 데에는 무리가 없으리라.

물론 무방비 상태인 적 분신체를 몇쯤 처치하는 게 더 낫겠지만, 상황이 그렇게 형편 좋게 돌아갈 리는 없다.

그렇다면 역시 기다리는 수밖에… 아니지.

기껏 [비밀 교환★★★★★]을 달았는데 이걸 왜 혼자 생각하고 있냐.

이전까지는 비밀을 알려면 비밀의 대상을 주시해야 해서, '빠른 속도로 성좌의 힘을 올리는 방법' 같은 형이상학적인 비밀은 알 수가 없었다.

하지만 이제는 달라졌다.

[비밀 교환★★★★★] 선생님께 물어보면 바로 답을 알려 주실 게 확실했다.

그래서 나는 [비밀 교환★★★★★]을 사용했다.

결과.

"아, 기다리는 게 맞구나."

[비밀 교환★★★★★] 선생님께서는 주변의 성좌를 쓰러뜨리라든가, 은하의 중심에 가서 이름을 외치라든가, 갖은 방법을 내게 소개해 주셨지만…….

당장 고를 수 있는 것 중 가장 안정적인 방법은 역시 인류의 성장을 기다리는 거였다.

주변 성좌라 해 봤자 다 아는 성좌에 우리 편인데 이 성좌들을 죽여서 팀킬을 할 순 없잖은가?

언제 적이 쳐들어올지 모르는 상황에서 한가하게 지구 밖에 나가는 것도 모자라 은하의 중심에까지 갈 시간이 어디 있겠는가?

결국 자연스럽게 성좌의 힘이 모이길 기다리는 게 가장 무난했다.

"아, 선생. 실망이야."

[비밀 교환★★★★] 선생님께서 선생으로 강등당했다.

타워를 들른 직후, 나는 장인어른부터 뵙고 인사를 드렸다.

"그런 일이 있었던 거로군."

그리고 [신비한 명상★]을 사용하다가 지구의 의지와 조우한 것과 [운명 조작★★★]을 사용한 것에 대해 밝혔더니 나온 반응이 이것이었다.

"잘했네."

"예?"

조금 의외인 반응에, 나는 나도 모르게 눈을 홉뜨고 말았다.

"왜 그런 반응인가? 그럼 내 사위가 내 딸 두고 지구에 먹히는 걸 보고 잘했다고 박수치는 꼴을 보고 싶었던 겐가?"

"너무 극단적이신 거 아닙니까?"

"극단적인 건 내가 아닐세. 지구가 자네에게 하려던 짓이 극단적이었지."

그건 그렇죠.

다시 생각해 봐도 황당하기 짝이 없었다.

적당히 잘 컸으니 이제 내 먹이가 되라니.

"미궁 안에 남아 있던 성좌들이 어떻게 됐는지 조금 궁금했는데, 답이 나왔군. 지구가 집어삼킨 거였어."

"그렇겠죠."

그렇겠다는 게 아니라 그게 맞다.

[비밀 교환★★★★★]이 내게 알려 주었다.

"하지만 오염된 [신비한 명상★]으로 지구의 의지와 접촉하게 되다니… 어쩌면 지구의 의지도 이미 놈들에 의해 오염되어 있었던 걸지도 모르겠군."

그것도 맞다.

지구의 의지도 외신들에게 지나치게 노출된 나머지, 광기에 휩쓸려 왜곡된 [신비]의 존재가 되어 버리고 말았다.

지표면의 모든 생명체를 자기 위장 속에 쓸어 넣고 미궁을 만들어 적과 맞서 싸울 강력한 군대를 육성하려는 계획 또한 그러한 광기의 발로였다.

하긴 지금 생각해도 제정신으로 할 짓은 아니었지.

그건 그렇다 치고, 장인어른께서 추측하는·족족 진실에 가깝게 답을 내고 계시는 걸 보니 놀랍기 짝이 없다.

[비밀 교환★★★★★]을 갖고 계신 것도 아니실 텐데.

괜히 옛 [신비]의 주인이자 [세 번 위대한 이]가 아니라는 걸까?

"같은 말을 반복하네만, 잘했네. 그리고 차라리 잘됐어. 미리 조치하지 않았더라면 지구의 의지가 무슨 짓을 벌였을지 모르니까."

"그렇죠?"

과연 무슨 짓을 벌였을지, 까지는 모른다.

미래의 일은 비밀이 될 수 없으니까.

내가 알 수 있는 건 오직 비밀뿐이고, 미래를 예언하는 능력은 없다.

그러고 보니 김이선의 고유 능력이 [예지]라던데… 만약 ★을 달 수 있다면 꽤 쓸모 있을지도 모른다.

하긴 [비밀 교환★★★]도 막아 내던 적 본체의 앞날을 그리 쉬이 예지할 수 있을 리 없지만 말이다.

게다가 김이선 데리고 뭘 하려다 티케에게 들키기라도 하면?

…으으!

나는 잠깐 피어올랐던 미련을 바로 접었다.

장인어른을 앞에 두고 쓸데없는 생각을 했군.

"…다만 걱정인 건 지구가 어떻게 될지 모른다는 거로군."

마침 잠깐 생각 중이시던 장인어른이 입을 여셨다.

그리고 다행히 내가 아는 주제였다.

"별일 없을 겁니다."

"그래?"

"예. 그저 과학적으로 알려진, 우리가 익히 알고 있는 행성 지구가 된 것뿐이니까요."

자기 힘을 좀 모아야겠다며 일부러 화산을 터트리거나 지진 해일을 일으키는 존재는 이제 없다.

다만 지각 변동이나 환경 영향으로 당연히 일어날 것으로 예상되는 재해는 여전히 일어나긴 한다.

그게 지구의 의지대로 조정되는 것이 아닐 뿐.

*   *   *

…가만, 그걸 조정할 수 있다면 누굴 지구의 의지로 앉혀 두는 것도 나쁘지 않을지도?

잘 쓰면 원래 많은 사람이 희생될 재해를 사람이 없는 곳이나 덜 중요한 곳으로 돌려 피해를 줄이거나 없애 버릴 수 있으니… 나쁘지 않다.

그래서 [비밀 교환★★★★★]을 써 본 결과, 안 그러는 게 낫다는 결론에 이르렀다. 임의로 내가 누굴 지구의 의지로 임명할 수 있는 것도 아닐뿐더러, 지구의 의지는 행성이 나이를 먹으며 자연스레 만들어지는 것이다.

이러한 법칙을 무시하고 내 맘대로 하는 방법도 없지는 않지만, 배보다 배꼽이 더 커지고 만다.

일어날지도 모르는 재해를 위해 성좌의 힘을 대량으로 소모하는 건 영 비효율적이다.

그냥 탄소 배출이나 신경 쓰는 게 훨씬 낫겠다. 인간들의 돈과 시간, 노력은 좀 들지 몰라도 성좌의 힘은 안 드니까.

"그렇군… 알았네. 이 이야기는 이쯤 해 두지."

"예, 장인어른."

"이제 돌아갈 건가?"

"예, 티케가 기다리고 있으니까요."

내 대답에 장인어른께선 픽 웃으셨다.

"그래도 잘 사는 것 같아 마음이 놓이는군."

*　　　　*　　　　*

간만에 티케의 집으로 돌아간 나는 티케와 회포를 풀었다.

헤어진 지 몇 시간이나 됐다고 이러는 거냐는 말이 나올 법도 하지만, 내 귀에는 안 들리니까 괜찮다.

"아빠가 뭐래?"

"잘 산대."

"헤헤."

왜 웃지? 궁금했지만, 나는 굳이 캐묻지 않았다.

대신 나는 확인한 [비밀 교환★★★★★]의 사양과 한계, 그리고 앞으로 해야 할 일을 정리해 티케에게 알려 주었다.

"길게 말했지만, 결국 그냥 여기 앉아 있겠다는 말이지?"

"그치."

시간을 보낸다. 지금으로썬 이게 정답이었다.

"기왕 그럴 거면 좀 행운한 일을 하면서 시간을 보내 보자."

"잠깐, '행운한' 이 무슨 뜻이야?"

"내가 망개떡처럼 말해도 로제 떡볶이처럼 알아먹어야지."

"너 로제 떡볶이 진짜 마음에 든 모양이구나."

서울 맛집에서 사다 인벤토리에 바로 넣어서 하나도 식거나 불지 않은 로제 떡볶이는 음… 솔직히 살찌는 맛이었다.

뭐, 성좌는 살 안 찌니까 상관없지만.

정확히는 찌든 말든 어떤 모습을 취하든지 성좌 맘인 거지만, 상관없다는 결론만은 같았다.

"그럼 망개떡은 마음에 안 들었어?"

"아니, 이건 안 달라붙잖아."

"아아, 그런 의미."

어쨌든.

"그 행운한 일이라는 게 대체 뭐야?"

"행운한이 뭐야? 한국어에 그런 표현은 없어."

"…그만 놀리고."

"아하하핫."

티케는 즐거운 듯 웃었다.

펙이나 즐거운가 보다.

그래, 네가 즐거우면 나도 즐겁다.

나는 스스로를 세뇌했다.

아니, 딱히 세뇌할 필요는 없을지도?

이런 생각이 드는 걸 보니 자기 세뇌가 아주 잘 먹힌 모양이었다.

"내 말은 그러니까 남는 시간동안 [행운의 차원문★★★]으로 돌아다니자는 말이었지."

"그게 행운한 일이야?"

"싫어?"

"좋아."

우주 규모로 데이트하자는 소린데, 이걸 거부했다간 뒷일이 어떻게 될지 모른다.

즉, 어차피 내겐 거부권이 없었다.

사실 거부할 생각도 없었고 말이다.

*   *   *

"그럼 간다!"

"가자!"

[행운의 차원문★★★]이 열렸다.

나와 티케는 차원문을 향해 뛰어들었다.

그리고 우리가 본 것은……

"여, 여, 여, 여기 어디야!?"

지구였다.

그것도 현재 지구에서 가장 유동 인구가 많은 도시인 서울의 한복판, 노른자위라 할 수 있는 스테이터스 타워 앞 광장이었다.

나랑 같이 서울 변두리는 돌아다닌 적이 있어도 이토록 인구 밀도가 높다 못해 과다한 중심가에 온 적은 없는 티케는 완전히 패닉에 빠졌다.

"저 모습은… 철호님! 철호님이시다!"

"오오, 인류의 수호자!"

"인류의 검!"

아차, 나도 문제였다.

평소에 지구에 내려올 때는 위장하고 내려와서 아무도 못 알아본다.

그런데 지금은 그냥 아무것도 모르고 차원문을 통과해서 내 본 모습, 정확히는 아바타 모습이 그대로 노출되었다.

게다가 티케에게 잘 보이려고 [매력]이랑 [위엄]을 그대로 노출한 상태!

이런 내 모습을 본 사람들은 과연 어떻게 반응할까?

"철호님! 철호님 만세!"

"만세! 만세! 만만세!"

난리 나는 거지.

으, 이게 싫어서 분장하고 다녔는데.

"어, 그렇다면 설마 옆에 계신 분이……!"

"행운의 여신님이 틀림없어!"

"오오, 고우셔라!"

티케가 쪼그라들었다.

아까부터 쪼그라들어 있었지만, 그보다도 더 작게 쪼그라들었다.

"해, 행운. 행운 오디 갔지!?"

내 옷을 잡아당기면서 급히 외치는 건 덤이었다.

이런 때까지 일일이 귀여울 필요는 없지 않을까?

그러나 티케, 그리고 나는 왜 [행운의 차원문★★★]이 여기다 차원문을 열었는지 알게 됐다.

힘이 모이고 있었다.

신앙아!

"안녕하십니까, 시청자 여러분. 지금! 저는 스테이터스 타워 앞에 나와 있습니다! 바로 여기, 이철호님 내외분이 방문하셨다는 소식에……."

방송사 헬기가 날아오르고.

"여러분, 보이십니까? 직찍이에요, 직찍! 제가 이런 현장에 함께 하게 되다니 정말 어머니, 아버지께 감사드리고……."

개인 방송인까지 몰려들었다.

"꺄아아악! 철호 오빠! 여기 좀 봐 주세요!"

"방금 철호 오빠 누구야!?"

"저, 철, 철호, 님!"

티케의 매서운 외침에 주변의 온도가 2도 정도 떨어진 것도 잠시.

여기 모인 사람들의 온도는 떨어질 줄을 몰랐다.

이러니 힘이 안 모일 수가 있나.

사실 이 방법을 떠올리지 않은 것은 아니다.

정확히는 [비밀 교환★★★★★] 선생님께서 알려 주신 거지만, 그거야 뭐 아무튼.

다만 나 혼자면 효과가 좀 떨어지고, 티케가 같이 있어야 한다는 조건 때문에 포기했었다.

사실 나도 얼굴 까기 싫었고.

그러나 [행운의 차원문★★★]이 우리를 여기로 인도한 것을 보니, 이게 최선의 방법이었나 보다.

하긴 평소엔 힘이라면 밥풀 하나도 놓치지 않고 싹싹 긁어 먹느니 말하고 다니는 주제에, 이런 간단한 방법을 피해 다닌 것 자체가 좀 모순이긴 했다.

"흐으으윽, 흐이이이익……."

티케의 반응을 보아하니 간단한 방법이라는 생각이 좀 흐려지긴 하는데… 음?

"나, 나, 나, 나……."

"티케?"

티케의 상태가 이상하다!

"나를 찬양하라!"

갑자기 내 뒤에서 튀어나온 티케가 양팔을 하늘로 올리며 이렇게 외치는 게 아닌가?

뭐야, 너무 부끄러운 나머지 정신이 이상해진 건가?

"오오! 행운의 여신님!"

"찬양합니다, 여신님!"

사람들은 사람들대로 또 달아올라 여신님을 연호하기 시작했고…….

나는 조금 불쾌해졌다.

"이 녀석들! 너희 성좌는 바로 나다!"

"오오, 철호님!"

"철호님의 뜻대로!!"

아마 몇 분 후, 달아오른 머리가 식고 나면 지금의 광경은 흑역사로 남겠지만…….

그걸 직감하고서도 나는 어필을 멈추지 않았다.

"차안야앙하라아아~!"

그치만 들어오는 힘이 장난이 아니니까!

*　　　　　*　　　　　*

[뉴스 속보입니다. 서울 시간 기준 오늘 오후 3시, 스테이터스 타워 앞에 [인류의 챔피언] 이철호님 내외께서 방문하셔서…….]

"그, TV, 꺼 줄래?"

티케가 말했다.

나는 녀석을 몇 초간 바라보았다.

[나를 찬양하라!]

"으악!"

TV에서 흘러나온 자신의 육성에, 티케는 이불 안으로 머리부터 집어넣고 파고들어서 바들바들 떨기 시작했다.

"내, 내가, 미쳤던 거야! 미치지 않고서야, 저런, 저런, 저런……."

하지만 머리만 이불에 집어넣고 호달달 떠는 티케도 귀여운데?

나는 TV를 슥 껐다.

"우으, 고마, 워?"

그러자 티케도 이불에서 기어 나오려는 기색이었다.

텁. 나는 그런 티케의 허리를 붙잡았다.

그리고 이렇게 말했다.

"널 너무나 사랑해서, 난 TV를 껐어."

"잠깐, 그, 아니, 싫은 건 아닌데에에에!"

작은 호텔 방이었지만, 티케의 목소리가 새어나가는 일은 없었다.

이런 일도 있을까 봐 [신비한 세계]를 개조해서 방 안을 결계로 분리해 뒀거든.

미리미리 준비해 둬서 다행이네!

"*끄앙!*"

*   *   *

호텔방에서 다시 완전무장, 그러니까 위장을 마친 나와 티케는 늘 가던 한적한 신도시의 편의점을 방문했다.

아이스크림과 콜라, 그리고 로제 떡볶이를 먹은 후에나 티케는 조금 진정했다.

"[행운의 차원문★★★]이 날 이런 식으로 배반할 줄은 몰랐어……."

이 이야기를 지금 와서 할 정도라니, 티케가 그동안 얼마나 제정신이 아니었는지 알 법하지 않은가?

"대신 강해졌잖아."

"강해졌지."

시원한 콜라, 그러니까 제로 콜라가 아닌 진짜 콜라를 쭉 들이켜고 난 뒤에 티케는 고개를 끄덕였다.

"하지만 내가 바라던 방식은 아니었어."

"그치만 강해졌잖아?"

"강해졌지. …오빠, 이야기가 안 끝나잖아."

티케는 애국가를 2절까지만 부르는 타입이다.

나는 3절까지인데… 이 부분이 조금 안 맞다.

하지만 부부는 원래 안 맞는 부분을 맞춰 나가는 관계 아니겠는가?

그래서 나는 입을 다물고 경청하는 태도를 취했다. 그러자 티케는 로제 떡볶이를 반이나 해치운 뒤에나 이렇게 말했다.

"그래, 뭐… 나쁘지 않았어."

발갛게 달아오른 양 볼은 마치 로제 떡볶이에 든 고추장 때문에 매워서 그렇다고 주장하기라도 하는 듯했다.

"티케, 귀여워."

"그, 그만."

티케의 낯이 한층 더 붉게 물들었다.

"일단 움직이자!"

이렇게 외친 티케는 바로 [행운의 차원문★★★]을 열었다.

조금 전엔 배신당했다면서 이럴 땐 잘만 여네.

물론 말은 안 했다.

그저 티케를 따라 차원문 안으로 뛰어들 뿐. 그리고 차원문은 우리를 티케의 세계, 그중에서도 안방으로 인도했다.

나는 고개를 끄덕였다.

"차원문 녀석, 뭘 잘 아는군."

반면, 티케는 고개를 도리도리 저었다.

"아, 아니야!"

"맞아!"

"끄아앙!"

＊　　　　＊　　　　＊

거사를 치른 후, 나는 나지막하니 중얼거렸다.

"이거 사실 [행운의 차원문★★★]이 아니라 [행복의 차원문★★★] 아닐까?"

완전히 지쳐서 내 품에 폭 안긴 티케는 뭐라고 말하려는 듯 입을 오물거리다가 결국 그만두었다. 입으로는 싫다고는 해도 몸은 정직하다는 말은 이럴 때 쓰는 것이리라.

아닌가?

아니면 말고.

충분히 체력과 정신력을 회복한 후, 티케는 다시 일어섰다.

"…설마 세 번이나 나를 배반하겠어?"

보통 사람이라면 두 번쯤 데이면 완전히 손을 떼겠지만, 티케는 그러지 않았다.

아마도 이것은 [행운의 여신]이기에 나올 수 있는 삶의 방식이리라. 하긴, 앞선 두 번이 '데인' 게 아니라는 것도 한몫하겠지만 말이다.

행복했으면 된 거 아닐까? 내가 무슨 생각을 하는지 알아차리기라도 한 듯 티케는 나를 노려보았지만, 내가 시선을 마주치자 얼굴을 붉히며 먼저 피해 버렸다.

뭐지? 저렇게 귀여워도 되는 건가?

"[행운의 차원문★★★]!"

티케가 서둘러 외쳤다.

왜지? 지금 서둘러 외칠 이유 같은 게 있었나?

아무튼 차원문은 열렸고, 티케가 먼저 뛰어들었기에 나도 얼른 뒤를 따랐다.

그리고 내가 차원문 너머에서 본 것은 이것이었다.

"뭐야? 여기 어디야?"

나보다 먼저 도착한 티케가 어리둥절하고 있길래, 나는 답을 말해 주었다.

"여긴 센타우루스자리야. 태양계에서 가까운 항성계야."

"그렇구나. 그런데 그럼 왜 행운이 우릴 여기로 인도한 거지?"

"저것 때문일 거야."

나는 행성 하나를 가리켰다.

지구와 비슷하지만, 지구가 아닌 행성.

지구 문명 멸망 전기에는 프록시마 b라는 이름이 붙어 있었다고 [비밀 교환★★★★★] 선생님께서 가르쳐 주셨다.

고마워요!

"저게 왜… 아."

티케는 굳이 대답해 주지 않아도 알아서 답을 찾는 학생이었다.

좋은 학생!

*   *   *

프록시마 b는 태양계에서 가장 가까운 행성으로, 지구 외에 생명체가 살 것으로 유력하게 꼽히던 행성이기도 했다.

어떤 게임에서는 이 행성에 도달하는 것으로 승리를 겨루기도 했고, 또 다른 어떤 게임에서는 이 행성에 도달함으로써 게임이 시작되기도 했다.

결국 지구 문명은 둘 중 어느 것도 달성하지 못한 채 멸망해 버리고 말았으나, 나는 이곳에 당도해 지면을 걷고 있으려니 묘한 감흥이 느껴졌다.

이제껏 차원문을 열어 은하 저편과 다른 은하에까지 가본 몸으로서 느낄 감흥이 아닐지 모르나, 그렇다고 느껴지는 것을 안 느껴진다고 할 수는 없는 노릇이다.

[행운의 차원문★★★]이 굳이 나를 이곳으로 인도한 이유는 단순히 이러한 감흥을 느끼라고 의도한 것은 아니었다.

"이런 곳에 이런 게 있을 줄은 나도 몰랐지."

이렇게 지구 가까운 곳에 적의 분신체가 숨겨져 있었을 줄이야.

알려고 들면 얼마든지 알 수 있었을 비밀이나, 나는 알려고 들지 않았기에 모르고 있었다.

위키와 유튜브에 아무리 온갖 정보가 올라와 있어도 내가 그걸 보지 않았다면 모르는 것과 같달까.

변명치곤 너무 허접하나?

하지만 사실이니 어쩔 수 없다.

[행운의 차원문★★★]이라는 계기가 없었으면 나는 마지막까지 알아차리지 못했을 것이다.

*   *   *

프록시마 b의 상태는 끔찍했다.

행성 전체가 놈들에게 잡아먹혀, 마치 이 행성 자체가 [우주에서 온 색채]의 본모습처럼 보였다.

티케도 행성의 모습을 보자마자 바로 문제를 알아차릴 정도였다.

하지만 나와 티케가 힘을 합쳐 [색채]를 제거하자마자 프록시마 b는 원래의 빛을 되찾기 시작했다.

"이거 잘하면 인류를 여기에 옮겨 심을 수도 있겠는데?"

물론 이대로는 좀 힘들지만, 문명 멸망 전에는 심심치 않게 거론되던 테라포밍을 조금 하면 사람이 살 환경으로 바꿀 수도 있겠다 싶더라.

"뭐, 지금 생각할 일은 아니지."

문명 멸망 전의 인류도 슬슬 이대로 있으면 지구가 끝장난
다는 사실은 인지하고 있었다.

그러니 SF건 뭐건 테라포밍 이야기를 생산해 냈던 것이고.

하지만 새로이 태동한 지구 문명은 그리 쉽게 무너지지 않으
리라.

…괜찮겠지?

나는 굳이 [비밀 교환★★★★★]으로 그 사실을 확인하지
않았다.

어차피 미래의 일인지라 확인할 수도 없었겠지만 말이다.

*　　　　　*　　　　　*

나는 프록시마 b에서 한 가지 일을 더 하기로 했다.

그것은 바로 [신비한 명상★]이었다.

그것도 오염된 버전으로.

[내놔… 내놔…….]

이유는 물론 프록시마 b의 의지를 불러내기 위해서였다.

[비밀 교환★★★★★]이 내게 알려 주었다.

이 불쌍한 행성의 의지도 은하 너머의 적들에 의해 오염되
고 말았다는 것을.

먼 미래에 아무것도 모르는 지구 인류가 이 행성에 정착하
려고 할 때, 이 미쳤고, 말라붙은 행성의 의지는 지면의 영혼

을 탐욕스럽게 집어삼킬 것이다.

어쩌면 미궁을 세울지도 모르지만, 그저 자기 배를 채우고
다시 굶주림을 호소할지도 모른다.

그러나 두 가능성 모두 이제 말소되었다.

왜냐하면 내가 행성의 의지를 영면시킬 테니까.

[운명 조작★★★]

지구 때와 마찬가지로, 행성의 의지를 잠재우는 데에 필요한
대가는 영면.

"편안히 잠들라."

나는 조용히 인사했다.

[아아… 아······]

마지막까지 성질을 부리던 지구와 달리, 이곳 행성의 의지는
몇 마디 신음만 남긴 채 잠들었다.

어쩌면 이 행성의 의지는 스스로 잠들길 원했을 수도 있겠
다는 생각이 뇌리를 스치고 지나갔다.

지구와 달리.

거참.

*　　　　　*　　　　　*

우리 은하에 적의 마수가 뻗어 있었다니!

몰랐다면 모를까, 알게 되었는데 방치할 수는 없다.

나는 우리 은하에 뻗어 있는 적의 마수를 제거하기로 마음
먹었다.

이러한 내 행동이 적들을 도발해 더 빨리 침공을 결정하도록 만들 위험을 배제할 순 없으나, 이것들을 방치하여 생기는 해악이 더욱 크다고 판단했다.

왜냐하면 이렇게 여기저기 뿌려 둔 작은 악의 씨앗이 발아하여 얻는 힘이 본체의 성장으로도 연결되기 때문이다.

그래서 나는 [비밀 교환★★★★★]을 통해 적의 위치를 리스트 업 했다.

그러고 난 후에나 나는 깨달았다.

어차피 [행운의 차원문★★★]으로 이동할 거면 이거 다 쓸모없는 짓 아닌가?

그런 생각이 좀 들긴 했지만, 뭐 다른 성좌와 조사 결과를 공유하고 해결하는 방법도 있으니 영 의미 없지는 않으리라.

…고 생각하기로 했다.

아니면 적 본체부터 해치운 다음에 차근차근 다니면서 해결해도 될 일이고.

뭐, 이런 건 나중에 생각해도 된다.

"그럼 가 볼까?"

"응!"

티케가 [행운의 차원문★★★]을 만들어 냈다.

우리는 함께 차원문을 통과했다.

우주 데이트의 시작이었다!

*   *   *

다행인지 불행인지 모르겠다.

아니, 행운이겠지.

[행운의 차원문★★★]이니까.

우리는 우리 은하의 곳곳을 방문하며 은하 너머의 존재가 남겨 두고 간 악의 씨앗을 제거했다.

다른 말로 표현하자면, 우주 레벨의 디너 데이트였다.

악의 씨앗을 제거하는 데서 끝내지 않고, 오염된 행성의 의지 또한 함께 잠재웠다.

이런 데까지 인류가 진출할 거라 내다 보기는 힘들었음에도 이러한 수고를 한 건 그저 행성의 의지가 그만큼 맛있었기 때문이다.

그렇다, 나는 또 강해졌다.

이번 원정이 끝나고 나면 [불변의 정신★★★]에도 ★ 2개를 충분히 더할 수 있을 정도의 힘이 모였다.

그런 생각을 할 때쯤, [행운의 차원문★★★]은 우리는 또 달의 뒤편으로 데려다 주었다.

"이거, 이러다 스스로 생각할 힘도 없어지는 거 아닌지 모르겠어."

[행운의 차원문★★★]이 알아서 일정을 다 짜 주다 보니, 우리가 하는 건 그저 돌아다니면서 먹고 쇼핑하고 자는 게 다였다.

그러고 보니 이거 패키지여행이랑 똑같네.

단둘이서 가이드 달고 패키지여행이라니, 호화롭기 짝이 없다.

"그럼 난 [행운의 차원문★★★]에 ★을 더 달아 볼게."

"어, 그게 좋겠다."

나는 티케의 제안을 거부하지 못했다.

그치만 전문 가이드가 알아서 짜 주는 여행 코스가 너무 쾌적한 게 잘못된 거야!

생각할 필요가 없다는 게 이렇게 편하다니…….

너무 좋다.

나는 잡념을 간신히 내쫓은 뒤 가부좌를 틀고 [신비한 명상★]에 잠겼다.

물론 이번 명상은 제대로 된 명상이었다.

*   *   *

[불변의 정신★★★★★]: 상태 이상에 걸리지 않는다. 만약 외부에서 시도한 상태 이상이라면 배가하여 반사한다.

원하는 특정 상태 이상의 면역을 끌 수 있다. 단, 상태 이상에 걸린 이후에도 해당 특정 상태 이상은 본인의 제어하에 놓인다.

자신에게 걸린 특정 상태 이상을 배가하여 특정 대상에게 반사할 수 있다.

★★★★★ 능력 치곤 설명이 긴 편이지만, 이런 경우가 처음은 아니다.

아니, 오히려 [비밀 교환★★★★★]쪽이 특이한 쪽이라고 봐야 할 것이다.

아무튼 상태 이상에 저항한다는 표현이 걸리지 않는다는 단

호한 표현으로 바뀐 것이 크다.

이제는 그냥 안심할 수 있게 된 셈이다.

그런데 단번에 ★을 다섯 개 단 탓일까, 뜬금없이 상태 이상 반사가 달렸다.

이건 [모발 부적★★★★★]과 닮은 면이 있다.

이런 걸 두고 수렴 진화라고 하나?

아니, 조금 다른 듯도 하다.

[불변의 정신★★★★★]은 내가 상태 이상에 걸리지 않는 쪽에 중점을 두지만, [모발 부적★★★★★]은 다른 이들의 상태 이상도 풀어 버리니까.

비슷한 능력을 두 개 지니게 되었다고 실망할 이유는 없었다.

오히려 두 능력 간에 시너지가 있다고 봐야 한다.

풀 스택 [모발 부적★★★★★]을 나한테 걸고 배가 옵션으로 2배 뻥튀기시킬 수 있게 됐으니 말이다.

아주 강력한 독침 하나, 아니, 여럿을 몸에 달고 다니게 된 셈이다.

이 정도면 진짜로 적 본체에게 확실하게 한 방 먹일 수 있게 됐다고 봐도 무방하리라.

            *   *   *

티케도 [행운의 차원문★★★★]을 만드는 데에 성공했다.

티케는 스테이터스 타워에 새 능력을 확인하러 가지 않았기 때문에, [행운의 차원문★★★★]이 어떻게 바뀌었는지 모른다.

"그럼 갈까?"

"응!"

그런데도 이렇게 펑펑 쓰는 거 보면 간이 큰 건지 작은 건지 잘 모르겠다.

지금 와서 할 이야기는 아닌가?

아무튼 나는 티케를 따라 차원문을 통과했다.

"뭐야, 여기는……."

아무것도 없었다.

아니, 아무것도 없는 게 아니었다.

빛도 소리도, 그 어떤 물질마저도 전부 빨려 들어가 다시 돌아오지 않는지라 아무것도 없다고 인식할 수 밖에 없지만, 성좌의 눈으로 어마어마한 에너지가 흘러 들어가고 있음을 알수 있었다.

그것은 그 검은 구멍이 빨아들이고 있는 거대한 질량이 남기는 궤적으로 알 수 있었다.

그래, 검은 구멍.

그것은 거대한 블랙홀이었다.

그리고 빨아들이고 있는 것은 다름 아닌 별이었다.

별이 마치 솜사탕 기계에서 만들어지는 설탕 실을 역재생한 것처럼 블랙홀을 향해 빨려 들어가고 있었다.

동시에 블랙홀의 경계에서 어떤 힘이 창조되어 내뿜어져 나가는 것이 성좌의 눈에 보였다.

어렸을 때는 블랙홀 안에 블랙홀이 빨아들인 모든 것이 있을 거라고 생각했었다.

그저 강력한 중력으로 모든 것을 빨아들이기만 하고 있을 거라고 여겼기 때문이었다.

그러나 실제로 본 블랙홀은 달랐다.

그것은 마치 하나의 거대한 존재가 주변의 모든 혼돈을 빨아들여 자신만의 질서로 재정립하는 것만 같았다.

경이롭기 짝이 없는 광경.

그곳은 바로 우리 은하의 중심이었다.

그 사실을 깨달은 순간, 나는 놀라움을 금치 못했다.

일전 나는 [비밀 교환★★★★★]으로 내 힘을 늘릴 방도를 찾았고, 그중 하나가 바로 은하의 중심으로 가 내 이름을 부르짖는 것이었다.

그러나 배보다 배꼽이 더 크고 부담해야 하는 위험 또한 작지 않아 포기했던 터였다.

그런데 [행운의 차원문★★★★]이 나를 여기로 인도했다?

이것이 방증하는 바는 다음과 같았다.

내가 이름을 외치는 동안, 부담해야 할 위험 따위는 없다는 의미.

그것을 [행운의 차원문★★★★]이 행운의 이름으로 보증하는 것이나 다름없었다.

"왜 여기?"

정작 차원문을 연 [행운의 여신], 티케 본인은 영문을 모르고 있지만 말이다.

일이 어떻게 될지는 여신조차 모르는 것, 어찌 보면 이것이 행운의 본질일지도 모른다.

좌우지간 나는 티케에게 [비밀 교환★★★★★]으로 알아낸 비밀을 말했다.

내 폭로에 대한 티케의 반응은 이러했다.

"저 안에 들어가면 죽을 것 같은데."

별조차 국수처럼 길게 뽑아 빨아들이는 초질량 블랙홀의 모습을 보면 그런 생각이 들만도 했다.

아니, 실제로 그러하리라.

그러나 안심해도 된다.

"하하, 우리가 들어갈 필요는 없어."

그저 블랙홀이 보이는 이곳에서 이름을 외치기만 해도, 블랙홀의 강력한 중력이 멋대로 우리의 목소리를 빨아들여 줄 테니까.

"그럼 시작할까?"

"잠깐, 그런데 무슨 이름을 외치면 돼?"

"아무 이름이나 상관없어. 네 이름이기만 하면 돼."

어차피 블랙홀로 들어가는 모든 것은 부서져 블랙홀에 의해 새로이 정립된다.

그럼에도 은하의 중심에서 이름을 외치는 행위가 성좌의 힘을 불리는 데에 도움이 되는 것은 그렇게 외친 이름이 은하의 질서에 편입되기 때문이다.

블랙홀의 중력이 은하를 돌리고 있고, 블랙홀에서 창조되어 뻗어져 나간 파동이 은하 전체에 퍼져 나간다.

이러할진대, 저 초질량 블랙홀이 은하의 질서를 좌우한다는 것은 전혀 이상한 일이 아니다.

비록 블랙홀에 대고 외친 이름이 산산이 부서져 그 원형을 찾아볼 수 없다 한들, 그 행위에 아무런 의미가 없을 리 없는 것은 이러한 이치다.

무슨 뜻이냐고?

사실 나도 잘 모른다.

이것이 세상의 비밀이라고 [비밀 교환★★★★★] 선생님께서 가르쳐 주시는데, 나는 절반도 이해하지 못했다.

위키에다 암만 C++ 언어에 대한 설명을 써 봐라, 그걸 이해할 수 있는 인간이 얼마나 되겠나.

그것과 같다.

성좌라고 뭐가 그렇게 크게 다르지는 않다.

[피] 어린이만 봐도 성좌가 얼마나 단순한 존재인지 알 수 있지 않은가?

오히려 그 존재를 성좌명으로 정립함에 따라 행동 원리는 이전보다 더욱 단순해지기까지 한다.

아직까지 내게 나 스스로를 인간이라 여기는 일면이 있는 것도 내가 나를 [인류의 챔피언]이라 정립한 탓도 있을 것이다.

좌우지간, 중요한 것은 이해하는 것이 아니다.

따지고 들자면 이해는 중요하지만, 그렇다고 지금 불가능한 게 중요하다고 가능해지지는 않는다.

인간일 때와 마찬가지로, 할 수 있는 것을 하는 것이 중요하다는 의미다.

그러므로 나는 했다.

"이철호!"

나는 나의 이름을 외쳤다.

"이철호!"

그런데 티케도 나의 이름을 외쳤다.

"왜? 남편 세지면 좋잖아?"

내가 티케를 바라보자, 티케는 요망하게 웃으며 말했다.

요, 요, 요망한 것!

돌아가서 보자.

"히익?"

내 시선에서 뭘 느낀 건지 티케는 움찔했다.

그러더니.

"티케! 티케! 티케!"

갑자기 자기 이름을 외차는 게 아닌가?

"…잘 생각했어."

부부간에도 밸런스가 중요하다.

요전에도 나 혼자 너무 강해지다 보니 티케가 못 버티지 않았는가?

역시 서로 강해지는 것이 가장 좋다.

그래서 나도 열심히 외쳤다.

"이철호! 이철호! 이철호!"

아무리 그래도 티케에게 질 수는 없으니까.

*　　　　*　　　　*

우리는 한동안 자기 이름을 부르느라 바빴다.

그러나 그것도 이제 슬슬 한계다.

"그런데 이거 언제까지 해야 해?"

정확히는 블랙홀에 빨려 들어가지 않게 버티는 게 한계다.

이런 식으로 쓰는 힘은 근육과 마찬가지로 쉬면 다시 회복되지만, 일정 수준 이상으로 써 버리면 되돌릴 수 없게 되어 버린다.

"이제 돌아가자."

"그럼 연다?"

"그래."

[행운의 차원문★★★★]

차원문이 열리고, 우리는 들어갔다.

나는 이번에도 차원문이 분위기를 잘 파악하고 우리를 우리집, 정확히는 티케의 세계로 보내 줄 줄 알았다.

그러나 차원문 너머의 광경은 내 예상과는 딴판이었다.

낯선 세계였다.

처음 보는 하늘, 처음 보는 땅, 처음 보는 식물과 처음 보는 동물.

[행운의 차원문★★★★]은 나와 티케를 모든 것이 다 생경한 세계로 데려다 놓았다.

그런데 그중에 특이한 동물들이 있었다.

아니, 동물이 아니었다.

비록 곤충의 갑각 같은 피부에 머리는 역삼각형, 눈은 12개가 달렸고 팔이 여섯에 다리도 여섯이라지만…….

저것은 인류였다.

*   *   *

나는 직감적으로 알았다.

어쩌면 지구의 인류는 저들을 절대 인류로 인정하지 않을지도 모르지만, 저들은 인류가 맞았다.

왜냐하면 나는 [인류의 챔피언]이기 때문이다.

하지만 저들은 나를 챔피언으로 여길까?

그런 의문은 길게 이어지지 않았다.

낯선 외계 인류가 천천히, 하지만 확실하게 나를 향해 허리를 깊숙이 숙이는 것이 보였으므로.

그러더니 그들 중 가장 존귀해 보이는 자가 자기 동족들을 향해 이렇게 말했다.

"보라! 내 예언하였으니, 새로운 신께서 우릴 방문하실 것이라 하지 않았느냐! 그 예언이 지금 이루어졌다!"

만약 내가 성좌가 아니었다면 절대 알아듣지 못할 웅변이었다.

그 목소리는… 아니, 사실 목소리도 아니었다.

이들은 자신들의 날개가 스치는 소리를 언어로 삼은 듯했기 때문이다.

하지만 [인류의 챔피언] 성좌의 능력은 낯선 인류의 언어를 자동적으로 알아듣도록 해 주었다.

그 선지자의 말을 받아 군중이 외쳤다.

"우라!"

"우라!"

"우라!"

곧바로 이어지는 만세삼창.

왜 내가 이걸 '우라'로 알아들었는지는 의문이나, 어쨌든 의미만큼은 확실히 전달되었다.

왜냐하면 내 힘이 실시간으로 솟구치고 있었기 때문이었다.

이들의 지지가, 믿음이, 신앙이 내 힘으로 변환되고 있다는 무엇보다 확실한 증거였다.

선지자는 어떻게 내가 오리라는 것을 예언할 수 있었을까?

그 비밀은 은하 중심에 있었다.

내가 은하 중심에서 내 이름을 외쳤기 때문에, 다른 은하에까지 내 존재가 전달된 거였다.

물론 그것은 목소리가 아니라 그저 파동의 형태로 전달되었을 것이나, 이 종족의 선지자가 아주 먼 은하의 아무 연관도 없는 성좌의 방문을 예견하는 데에는 충분한 근거가 되어 주었다.

그리고 이것이 은하 중심에서 내 이름을 외침으로써 힘이 불어나는 이유이자 원천이었다.

*   *   *

[인류의 챔피언].

애초에 이름을 지을 때 이런 상황을 염두에 두고 지은 것은

아니지만, 그럼에도 나는 내가 내게 지은 이름에 책임을 져야
했다.

이 세계에 떨어진 운석을 모두 제거하고, 운석에서 튀어나온
[우주에서 온 색채]의 마수를 모조리 뿌리 뽑고……

이미 지구에서 몇 번이고 한 작업을 반복하는 것은 지겨웠
으나, 지겨움을 참은 보람은 있었다.

"오오, 철호시여! 저희의 제사를 받으시옵소서!"

"우라!"

"우라!"

"우라!"

곤충 베이스의 인류라 그런지 개체 수가 많았고, 번식력은
더욱 좋았기 때문에, 이들의 지지로 얻게 된 힘이 꽤 막대했다.

다만 인신 공양을 그만두게 하는 건 좀 골치 아팠다.

이들에게 있어 인신 공양은 곤충에게 있어 드물지 않은 동
종 포식의 욕구를 만족시키는 수단이었기도 했기 때문이었다.

할 땐 하더라도 내 핑계는 대지 말라는 게 그렇게 힘든가?

뭐, 힘들긴 하겠지.

같은 사람을 죽이는 데엔 항상 명분이 필요하고, 그중에 종
교적인 이유보다 더 좋은 핑곗거리는 찾기 힘들었을 테니까.

그러나 그걸 내 탓으로 돌리는 건 이제 안 된다.

하고 싶으면 다른 핑계나 찾으라구!

내가 직접 그리 명하였음에도 불구하고, 이것들은 쉬이 '제
사'를 그만두지 못했다.

격노한 내가 '신의 분노'를 보이고서야 이들은 겨우겨우 인

신 공양을 그만두었다.

웃긴 건 내가 내게 제물을 바친 제사장 몇을 본보기로 죽이자 나를 향한 신앙이 더욱 강해지고 두터워졌다는 거였다.

좋은 말로 할 땐 안 듣다가 때리니까 오히려 더욱 진심으로 나를 믿다니.

어이가 없긴 했지만, 문명 멸망 전 성경에 나왔던 인류도 비슷한 행태를 보인 게 갑자기 기억났다.

내 이거야 원.

그런 와중에, 나는 티케에게 충격적인 고백을 들을 수 있었다.

"나는 그냥 옆에 붙어 있기만 했는데, 나도 힘이 조금 늘긴 늘었어."

마치 주신 옆의 여신처럼, 티케는 있는 것만으로 신앙을 받는 존재가 된 모양이었다.

역시 행운!

하긴 티케는 내게도 그런 존재긴 하다.

옆에 있기만 해도 힘이 되어 주는, 그런 존재.

이렇게 생각하면 티케도 제 역할을 다한 셈이니 별로 억울하단 생각은 들지 않았다.

정말이다.

거짓말 아니다.

그런데 여기 거짓말 탐지기 없죠?

아무튼 이것으로 이시어스, 그러니까 곤충 인류의 세계에서 볼 일은 이것으로 끝났다.

아마 다시 들를 일은 없으리라.

…뭐, 또 혹시 모르지.

[행운의 차원문★★★★]이 열어 준다면 또 오게 될지도?

"자, 그럼 가자."

"응!"

티케가 열어 준 [행운의 차원문★★★★]을 통해, 나는 이시어스를 뒤로 했다.

*　　　　*　　　　*

[행운의 차원문★★★★]이 다음으로 인도한 곳은 바로 다른 은하의 다른 행성이었다.

그리고 그곳의 인류가 나를 기다리고 있었다.

이번에는 버섯 인류였다.

나는 그 버섯 인류를 구원하기 위해 강림한 신이 되어 또 이리저리 뛰어다녔다.

[위대한 잠보]가 퍼뜨린 분진을 처리하고, 그 분진을 퍼뜨리던 분신도 처리하고…….

늘 하던 일이었지만, 환경이 다르니 느낌도 달랐다.

그렇다고 딱히 힘들지는 않았다.

내가 그만큼 더 강해진 덕이리라.

당연히 이곳의 버섯 인류도 내게 신앙을 보내 주었고, 나는 더욱 강해졌다.

그리고 티케도 강해졌다.

"자, 다음 갈까?"

"가자!"

티케는 새로운 [행운의 차원문★★★★]을 열었다.

차원문 너머에는 또 다른 은하의 또 다른 행성이 있었다.

그리고 그곳의 또 다른 인류가 나를 기다리고 있었다.

"대충 알겠군."

아무리 나라도 [행운의 차원문★★★★]이 이렇게 눈치를 주는데 못 알아차릴 수가 없었다.

[불변의 정신★★★★★], [비밀 교환★★★★★], [모발 부적★★★★★].

이렇게 세 고유 능력을 모두 ★ 다섯 개를 붙였음에도 내겐 아직 부족한 게 있었다.

그건 바로 순수한 힘, 성좌로서의 힘이다.

기본적으로 힘을 갖춰 놓지 않으면 아무리 은하 너머의 적들에게서 비밀을 끌어내고 약점을 알아내도 별 소용이 없음을 알아차렸다. 그래서 [행운의 차원문★★★★]이 나를 이렇게 뺑뺑이 돌리는 거겠지.

그런 거겠지? 설령 아니더라도 그렇다고 믿자.

좀 귀찮고 힘들고 더럽고 피곤하지만, 이게 다 필요한 일이라고 믿자.

이렇게라도 안 믿으면 이거 못 해 먹겠다.

"아발라바바브바바바바!!"

곰팡이 인류가 곰팡이로 뒤덮인 온몸을 떨어 대며 나를 찬양했다.

나 좋다고 저러는데 하지 말라고 할 수도 없고…….

아니, 그냥 하지 말라고 할까?

그냥 버티기엔 포자가 너무 흩날리는데.

호흡할 때마다 곰팡이 점막이 코점막을 가득 뒤덮을 정도다.

이거 나 아니었으면 호흡도 못 할 뻔…….

응? 나 아니었으면?

나는 반사적으로 티케쪽을 바라보았다.

그러자 아니나 다를까.

"아? 하?"

"티, 티케야!!"

[모발 부적★★★★★]으로 눈이 반쯤 뒤집힌 티케에게서 뭔가 기분 나쁜 상태 이상을 전부 벗겨 내자, 녀석은 이렇게 말했다.

"생각보다… 나쁘지 않았어."

무슨 의미인지 모르겠네.

                    *   *   *

나는 일곱 개의 은하를 오가며 72개의 행성에서 108개의 인류 종족을 구해 냈다.

이게 무슨 쓸데없는 노가다냐는 말이 나올 법도 하지만, 그런 게 아니었다.

인류를 위기에 빠뜨리는 원인의 7할 정도는 은하 너머의 그

놈들이었으니까.

아무렇지 않게 촉수를 뿌리 뽑고 분진을 제거하고 색채를 원래대로 되돌리고 있지만, 이게 다 은하 너머의 그놈들 힘을 빼는 걸로 이어지고 있었다.

내 힘은 강하게 만들고 적의 힘은 약해지게 하는 일거양득의 일이다.

하지만 그렇다고 내가 항상 은하 너머의 존재를 상대해야 했던 건 아니었다.

행성의 의지가 미쳐 인류를 학대하고 있는 것도 있었고, 인류 스스로가 자신들을 멸망의 구렁텅이로 몰아넣고 있는 곳도 있었다.

특정 인류가 다른 인류를 몰살시키려 드는 건 의외로 흔했다. 하긴 이건 지구에서도 있었던 일이니까.

나는 그 모든 인류를 구했다.

내 이름을 듣고, 내가 도래하리라 예언한 자가 있는 종족은 모두 구원받았다.

그 구원의 방식이 지극히 지구 인류의 방식인 것은 내가 지구 인류 출신이기 때문이겠지.

몇몇은 원수 종족을 모조리 잡아먹지 못해 불만이었고, 때로는 자기 종족을 스스로 몰살시키지 못해 나를 원망하기도 했지만, 그래도 대부분은 내게 감사하며 신앙을 보내 주었다.

그리고 그것은 모조리 내 힘이 되었다.

물론 티케의 힘이 되기도 했다.

아무튼 그 덕에 나는 매우 강해졌다.

이 정도면 슬슬 놈들에게 덤비러 가도 되지 않을까, 스스로 생각하게 될 정도였으니 말이다.

하지만 내가 가고 싶다고 갈 수 있는 게 아니다.

"[행운의 차원문★★★★]!"

이 차원문은 우리가 가고 싶은 곳으로 보내 주는 게 아니라, 어디까지나 행운이 인도하는 곳으로 보내니 말이다.

"뭐, 사실 굳이 서두를 이유도 없지."

어째선지 은하 너머의 존재들은 지구에 한 번 방문한 이후에, 지구의 존재를 잊기라도 한 듯 소식 자체가 뜸했다.

한 번은 도망가기도 했고 말이다.

뭐, 그 도망 자체가 함정이었을 가능성이 컸지만, 원래 사람은 자기가 유리한 대로 생각하기 마련이다.

사실 아주 근거가 없는 생각도 아니었다.

내가 인류를 구원하면서 놈들에게 피해를 입히고 있는데도 내 앞에 나타나지 않는 이유가 무엇이겠는가?

아마 다른 이유가 또 있겠지만, 난 그냥 그게 나를 두려워하기 때문이라고 생각하기로 했다.

아무튼 적들이 덤벼 오지 않는다면 딱히 우리 쪽에서 나서서 싸울 이유는 그리 많지 않았다.

물론 지구를 노리고 마수를 뻗어 지구의 의지를 미치게 만든 원한이 있긴 하지만…….

원래 복수라는 음식은 식을수록 맛있다고 하지 않는가?

서두를 이유는 되지 않는다.

기다릴 수 있다.

그래서 나는 느긋한 마음으로 차원문을 통과했다.

그 차원문 너머에 무엇이 기다릴지 모르는 채.

*   *   *

"그… 이게 맞나?"

"응? 뭐가?"

"아니……."

나는 주변을 둘러보았다.

상상을 초월하는 중력 탓에 국수처럼 길게 늘려지고 있는 별과 그 별을 빨아먹고 있는 초질량 블랙홀.

마치 고향에 온 것만 같이 고즈넉한 풍경을 멍하니 바라보며, 나는 혼잣말처럼 중얼거렸다.

"여기 은하 중심이잖아."

하지만 여기는 고향이 아니었다.

정확히는, 우리 고향 은하가 아니었다.

아마도 우리 은하로부터 일곱 은하 정도 떨어진 곳에 존재하는 또 다른 은하.

우리는 그 중심에 있었지.

"응, 그렇지."

티케가 대답했다.

"나도 와 봐서 알아."

아니, 전혀 모르는구나.

우리 여기 초행이야.

그렇게 쏘아붙이진 않았다.

괜히 진실을 폭로해서 분위기를 싸하게 만들 생각은 없었다.

혈액형에 따른 성격 타입은 거짓말이라느니, 인터넷 MBTI는 바넘 효과의 산물에 불과하다느니, 그런 이야기를 굳이 떠들 필요는 없지 않은가?

분위기 깨지는 진실은 나 혼자 알고 있으면 된다.

"그야 같이 왔으니까."

이런 걸 보고 상냥한 거짓말이라고 하나?

"그렇지. 같이 왔지."

티케가 마치 10년 만에 신혼여행지에 다시 방문한 것 같은 신부의 눈으로 은하 중심을 바라보고 있었다.

양심이 아프다.

그냥 진실을 말해 줄 걸 그랬나?

헛기침을 한 나는 화제를 다른 곳으로 돌렸다.

"…이 정도 힘으로도 모자랐단 이야기인가?"

나는 내가 충분히 강해졌다고 생각했는데, [행운의 차원문★ ★★★]은 또 다른 은하의 중심으로 나를 인도한 걸 보니 나와 는 생각이 다른 모양이었다.

"내가 데려온 거 아니야!"

그렇게 말 안 해도 잘 알고 있다.

만약 티케의 의지로 이곳에 온 거였다면, 티케도 여기가 우 리 은하의 중심이 아니라는 사실을 잘 알고 있었을 테니까.

음… 그렇지.

나는 고개를 끄덕였다.

"이상한 생각하는 표정인데?"

"슬슬 [행운의 차원문★★★★]이 우릴 집으로 데려가 주지 않을까 생각한 적 없어."

"야한 생각하는 표정이었구나."

좋아, 잘 속인 것 같다.

그런데 이게 진짜 속인 게 맞을까?

이번엔 그저 진심을 토로했을 뿐인 게 아닐까?

가슴에 손을 얹고 생각해 봤더니, 그게 맞았다.

그러니까 야한 생각을 한 게 맞았다.

"티케."

"응."

"이번 일이 끝나면……."

"티케! 티케! 티케!"

그런데 갑자기 티케가 은하의 중심에 대고 자기 이름을 외치기 시작했다.

"왜, 왜……?"

"…알잖아."

티케가 얼굴을 붉게 물들이고는 내 쪽은 쳐다보지도 않은 채 말했다.

"이번에 넌 너무 강해졌어."

이게 무슨 뜻으로 하는 말인지, 나는 잘 알았다.

"이철호! 이철호! 이철호!"

그래도 봐줄 생각 같은 건 나지 않았다.

당연했다.

       *   *   *

은하의 중심에 대고 이름을 충분히 외친 후, 우리는 [행운의 차원문★★★★]을 통해 빠져나왔다.

나는 이번만은 [행운의 차원문★★★★]이 분위기 파악을 좀 할 줄 알았다.

그러니까 나와 티케를 티케의 세계에 데려다 놓을 줄 알았 다는 소리다.

그러나 결과적으로 그렇게 되진 않았다.

쏴아아아… 쏴아아아…….

흰 모래가 발가락 사이로 들어왔다가, 빠져나가는 파도에 휩쓸려 함께 빠져나간다.

바다는 붉었다.

왜냐하면 붉은 석양에 물들었기 때문이었다.

붉게 타오른 태양이 수평선 너머로 천천히 떨어지고, 동쪽 하늘에 감색이 퍼져 나가자, 그 감색 너머로 은하수가 모습을 드러내기 시작했다.

"과연… 그렇군."

나는 고개를 끄덕였다.

"티케."

그리고 티케의 이름을 불렀다.

"어, 어?"

노을빛을 받은 티케의 얼굴은 온통 붉었다.

나는 그녀의 어깨에 손을 얹었다.

그리고…….

"보라! 내가 예언하지 않았느냐! 신께서 이 세계를 방문하여 우리를 구원하리라고!"

발밑의 모래가 한데 모이더니, 사람의 형상을 이루어 낸 후 이렇게 외치기 시작했다.

그리고 그 외침에 이어 다른 모래들도 슥슥 모이더니, 곧 사람의 형상이 되어 호응했다.

"오오, 신이시여!"

"신께서 오셨나니!"

"우리는 구원받으리라!"

그들은 모래 인류였다.

내가 벌레가 인류였던 것도, 버섯이 인류였던 것도, 하다못해 곰팡이가 인류였던 것도 목격했지만 아예 무기물인 모래가 인류라니.

쉽게 믿을 수 있을 리가 없었다.

하지만 [비밀 교환★★★★★]이 이들, 모래 인류의 존재를 보증해 주고 있었다.

하필 지금까지 조용했다가 이제야 눈을 뜬 이유는 그저 이들이 야행성인 탓일 뿐이었다.

해가 질 때까지 잠들어 있었다가 밤이 오자 내 존재를 느끼고 외치기 시작한 거였다.

"…오해가 좀 있었던 모양이로군."

나는 시금털털하게 웃었다.

난 또, 차원문이 분위기 파악하고 분위기 좋은 데로 우릴 보내 준 줄 알았지 뭐야.

하핫.

*   *   *

나는 [인류의 챔피언]으로서 해야 할 일을 했다.

바다의 대괴수를 처치하고 모래 인류를 구원했다.

5초만 충분했다.

내 힘은 행성 단위에서 쓰기엔 지나치게 강해졌기에, 오히려 모래 인간들로 하여금 이 기적이 내게서 비롯되었다는 것을 깨닫게 하는 데에 더 많은 시간을 썼다.

한 순간이면 해결되는 일에 5초나 쓴 게 그 이유 때문이다.

왜 이런 손 가고 시간 걸리고 귀찮은 방법을 쓰냐면, 간단하게 해결하려 했다가 아무 소득도 못 얻은 적이 이미 몇 번 있기 때문이다.

사람은 자기가 이해할 수 있는 수준을 넘어선 일이 일어나면 아예 제대로 인지조차 못 하게 되어버린다.

그런 점에 있어서는 사람 인류든 곰팡이 인류든 그리 차이가 있진 않았다.

[비밀 교환★★★★★]에게 문의해 본 결과, 모래 인류도 마찬가지였다.

어쨌든 이것들도 인류이긴 하다는 걸 이상한 부분에서 깨닫게 되고는 한다.

"번식하고, 번영하라."

나는 다른 인류에게도 남긴 말을 이들에게도 남기기로 했다.

"그리고 그대들은 내 이름을 잊지 말라."

"오오, 누가 감히 당신의 이름을 잊겠습니까?"

모래 선지자가 모래가 흐르는 소리로 답했다.

그런데 잊더라고.

곰팡이 인간의 한 세대는 35초였고, 다섯 세대가 지나자 내 이름을 잊었었다.

하지만 모래 인류의 세대는 곰팡이는커녕 인간보다도 기니 나를 좀 더 오래 기억하긴 할 것이다.

뭐, 그리 많은 기대를 걸고 있진 않았다.

나는 나그네처럼 우연히 들러 한 번의 구원을 했을 뿐이니, 이들도 내가 베푼 만큼의 신앙만을 돌려주면 만족할 것이다.

*　　　　　*　　　　　*

그렇게 모래 인류를 구원하고 내 이름을 남긴 후, 나는 바로 [행운의 차원문★★★★]을 열지는 않았다.

정확히 따지면 차원문을 여는 역할은 티케의 것이므로 내가 뭐라 할 수 있는 것은⋯ 아니, 내가 뭐라 할 수 있는 게 맞았다.

왜냐하면 부부니까.

"우리 집에 가자."

"그럴까?"

"그래, 집에 가자."

"그러자."

이곳은 우리가 출발했던 지구와는 완전히 동떨어진 곳이었으나, 성좌는 자신이 어디에 있던 자기 세계로 드나들 수 있다.

마치 인벤토리처럼.

이런 비유를 티케는 그리 좋아하지 않았지만, 어쨌든 이보다 더 빠르게 이해시킬 수 있는 비유를 찾아내지 못했다.

이것도 아마 내가 모험가 출신이기 때문이겠지.

아무튼 나는 티케와 함께 티케의 세계에 들어갔다.

그러고 보니 내 세계도 고쳐야 하는데 벌써 몇 년째 미루고 있네.

이게 다 은하 너머의 그놈들 때문이다.

나쁜 놈들.

대충 책임 회피를 한 나는 티케의 안방에 들어가자마자 참지 않았다.

티케도 참지 않았다.

우리는 짐승처럼 하루를 보냈다.

아니면 한 달을.

                    *   *   *

우리는 바쁜 일상을 보냈다.

아침이 되면 [행운의 차원문★★★★]을 열고 다음 세계로 가서 다음 인류를 구원한다.

점심이 되면 [행운의 차원문★★★★]을 열고 다음 세계로 가서 다음 인류를 구원한다.

저녁이 되면… 사실 이제 아침, 점심, 저녁의 구분에 의미가 있는지도 잘 모르겠다.

행성마다 자전 시간이 달라서 언제 해가 지고 뜨는지도 다 다른데 말이다.

아무튼 [행운의 차원문★★★★]을 열고 다음 세계로 가서 다음 인류를 구원한다.

이것의 반복이었다.

애초부터 성좌라서 잘 지치지 않는데, 이제는 성좌 중에서도 대단히 강한 축에 성좌라서 지칠 수도 없다.

뭐, 물론 정신 쪽은 이야기가 조금 다를 수도 있었지만 말이다.

그것도 과거 이야기다.

[불변의 정신★★★★★] 덕분에, 나는 지치고 싶을 때만 지칠 수 있는 몸이 되었다.

그나마 티케가 지치는 걸 보고 기준으로 삼는데, 이제는 티케도 워낙 강해져서 잘 안 지친다.

"이걸 언제까지 해야 할지 모르겠는데."

"어… 죽을 때까지?"

"성좌는 자연사 안 하잖아."

"그래서 하는 말이야."

"아……."

그렇게 우리는 일상처럼 인류를 구원하고 있었다.

그런데 일상이란 게 또 이래서 무섭다.

"오오, 다시 오실 그날을 손꼽아 기다리고만 있었습니다! 철호신이시여!!"

엥? 너 내가 본 적 있던가?

다행히 입을 꾹 다물고 있었던 덕에 나도 모르게 튀어나오려던 말을 삼킬 수는 있었다.

아무리 생각해도 기억이 나지 않는지라 [비밀 교환★★★★★]과 상담한 결과, 이들은 이시어스의 벌레 인류 종족이라는 비밀이 드러났다.

그리고 내가 이 일을 시작한 꽤 초반에 그들을 구원했었다는 사실 또한.

아니… 벌써 2회차야? 한지 얼마나 됐다고 벌써 중복이 떠?

이런 말을 하기엔 내가 이 일을 꽤 오래 하긴 했다.

"조부의 조부로부터 신의 이름을 처음 들었을 때는 무지하고 어리석은 선조가 헛된 믿음을 품었다고 생각했습니다. 그러나 어리석은 건 저였군요!"

더군다나 상대는 이런 말도 하고 있지 않은가?

조부의 조부면 고조할아버지 아닌가?

내게는 고작 몇 달 전의 일에 불과할지라도, 이들에게는 세대에 세대를 거친 옛일이 되어 버렸다.

이들 종족의 수명이 짧고 세대교체 사이클이 빨라서 그런 것일 수도 있겠지만, 어쨌든 이들에게 있어 나는 옛 전설 속에나 나오는 존재란 뜻이다.

어느 날 세계의 한구석에 떨어진 운석에서 뿜어져 나온 기이한 [색채]가 세계의 색을 빠른 속도로 빨아먹으며, 이들의 삶의 터전은 급속히 쪼그라들고 있었다.

그 어느 때보다도 전설적인 신이 필요한 시점.

그러나 만성화된 절망 속에서 사람들의 믿음은 흔들리고 있는 상태였다.

그럼에도 불구하고 소수의 신실한 믿음에 응답해 신이 나타났다.

바로 그게 나였다.

*   *   *

나는 운석을 부수고 세계에 빛을 돌려주었다.

당연히 이골이 난 지금은 일 처리 수준이 이전과 달랐다.

나는 이 광경을 세계 전체에 동시 생중계했다.

별로 어렵지도 않더만.

능력 몇 개 만들어서 적용하면 끝이었다.

그리고 기념비를 남겨 내 활약을 대대로 전승하게 했다.

기념비를 만지면 전에 중계한 영상이 머릿속에 흐르는 방식으로 말이다.

물론 능력을 새로 만드는 건 비쌌다.

그런데 이번에 만든 능력을 딱 한 번 쓰고 그냥 버릴 것도 아니지 않은가?

앞으로 다른 세계에서도 두고두고 쓸 능력이다.

게다가 리턴이 워낙 컸다.

"이철호! 이철호! 이철호!"

"오오, 철호 님! 철호신님!"

당장 들어오는 신앙 수입이 굉장했다.

게다가 향후 기념비를 통한 2차, 3차 수익도 기대할 만했다.

이제는 고조할아버지 세대가 아니라 열 세대, 스무 세대가 지나도 이들의 후손은 나를 기억하리라.

적어도 기념비가 망가질 때까지는.

"이번에는 참 많은 교훈을 얻고 가네."

일을 잘하는 것도 중요하지만, 얼마나 잘 알리느냐, 얼마나 기록을 잘 남기느냐도 중요하다는 걸 깨닫게 되었다.

영화 한 편 찍고 영화관에 올렸다가 내리면 끝인 게 아닌 것처럼 말이다.

*   *   *

내 전략은 잘 통했다.

너무 잘 통해서 무서울 정도였다.

일단 이 방법을 동원한 이후, 소위 말해 '연금 수익'이 폭증했다.

원래는 세대교체 사이클이 짧은 세계일수록 시간이 지남에 따라 들어오는 신앙 수익이 급격히 줄어들었으나, 그 저하 폭이 크게 완만해진 덕이다.

게다가 기념비 사업은 새로운 이득을 창출했다.

벌레 인류든 버섯 인류든 모래 인류든 누가 인류 아니랄까봐 서로 이합집산을 거듭하며 견제하고 반목하고 전쟁까지 일

삼는 일이 빈번했다.

그러나 기념비를 세우자 그런 일이 많이 줄어들었다.

줄어들었다는 건 당연히 없어지진 않았다는 소리긴 했다.

그래도 기념비가 세워진 도시에 소위 말하는 '천명'이 생겨 당대의 패권국이 차지하는 경우가 많아졌다.

그럼으로써 대제국이 성립하고 기술, 문화, 사상의 발전이 가속화되어 결과적으로 인류 전체의 번영으로 이어지기도 했고 말이다.

그리고 그것은 곧 내 힘의 증대를 뜻했다.

물론 앞서 말했듯 모든 세계가 다 같은 방식으로 잘 돌아가지는 않았지만, 그 가능성이 커진 것만으로 충분했다.

내가 바라는 건 떡상 코인이 아니라 연금이었으니까.

"이제야 좀 보람이 느껴지는군."

때때로 [비밀 교환★★★★★] 선생님께 내가 구원한 세계가 잘 돌아가고 있는지 물어볼 생각이 들 정도의 의욕은 생겼다.

그렇다고 내가 직접 대대적이고 적극적으로 개입할 생각은 여전히 나지 않았지만 말이다.

나는 새로운 인류를 구원하기에도 바쁜 몸이었다.

사실은 여전히 가장 수입이 좋은 건 이쪽이기도 했고 말이다.

*   *   *

"또 은하의 중심이네."

"그러네, 이걸로 네 번째네."

티케가 말한 대로, 은하의 중심에서 이름을 외치는 것은 이번이 네번째였다.

이제는 티케도 여기가 우리 은하의 중심이 아닌 것을 안다.

내가 세 번째 갔을 때 슬쩍 알려 줬거든.

왜 두 번째 때 안 알려 줬냐는 반문에는 그땐 나도 몰랐다는 대답으로 위기를 모면했다.

아무튼 우리는 다시 이름을 외치고 은하의 중심을 빠져나왔다.

"이제 또 한동안은 인류를 구하러 다녀야겠네."

"그렇겠지? 혹시 모르지만 말이야."

"그렇지."

티케는 [행운의 차원문★★★★★]을 열었다.

아니, 실수가 아니다.

티케가 얼마 전 [행운의 차원문★★★★]에 ★ 하나를 더해 ★ 다섯으로 만들었기 때문이다.

잘 모르겠는데, 티케의 설명에 의하면 이 차원문은 시공을 오갈 수 있다고 한다.

그러니까 과거로도 미래로도 갈 수 있다는 뜻이다.

과거로 이동 중에는 이미 관측되어 고정된 시계열, 흔히 말해 운명이 정해진 곳에 가면 아무것도 바꿀 수 없다.

[운명 조작★★★]을 사용하면 과거의 운명도 바꿀 수 있게 되겠지만, 그 경우에는 우리 힘을 쓰게 되니 계산을 잘해야 한다.

반대로 미래 시점으로 갔을 경우에도 우리가 시계열을 관측함으로써 운명이 고정되므로 주의해야 한다.

이 경우에도 여차하면 [운명 조작★★★]으로 꼬인 운명을 풀 수 있지만, 가급적 피하는 게 낫겠지.

좀 더 까다로운 선택이 필요해졌다는 이야기다.

하지만 이게 나쁜 것만은 아니다.

오히려 좋아졌으면 좋아졌지.

시간대를 마음대로 오가며 더 많은 성좌의 힘을 벌어들일 수 있게 됐다는 뜻이니까.

운명이 고정되는 거야 어차피 은하와 은하를 오가는 마당에 큰 문제가 되지는 않으리라.

[행운의 차원문★★★★★]인만큼 운 좋은 곳에나 데려다줄 거라 믿어도 되겠지.

…되겠지?

              *   *   *

어차피 내가 해야 할 일은 바뀌지 않았다.

차원문을 통과하고, 인류를 구하고, 힘을 얻는다.

차원문에 ★ 하나가 더해졌든 말든, 우리의 일상이 바뀌는 일은 없었다.

"…라고 믿어도 되는 걸까?"

나는 티케와 상담했다.

"응! 믿어!"

[행운의 여신]은 티케는 환하게 웃으며 대답했다.

음, 그렇군.

"나 여기서 [운명 조작★★★]에 ★ 달고 간다."

"갑자기 왜?"

"원래 운은 노력하는 사람에게 따라온다잖아."

"……! 그건 그래."

           *   *   *

[행운의 차원문★★★★★]이 제대로 작동하는 것을 확인한 후, 나는 여기서 일단 지구로 귀환하기로 했다.

돌아가는 법 자체는 간단했다.

"[귀환]."

능력을 만들면 그만이니.

[귀환] 능력 자체가 원래 있는 능력이기도 한 데다 구조가 간단해서 만드는 것 자체는 어렵지는 않았다.

대신이라고 하긴 좀 뭐하지만, 여기가 지구에서 좀 먼 곳이라 힘이 많이 빨려 나가는 게 문제라면 문제였다.

뭐, 이런 식으로 소모되는 힘은 기다리면 다시 채워지니 굳이 망설일 것도 없었다.

왜 지금 와서 갑자기 지구로 돌아가기로 마음먹었냐면, 그건 티케 때문이다.

티케가 공들여서 만든 [행운의 차원문★★★★★]은 시공을 오갈 수 있다.

그렇다는 말은 조금 다른 짓을 좀 하면서 시간을 낭비하더라도 상관없다는 뜻이기도 했다.

그렇게 시간을 보내도, [행운의 차원문★★★★★]이 알아서 최적의 시간대와 위치로 보내 줄 테니 말이다.

"그걸 누가 그렇게 해석해?"

"그게 나야, 놀랍게도."

티케는 내 논리를 반박하려고 무진 애를 썼지만 결국 실패하고 받아들이기로 했다.

나와 함께 돌아가기로 했다는 뜻이다.

"자, 친정 가자."

"그러고 보니 거기가 친정이긴 하네."

누가 아니래?

*   *   *

[귀환]!

[귀환] 능력으로 지정된 곳은 서울의 한적한 신도시였다.

그렇다. 내가 혼자 나와 아이스크림과 콜라를 사다 먹던 바로 그곳이었다. 여기가 아무래도 내 마음의 고향이 된 모양이다.

"와, 못 보던 게 많이 생겼네."

편의점에서 음식을 고르던 티케가 싱글벙글하며 내게 비닐에 싸인 물건 하나를 내밀었다.

포장지에는 핵 구름이 인쇄되어 있었고, 화난 닭 한 마리가 꼬꼬댁하며 날개를 퍼덕이고 있었다.

하긴 문명 재건 이후엔 핵 맞아 죽은 인류가 없다 보니 핵을 더 노골적으로 써도 되는구나, 하는 생각이 든 것도 잠시.

음, 뭔지 대충 알겠다.

"티케, 그거 내려놔. 어어, 조심히 내려놔."

"왜, 왜?"

문명 멸망 전에 유명했던 라면이 지금 시대에 이런 식으로 부활하다니.

악랄하기 짝이 없도다!

"우리 그냥 먹던 거 먹자."

고향에 돌아왔는데 고향의 맛을 먹어야 하지 않겠는가?

"로제?"

"로제."

로제 떡볶이와 '고향의 맛'이라는 단어가 머릿속에서 잘 매치되지 않는 것도 내 고정 관념 탓이겠지.

고향을 한국으로 한정하니까 생기는 인식 차이다.

고향을 지구라고 생각하면 된다.

나는 마음이 편해지는 것을 느꼈다.

*　　　　　*　　　　　*

고향에서의 군것질을 마치고 장인어른께 인사를 드린 후, 나는 곧장 달 뒤편에 올랐다.

티케는 집에서 쉬겠다며 먼저 티케의 세계로 들어갔다.

나도 그냥 지금 따라 들어갈까, 하는 충동을 거부한 채, 나는 늘 명상하던 구덩이 안에 틀어박혀 가부좌를 틀었다.

그리고 [신비한 명상★]을 사용했다.

결과.

[운명 조작★★★★]

"쉽지 않군."

단번에 ★ 2개를 늘릴 생각이었는데, 하나만으로도 이미 한계에 달한 듯했다.

아니, 힘의 문제가 아니다.

오히려 힘은 그리 많이 들지 않았다.

마치 벽에 막힌 듯했다.

그리고 이건 이미 몇 번 겪었던 일이기도 했다.

지난번에는 [신비한 명상★]을 만들면서 극복했었는데… 이번에도 그렇게 해야 하나?

나는 잠깐 고민했다.

하지만 고민은 길지 않았다.

지금도 내가 구원한 온 인류의 신앙이 내게 모여들고 있었고, [운명 조작★★★★]을 만드는 데에 쓰였던 힘조차도 금세 다시 채워졌으니.

"그래. 하지, 뭐."

나는 [신비한 명상★★]을 만들었다.

이번에는 이전과 같은 실수를 범하지 않기 위해 ★을 붙이면서 동시에 제대로 된 능력으로의 개조도 겸했다.

하지만 간단한 수정 사항이기 때문에 [지식]과 접촉하는 것도 그리 어렵지 않으리라.

그럴 일이 생길지 좀 의문이긴 하지만…….

"음?"

그러고 보니 이제까지 [지식]에다 대고 [비밀 교환★★★★★]을 써 본 적이 없음을 나는 뒤늦게 깨달았다.

"[지식]이라."

이 능력치가 대체 뭔지, 한 번 탐구해 볼 가치가 있을 것 같았다.

"일단 하던 일부터 마치고, 천천히 생각하자."

[신비한 명상]을 하다 보면 꼭 이렇게 생각이 딴 데로 새게 된단 말이지.

뭐, 이젠 [신비한 명상★★]이지만.

나는 자세를 고쳐 잡고 명상에 들어갔다.

그리고 그동안 헤맸던 게 이상하게 느껴질 정도로 수월하게 [운명 조작★★★★★]을 완성할 수 있게 되었다.

"됐군."

이제 [운명 조작★★★★★]을 사용해도 내 힘이 소모되지 않는다. 운명을 조작당하는 대상이 그 대가까지 완전히 떠안게 되는 덕택이다.

물론 스테이터스 타워에 가서 상세한 설명을 읽어 봐야 명확하게 감이 잡히겠지만, 당장 능력을 완성한 내 느낌으로는 그랬다.

이걸로 [행운의 차원문★★★★★]이 우릴 아무리 운명이 꼬인 곳으로 데려다 놔도, 이 능력만 있으면 어떻게든 해결이 가능해질 것이다.

그야말로 노코스트에 필살의 능력, 으로 보이지만 한계가 없는 건 아니다. 예전에 은하 너머의 놈들 본체가 보여줬던 것처럼 자신의 운명에 저항할 수 있는 능력을 갖춘 놈들은 이 능력도 봉쇄해 버릴 수 있었으니까.

그렇다고 그런 놈들 상대로 아무 소용이 없는 건 아니다.

운명에 저항할 능력이 있어서 능력 발동을 봉쇄한다?

그럼 저항할 능력이 없게 만들면 된다.

어떻게?

두들겨 패서.

원시적이고 원초적인 방법이지만, 그래서 더더욱 성좌급엔 잘 통하는 방법이기도 했다.

"결국 힘을 늘려야 하는 건 똑같군."

결론이 똑같으니 좀 답답하기도 하다.

"자, 그럼."

나는 자세를 다시 잡았다.

"[지식]에 대해 알아볼까?"

이럴 땐 역시 비밀 위키라도 보면서 기분전환을 하는 게 딱이지.

그렇다고 방심하면 안 된다.

오염된 [지식]은 내 정신과 영혼도 함께 오염시킬 수 있으니.

언제든 [모발 부적★★★★★]을 사용할 마음의 준비를 단단히 한 나는 [비밀 교환★★★★★]을 발동했다.

대체 [지식]이 무엇인지, 언제부터 어긋나게 된 건지에 대해 알아보기 위해서.

            *   *   *

"알았다."

의외로 [모발 부적★★★★★]을 쓸 일은 없었다.

아마 [불변의 정신★★★★★]도 발동하지 않았을 것이다.

왜냐하면 내가 [비밀 교환★★★★★]으로 확인한 비밀은 아주 드라이한 진실뿐이었기 때문이다.

"[지식]은 별을 깨우는 힘이야."

사람의 갓난아기가 그저 본능에만 따라 움직이다가 부모의 언어를 습득하고 개념을 이해하고 관념을 갖게 되며 사람이 되어 가듯.

별 또한 마찬가지다.

물질이 중력을 가지고, 그 물질들이 서로에게 이끌려 모여들면서 하나의 거대한 별이 되어 가는 과정에서 별의 의지가 생겨날 일은 없다.

그러나 별이 아니었던 것이 별이 되는 순간, 별은 우주의 이치를 하나씩 깨닫게 되어 간다.

은하의 중심에 존재하는 초질량 블랙홀을 중심으로 모든 별이 공전하며 자신의 궤도를 갖는다.

궤도를 갖지 못한 별은 유랑하다 다른 별에 부딪혀 깨어지는 것이 그 숙명.

혜성조차 거대한 궤도를 그리며 움직이고 있으니, 결국 모든 살아남은 별은 궤도를 갖고 있다고 말해도 과언은 아니었다.

그러한 별의 숙명과도 같은, 당연히 알아야 하는 물리 법칙이 바로 [지식]이다.

깨달으면 계속해서 존재할 수 있고, 모르면 언젠가 무언가에 부딪혀 소멸하고 마는 것.

계속해서 존재하려는 별은 필사적으로 [지식]을 가지려고 한다.

그러지 못한, 혹은 그러지 않은 별은 모두 소멸했으므로, 존재하려는 별만이 남은 것은 당연하다고까지 할 수 있겠다.

존재에 필수적인 [지식]을 모두 습득하고 난 후에도, 별은 자연스럽게 계속해서 [지식]을 원하게 된다.

그리하여 오직 자신의 궤도만이 아는 것의 전부였던 별은 이제 자신의 내부에 관심을 갖기 시작한다.

대부분의 별에는 생명이 살지 않으니 거기서 끝나 버리나, 운이 좋은 건지 나쁜 건지 모를 곳에선 생명이 태동하곤 한다.

그 생명이 지능을 갖고, 감정에 눈을 뜨는 순간이 고비다.

보통 그 순간, 별 또한 감정이라는 걸 갖게 되는 경우가 많기 때문이다.

자신의 위를 기어 다니는 저 정체 모를 것들에게 별이 호감을 느끼는지 혐오를 느끼는지, 아니면 완전한 무관심을 관철할지는 아무도 모른다.

그것은 그저 우연이 결정할 일이기 때문이다.

어느 쪽이든 그러한 모종의 감정을 품게 되는 바로 그 순간 별의 '의지'가 태동하게 된다.

지상의 존재를 휩쓸어 버려야겠다는 의지, 혹은 관심을 두고 지켜보겠다는 의지.

그렇게 태동한 별의 의지는 그저 좋고 싫음에서 보다 복잡한 감정에 눈 뜨게 되고, 그러한 감정을 처리하기 위해 지능을 얻게 되며, 나아가 자아까지 갖게 된다.

그리고 몇몇 별은 몇몇 생명이 처음부터 그러했던 것처럼, 더욱 빠르게 더 고도화된 [지식]을 얻기 위해 금기를 범한다.

그것이 바로 별을 먹는 것이었다.

생물 간에는 자연스럽게 이뤄지는 섭식 행위가 별에 있어 금기가 된 까닭은 당연히 위험하기 때문이다.

별이 별을 먹으려면 별에게 가까이 접근해야 하고, 그러면 별들이 지닌 중력이 서로를 끌어당길 테고, 그 끝은 결국 대충돌로 끝나기 때문이다.

그렇게 금기를 범한 '미친 별'들 대부분은 죽었다.

정확히는 별이 아니게 되고 의지 또한 사라진 것이지만, 생물에게 있어 죽은 상태인 시체에 딱 들어맞는 상태가 된 것은 사실이니까.

그러나 문제는 대부분 죽었을 뿐, 전부 다 죽은 것은 아니라는 점이다.

별을 먹고도 살아남은 별은 자신이 더욱 커졌으며, 더 많은 [지식]을 갖게 됐음을 알게 된다.

먹은 별의 [지식]을 흡수할 수 있음을 깨달은 그들은 한 번 더 별을 먹길 원한다. 동시에 그들은 별을 먹으려고 시도했을 때 일어나는 일을 [지식]으로 알아냈다.

같은 방법으로 또 별을 먹으려고 시도했다간 '죽을' 수도 있다는 사실 또한 알아챘다.

그럼에도 불구하고 그냥 무시하고 별을 또 먹으려고 든 별은 매우 높은 확률로 죽었고, 그걸 반복하는 별은 결국 다 죽었다.

살아남은 것은 방법을 찾아낸 별뿐이다.

별들 사이에 작용하는 중력이 문제가 되었다는 사실을 알아낸 놈들은 이제 새로운 방식을 사용하려고 든다.

그것들은 별을 먹기 위해 새로운 몸을, 분신을 만들기로 했다.

그것이 바로… 은하 너머의 존재였다.

*   *   *

"아니, 이런 걸 알게 될 줄은 몰랐는데."

마치 문명 멸망 전 위키를 읽다가 표류한 것 같았다.

관련 문서를 읽다가 키워드 하나에 신경이 팔려 그 키워드에 관한 문서를 읽고 그렇게 옆으로 계속 새다가 생각지도 못한 걸 알게 되는, 그런.

마치 모기를 검색하다 지구 환경이 이미 부서져 있으며 되돌릴 수 없다는 걸 알게 된 것 같았다.

뭐, 결국 지구 문명은 환경 문제와는 다른 방식으로 무너져버렸지만 말이다.

좌우지간 참 이상한 방식으로 적의 진정한 정체를 깨닫게 됐다.

"별의 분신이라."

그냥 별도 아니고 별을 섭식하는 미친 별.

인간으로 치면 식인종인 셈이다.

내가 상대하려고 하는 일명 '본체'는 진짜 본체가 아니라 그 별의 또 분신체라는 듯했다.

이러니까 본체를 버리고 분신체를 움직여 별을 먹는 데에 집착할 수 있었던 거다.

진짜 본체인 별 먹는 별의 입장에선 좀 더 큰 분신체와 작은 분신체의 중요도가 그리 다르지 않기 때문에 내릴 수 있었던 결정이었으리라.

"하… 그럼 본체를 없애도 이 싸움이 끝나지 않는다는 뜻이네."

애초에 본체가 본체가 아니니만큼 당연한 일이다.

별 먹는 별이 다시금 새로운 분신을 창조해 밀어 넣을 뿐일 테니 말이다.

그렇다면 별 먹는 별을 쓰러뜨려야 완전히 뿌리를 뽑을 수 있다는 건데…….

"…[행운의 차원문★★★★]이 괜히 우리를 뺑뺑이 돌린 게 아니었군."

지금은 [행운의 차원문★★★★★]이지만, 그거야 뭐 아무튼.

우리는 우리를 성좌라 칭하고 있지만, 결국 우리는 진짜 별을 모방하고 있는 것에 지나지 않은 존재들이다.

모방품이 진짜를 이기려면 보통 노력으로 될 리가 없다.

문자 그대로 별에 달하는 힘이 필요하리라.

그러니 [행운의 차원문★★★★]은 일단 우리 힘부터 불려주려고 한 것이었으리라.

"하……"

이 싸움이 얼마나 아득한 싸움인지 뒤늦게 깨달은 나는 긴 한숨을 내뿜다가, 결국 고개를 절레절레 흔들고 말았다.

"나중에 생각하자."

이 사실을 누구에게 밝히고 상담할 것인지부터 시작해서 앞으로 어떻게 행동할 것인지까지 고민할 건 너무 많았으나 그래서 더욱 시작할 엄두가 나지 않았다.

그래서 나는 일단 알아보던 거나 계속 알아보기로 했다.

[지식]에 관해서다.

2장
—
타협

  아무튼 태초의 [지식]은 별들이 존재하기 위해 중력과 궤도에 관한 법칙을 습득하는 것에 시작해, 일반적으로 인간 사이에 통하는 지식과 그리 다르지 않았다.

  모든 별들이 존재 존속을 위해 [지식]을 욕망한다는 것을 안 별 먹는 별들이 거기에 자신들이 좀 더 쉽게 별을 먹기 위해 독을 섞은 [지식]을 뿌리기 시작했다.

  그런데 그 [지식]에 뜻하지 않은 부작용이랄까, 부가 효과가 나타났다.

  별 위의 생명체들도 [지식]의 영향을 받고, [지식]의 추종자가 되어, 더 많은 [지식]을 얻을수록 종국에는 별 먹는 별을 따르는 사도가 되어 버리는 것이 바로 그것이었다.

  별 먹는 별을 따르는 사도들은 자기 세상을 별 먹는 별에게 바치기 위해 노력하게 되고, 그것은 별 먹는 별에게 기꺼운 결과로 이어졌다.

이 부가 효과의 존재를 알게 된 별 먹는 별들은 더욱 적극적으로 [지식]을 뿌리게 되었다… 는 것이 그 전말이었다.

[지식]의 총체인 별들을 관측함으로써 힘을 얻는 [신비]가 뒤틀린 [신비한 명상]을 통해 [지식]에 오염되는 것도 자연스러운 수순이었다.

계속해서 관측하는 한, 언젠가는 별 먹는 별이나 그 분신체를 관측하게 되고 그 순간부터 [지식]은 오염되기 시작하기 때문이다.

"[비의 계승자]가 그런 식으로 오염된 거로군."

지구의 의지 또한 마찬가지 현상을 겪었으리라.

그래, 지구의 의지.

그러고 보니 나는 지구의 의지를 잠들게 한 적이 있다.

지구뿐일까? 내가 잠재운 별의 의지는 한둘이 아니다.

[신비한 명상★]과 [운명 조작★★★].

지금은 [신비한 명상★★]과 [운명 조작★★★★★]이지만…….

아무튼 이 두 능력의 조합으로 별의 의지를 잠재울 수 있었다.

그러나 별 먹는 별의 의지까지 같은 방법으로 잠재울 수는 없을 것이다.

지구를 비롯한 미친 별들은 모두 별 먹는 별에 의해 심하게 수탈당해 힘을 많이 잃은 상태였으니 말이다.

아무리 [운명 조작★★★★★]을 완성했다 한들, 만전의 상태인 별 먹는 별을 잠재우긴 힘들 것이다.

그렇다면 방법은 역시 별 먹는 별을 두들겨 패서 힘을 빼게 해 지구 수준까지 끌어내리는 것이려나?

그러려면 힘이 아주 세야 할 것이다.

지금 수준으로는 턱도 없고, 아마도 향후 수백 년 내에는 무리겠지.

"아무튼 길게 봐야겠어."

궤도에 묶인 별들은 직접 움직이지 못한다.

별 먹는 별이라 해도 크게 다르진 않다.

물론 극초기엔 별 먹는 별이 직접 움직여 다른 별을 먹으러 다녔던 적도 있었지만, 지금은 그 위험성을 알고 있는 만큼 택하지 않을 가능성이 컸다.

즉, 한 번 본체… 라고 불렸던 분신체를 파괴하고 나면 다음 분신체를 만들 때까지 시간을 벌 수 있다.

이번에 분신체를 파괴할 수 있다면 다음에도 분신체를 파괴할 수 있을 테니까, 이론상 벌 수 있는 시간은 무한하다.

물론 상대도 바보는 아니라 다른 수를 낼 테니 실제로 무한은 아니겠지만, 적어도 꽤 많은 시간을 벌 수 있으리라고 기대할 수 있겠다 싶다.

"좋아… 이제야 생각이 좀 정리되는군."

일단 그, 구 '본체'를 죽인다.

다른 건 나중에 생각해도 된다.

이것이 오늘의 결론이라 할 수 있겠다.

"그럼 이제 가 볼까?"

혼잣말은 여기까지다.

능력도 다 만들었겠다, 이제 마누라나 보러 가야겠다.

*　　　　　*　　　　　*

내가 가장 잘하는 것은 비밀을 잊는 것이다.

아니, 원래는 안 그랬는데, 어느새 그렇게 됐다.

정확히는 [비밀 교환★★★]을 얻었을 때쯤 저절로 그렇게 되더라.

그래서 나는 별 먹는 별에 대한 걸 잊어버렸다.

물론 완전히 잊지는 않았다.

은하 너머의 놈들, 내가 지금은 본체라고 생각하는 놈들, 정확히는 별 먹는 별의 분신체를 처치한 다음에 자연스럽게 기억해 내게 되리라.

그 스위치를 누르기 전까지 자연스럽게 잊는 정도야 뭐, 지금의 내게 있어 그리 어려운 일이라고 할 수도 없었다.

따라서.

"자, 떠나자."

우리는 다시금 여행에 나섰다.

[행운의 차원문★★★★★]

행운이 모든 것을 가이드 해 주는 관광버스에 몸을 실었다.

은하의 중심에서 이름을 외치고 인류를 구원했다.

처음 보는 인류도, 두 번째 보는 인류도, 여러 번 봤던 인류도 차별하지 않고 공평하게 구원했다.

"이러다 우주의 법칙이 되어 버리는 게 아닐지 모르겠군."

인류가 위험할 때 나타난다, 이철호!

사실 정말로 그랬다.

시공을 뛰어넘을 수 있는 [행운의 차원문★★★★★]은 항상 인류가 위험한 시점에, 딱 내가 필요한 곳으로 우리를 데려다 놓기 때문이었다.

"진짜로 법칙이 될 순 없지."

이대로 인류만 구하러 다니는 존재가 될 순 없다.

그래서 우리는 놀고 싶을 때는 놀고, 자고 싶을 때는 자고, 먹고 싶을 때는 먹었다.

식사와 수면이 필요하지 않은 성좌이기 때문에 오히려 더욱 욕망에 충실해지는 면이 있었다.

내키면 한다.

우리에게 이보다 더 중요한 게 없었다.

"이러다 [피] 어린이가 되는 게 아닌지 모르겠어."

돌이켜 보면 그 어린이만큼 충동대로 사는 성좌가 없었다.

기껏해야 [로맨스] 성좌 정도가 비견되리라.

"지구 성좌 이야기 되게 오랜만에 하네. 좀 그리워지는데. 지구에나 잠깐 돌아가 볼까?"

"설마 [피] 어린이를 보고 싶다는 건 아니지?"

"설마!"

티케는 정말 말도 안 되는 농담을 들었다는 듯 깔깔 웃었다.

다시 생각해보니 정말 말도 안 되는 농담이 맞았다.

그런 농담을 떠올리다니, 사실 난 농담의 천재였던 게 아닐까?

아무튼 내키긴 내켰으므로 우리는 지구에 들러서 잠깐 데이트도 했다.

정말 아무짝에도 쓸모가 없는 최신 휴대폰도 사서 서로 카톡도 하고, 언제든 화성에 갈 수 있으면서 굳이 화성 VR 체험도 했다.

물론 정체는 완전히 숨겼다.

"역시 힘은 숨겨야 제맛이지."

"아니, 드러낼 이유가 없잖아."

오히려 드러내면 귀찮아진다.

아무튼 오랜만에 들른 지구는 전혀 바뀌지 않은 것 같으면서도 많은 것이 바뀌어 있었다.

먼저 여유가 생겼다.

하긴 그렇게 오래 평화가 지속됐는데, 긴장이 계속 유지되는 게 더 이상하지.

애를 탁아소에 맡겨 3년 만에 어른으로 만들어 인구를 쑥쑥 늘리는 행위가 일단 많이 줄어들었다.

내가 예전에 한 말, 그러니까 가족끼리 함께 시간을 보내고 애랑 놀아 주라는 말을 뒤늦게 발굴해 낸 덕택이다.

뭐, 탁아소에 애들 보내던 시절에도 일 끝나면 애들하고 놀아 주고 그랬다지만…….

아무래도 애가 3년 만에 커 버리면 충분한 시간을 함께 보내기 힘들긴 하지.

그리고 지구에 드디어 문화가 꽃피기 시작했다.

앞서 말한 휴대폰이나 VR기기 등도 모두 문화생활을 위한 거였으니까.

정확히는 문명 이전 시대를 기억하는 늙은이들이 과거를 재현하는 것에 가까웠지만, 놀거리가 부족했던 아이들도 같은 문화를 공유하는 듯했다.

우리 땐 그런 거 별로 없었는데.

20년 가까이 히트한 IP조차 애들이 머리 좀 크면 어른들이 참견한다고 다른 취미로 옮겨 가는 게 우리 시대였다.

지금 와서 말하자면 사실 배가 불렀지.

그땐 즐길 거리가 많았으니까 취향에 따라 취사 선택이 가능했던 것뿐이다.

하지만 발전하는 속도를 보아하니 곧 또 그렇게 될 것도 같아 보였다.

"아무튼 보기 좋네."

결론은 이거였다.

"당분간은 좀 더 자리를 비워도 되겠어."

안심했다!

*　　　　*　　　　*

나는 다시 인류를 구하러 출발했다.

그리고 곧 깨달았다.

"이놈들… 두세 번씩 구해야 하는 놈들이 너무 많아졌잖아?"

처음 구할 때는 보통 은하 너머의 존재들에 의해 침탈당할 경우가 많았다.

그러나 두세 번째는 달랐다.

전쟁, 기아, 환경 문제…….

위기의 본질적인 원인이 본인들인 경우가 대부분이었다.

"아무래도 안 되겠어."

이 인류가 번창하고 번영해야 내 힘이 빨리 강해지는데, 반대로 위기에 처해 절멸당해 버리면 내 힘이 줄어들게 된다.

아니, 정확히 따지자면 줄어드는 건 아닌데 원래 사업이란 게 그렇잖아.

기대 수익이 줄고 성장이 느려지면 그게 곧 손해다.

그래서 나는 안정적인 성장을 위해 뭔가 수를 써야 한다는 결론에 이르렀다.

그 결론이 바로 이것이었다.

[인류의 챔피언의 성궤]

반드시 지켜야 하는 일곱의 계명이 새겨진 성물을 만들어 인류 지도자에게 넘기는 것이 그것이었다.

성궤에 새겨진 계명은 다음과 같다.

1. 어지간하면 살인하지 않도록 노력해 봐라.

2. 내 이름 대고 식인하지 마라.

3. 어지간하면 같은 인류를 노예로 부리지 말도록 노력해 봐라.

4. 어지간하면 진실만을 말하도록 노력해 봐라.

5. 어지간하면 공정한 계약을 맺도록 노력하고, 일단 맺은 계약을 지키도록 노력해 봐라.

6. 목숨의 위험에 처한 이를 도울 수 있으면 도와라. 단, 네가 목숨까지 걸 필요는 없다.

7. 네게 식량의 여유가 있다면 당장 굶주려 죽어 가는 주위

의 이웃을 돕는 것도 좋을 것이다.

이거 정하는 거 힘들었다.

왜냐하면 벌레 인류부터 모래 인류까지 다 사는 환경이 다른데, 성궤의 계명은 일률적이어야 하니 힘들 수밖에 없었다.

대충 '어지간하면~ 노력해 봐라.' 로 맺은 이유도 그것 때문이다.

환경상 영 안 되면 어겨도 괜찮지만, 그래도 마지막 한 발 뗄 때까지는 고민해 보라는 의미에서.

아무리 그래도 종족의 구원자가 그것도 성궤를 내리면서 한 소린데, 아예 무시하긴 힘들겠지.

다만 다른 계율들과 달리 두 번째 계율만큼은 단호하게 금지했다.

내 이름 대고 사람을 제물로 바치려는 놈들이 좀 많았어야지.

하긴 고대 로마 제국 놈들 유적에서도 인신 공양을 벌인 흔적이 발견됐다고 하니 어련하시겠어.

그거야 뭐 아무튼, 사실 가장 큰 효과를 기대하고 있는 건 일곱 번째 계율이었다. 식량만 잘 분배되어도 인구 증가 속도가 확 달라질 거라는 건 지구 인류 역사가 증명하니 말이다.

결과.

"와, 힘이 순간적으로 확 세졌네?"

별로 이상한 일은 아니었다.

왜냐하면 요즘 나는 과거로도 가서 인류를 구하고 있기 때문이다.

지금의 나는 현재의 나이니, 결과물을 지금 받아 봐도 이상할 건 하나도 없었다. 극단적으로는 지금 인류를 구하겠다고 마음만 먹어도 힘이 불어나는 상태였다.

물론 그만큼 향후 인류를 구해야겠지만 말이다.

뭐, 대출 비슷한 개념으로 이해하면 되겠다.

마음만 먹어도 곧장 대출이 땡겨진다는 건 참 무섭지만, 이자도 없고 변제 기한도 뭐… 없는 거나 마찬가지니 겁먹을 필요까진 없다.

"효과가 있긴 있는 모양이네? 신기하네."

"그치?"

티케의 말에 나는 고개를 끄덕였다.

성경 같은 데서 인간들이 계율 어기는 것만 봐 왔던 나로선 다른 인류들이 내 계율을 지키는 게 신기하게 느껴질 수밖에 없었다.

그거야 뭐 아무튼.

"좋아, 의욕이 생기는군. 오늘 세 군데만 더 돌아보자."

어차피 우주를 도는 데다 시공을 오가는 터라 '오늘' 이라는 표현에는 어폐가 이만저만이 아니었지만, 티케는 별말 하지 않고 고개만 끄덕였다.

왜냐하면 우리에게 있어 오늘은 우리가 오늘이라고 생각하는 시간이라고 이미 정해 둔 바가 있기 때문이다.

자기 전까지가 오늘, 자고 일어나면 내일이지, 뭐.

*   *   *

나는 [행운의 차원문★★★★★]이 내 구원을 애타게 기다리는 인류에게 데려다 줄 것이라 믿어 의심치 않았다.

여태까지 그래 왔으니, 앞으로도 그러리라 믿었던 탓이다.

가끔 은하의 중심이라는 변화구를 던지기도 했지만, 그마저도 일상의 일부가 되었을 뿐이다.

더군다나 차원문을 통과하기 전에 오늘은 인류 셋을 구원할거라 공언하지 않았던가?

내 의지가 차원문에 얼마나 반영될지 모르나, 내가 운이 좋다고 느껴야 행운인 만큼 아예 반영되지 않지는 않을 것이다.

믿음의 근거는 이렇게나 많았다.

그럼에도 불구하고 내 믿음은 배신당했다.

왜냐하면 차원문 너머에는 인류 따위는 없었으며 언뜻 무해해 보이는 어린아이가 우주 공간에 덩그러니 서 있을 뿐이었기 때문이다.

그러나 성좌의 눈은, 아니지. 내 눈은 속일 수 없다.

저 어린아이의 정체는 바로······.

"[기어 오는 혼돈]. 무슨 속셈이지?"

그랬다.

은하 너머의 존재, 세 외신 중 하나.

"역시 알아보시는군요."

어린아이, [기어 오는 혼돈]이 귀여운 목소리로 말했다.

*   *   *

"되도록 위협적이지 않은 모습을 취하려고 노력했습니다만, 역시 [인류의 챔피언] 앞에서는 아무 소용이 없는 짓이었군요."

저런 미친놈.

"무해한 인간 어린아이가 우주 공간에 맨몸으로 서서 겁에도 안 질리고 평범하게 행동한다고?"

적당히 해라.

"아, 그런 문제점이. 생각도 못 했습니다."

말만 들으면 비꼬는 것 같지만 표정을 보아하니 정말로 몰랐던 듯했다.

"그래서 너 혼자 여기까지 무슨 일이지?"

내가 이런 말을 할 수 있었던 건 여기가 우리 은하의 외곽에 해당하는 부분이었기 때문이다.

사실 외곽이라고 하기에도 조금 애매한, 은하 바깥 텅 빈 공간이었다.

기준이 될 만한 물체가 없었음에도 내가 이곳 위치를 알 수 있었던 건 당연히 [비밀 교환★★★★★]이 활약한 덕이다.

당연하지만 이런 곳은 은하 너머의 놈들 중 하나인 [기어 오는 혼돈]이 방문할 이유가 없는 곳이었다.

사냥감이 없는 곳에 포식자가 있을 이유가 없지 않은가?

수상해하는 눈치를 숨기지 않은 채 눈을 부리부리 뜨고 있으려니, [기어 오는 혼돈]은 어린아이의 모습인 채 곤란한 듯 웃으며 이렇게 말했다.

"평화 사절입니다."

평화?

이놈들이?

설마!

자기 본체를 희생해서라도 일단 먹고 보자는 식으로 나왔던 놈들이 진심으로 평화를 바랄 리 없다.

평화가 아니라 유예라고 말하는 게 맞겠지.

하지만 나는 내심을 숨긴 채 되물었다.

"평화 사절?"

당장 싸우면 불리한 건 이쪽이다.

어쨌든 시간을 벌 수 있으면 좋지 않겠는가?

뭐, 그건 상대도 마찬가지긴 할 것이다.

저놈들이 우리 은하에 배치해 둔 모든 분신체가 끊어졌음에도 꽤 오랜 시간 동안이나 재배치 시도가 없었던 것을 생각하면 아주 의외까진 아니었다.

나는 그것이 힘을 모아 단번에 들이닥치기 위해 시간을 끄는 거라고 생각했었는데, 아무래도 틀린 모양이다.

나 말고도 싸울 상대가 있나?

사실 없는 게 더 이상하긴 하다.

우주가 좀 넓어야지.

게다가 놈들은 은하를 넘나들며 싸움을 걸고 있으니, 적이 많지 않으면 그게 더 이상한 판국이다.

기왕이면 똑같은 놈들끼리 싸우다 다 죽어 줬으면 하는 마음이 굴뚝같지만, 너무 많은 걸 기대하면 안 되겠지.

어쨌든 [행운의 차원문★★★★★]이 나를 여기로 인도한 이상, 이 만남이 내게 나쁜 것만은 아니리라.

최소한 최악을 피하는 선택지 정도는 되겠지.

　"좋아. 평화 사절. 무슨 소릴 하는지 일단 한 번 들어 보도록 하겠어."

　나는 턱을 튕겼다.

　"말해라."

＊　　　＊　　　＊

　[기어 오는 혼돈]은 어이가 없었다.

　애초에 별 먹는 별의 분신 중 하나인 자신이 지구인의 형태를 취한 것 자체가 불쾌했다.

　물론 [기어 오는 혼돈]은 평소에도 지구인의 형태를 자주 취하는 편이었다.

　그러나 자신이 알아서 하는 것과 누가 시켜서 하는 것의 차이는 극명하지 않은가?

　게다가 이번에 취해야 하는 모습은 그의 취향에 근접조차 하지 않은 모습.

　하지만 어쩔 수 없었다.

　평화 사절로 가야 하니 지구 인류와 비슷한 모습 중에 경계심을 일으키지 않을 정도로 무해하고 연약한 모습을 취하라는 명령을 받았으니 말이다.

　아무리 명령이 내려지면 따라야 하는 신분이라지만, 이건 너무 불쾌하고도 치욕스러운 명령이었다.

　만약 [위대한 잠보]가 자신의 모습을 본다면 웃다 쓰러지다 못해 한 무더기 분진이 되어 버리고 말리라.

다행히 먼저 차원문 이동을 시전한 후에 변신했기에 그런 불상사가 일어나진 않았지만 말이다.

임무에 임하기 전부터 좀 불쾌하긴 했지만, [기어 오는 혼돈]은 임무에 충실하기로 다짐했다.

어쨌든 [기어 오는 혼돈]은 지구인을 좋아했다.

얼마나 좋아하냐면 스스로 나서서 지구인의 모습을 취할 정도였다.

앞서 인간의 형태를 취한 게 불쾌했다고 한 적이 있지만 그건 누가 시켜서일 뿐, 평소 지구인의 형태를 취하는 건 그의 은밀한 취미 중 하나였다.

뭐, 은밀한 취미라기엔 사방에 다 들켜서 이런 임무까지 받게 됐지만 말이다.

그건 그리 중요하지 않았다.

그래서 [기어 오는 혼돈]은 이번 임무가 성공하길 바라는 존재 중 하나였다.

평화 사절로 방문한 [기어 오는 혼돈]은 향후 700년간 별 먹는 별의 분신은 지구와 지구권을 침략하지 않는 대신, [인류의 챔피언]은 활동을 자제한다는 밀약을 성사시킬 셈이었다.

그 [인류의 챔피언]이 누군지는 모르겠지만, 상부에서 직접 활동을 자제시키라는 명령에 내려올 정도라면 상당한 실력자일 것이다.

그래서 [기어 오는 혼돈]도 꽤 긴장하던 차였다.

그런데 상부에서 지정한 좌표에 도착하자 마중 나온 존재는 지구인의 모습을 취하고 있었다.

게다가 한번 목격한 적이 있는 인물이기까지 했다.

비록 기세나 인상이 많이 바뀌어 있었지만, [기어 오는 혼돈]은 놈의 낯이 익었다.

자신의 세계로 끌어들여 한동안 눈싸움만 하던 기억이 아직도 생생한데 벌써 잊었을 리가 없었다.

그때는 분명 [지구의 챔피언]이었던 걸로 기억하는데, 어째 [인류의 챔피언]이 되어 활동하고 있는 건지.

하지만 상부의 명령을 따라야 했으므로, [기어 오는 혼돈]은 내심을 숨기고 사절로서의 역할에 충실하기로 마음먹었다.

상대가 지나치리만큼 건방지게 나오지만 않았더라면 아무 문제가 없었을 것이다.

그러나 이 주제 파악도 못 하는 어리석은 지구인은 어이없는 짓거리를 계속해서 저질렀다.

시작부터 반말을 쳐 갈기질 않나, 건방지게 턱을 튕겨 대질 않나…….

그러나 무엇보다 참을 수 없었던 것은 이것이었다.

"그걸론 부족하다. 받아들일 수 없다."

좀 어이없는 일을 당하더라도 일을 성공시킬 수만 있다면 다 참아 낼 각오를 했지만, 정작 일이 어그러지면 참을 이유 또한 없어진다.

"네놈, 그게 무슨 뜻인지 알고 하는 소린가?"

"전쟁이겠지? 안 그런가?"

무슨 자신감인지 씨익 웃어 보이기까지 하는 놈의 안면을 한 방이라도 후려쳐 주지 않으면 성이 안 풀린다.

그렇게 생각한 [기어 오는 혼돈]은 인간형인 채로 주먹을 꽉 쥐어 들어올렸다.

"그렇다! 전쟁이다! 죽어라!"

방심하진 않았다.

회담이 진행되는 동안 [기어 오는 혼돈]은 면밀히 상대를 관찰하고 분석했다.

이놈의 자신감에 어떤 근거가 있을지 모른다는 생각에 주의 깊게 들여다보았다.

그러나 아무리 보고 또 봐도 놈의 자신감에는 근거가 없다는 결론밖에 내려지지 않았다.

놈의 뒤에 숨은 [행운의 여신]도 마찬가지.

[기어 오는 혼돈], 자신의 힘에 비하자면 태양 앞의 반딧불에 불과했다.

어차피 회담도 파토 났겠다, 이참에 죽여서 끝내는 것도 나쁘지 않겠다 싶었다.

그러나.

"뭣?!"

결과는 예상과는 영 딴판으로 돌아갔다.

"네놈……! 힘을 숨긴 거냐!"

       *   *   *

"그래, 맞다. 이 맛에 힘을 숨기지."

사실 뻥이다.

힘을 숨기지는 않았다.

그저 나는 향후 10년간 인류 구원에 힘을 쏟겠다고 맹세한 것뿐이다.

그리고 그렇게 빚을 지고 대출을 땡겨 온 것에 불과했다.

뭐, 일설에 의하면 빚도 자산이라는 모양이니 그런 식으로 치자면 힘을 숨긴 거라고 못할 것도 없지 않을까?

아니, 이건 아니지.

여하간 맹세 덕에 나는 강해졌다.

그래봤자 겨우 세 놈 중 한 놈인 [기어 오는 혼돈]을 상대로 간신히 우위를 점할 정도였지만.

나도 꽤 강해졌다고 생각했는데, 역시 놈들의 본체 합성체를 상대하긴 무리였었군.

그렇기에 더더욱 이번 기회를 놓칠 수 없다.

"어딜 도망가! [듀얼!★]"

이 능력, 진짜 간만에 쓴다.

슬금슬금 도망가려는 [기어 오는 혼돈]의 꼬리를 확 잡아채고 퇴로 차단 능력을 박아 주니, 이놈도 어쩔 줄을 모른다.

"큭! 이런!?"

아, 이거지.

이걸 위해 지금까지 힘을 쌓아 온 거였다.

맹세 때문에 향후 10년간 더 힘을 쌓아야 하지만, 지금은 그런 부담 따위 신경도 안 쓰인다.

"죽어라!"

나는 도망도 못 가게 된 [기어 오는 혼돈]을 두들겨 패기 시작했다.

퍽! 퍽! 퍽!

"끄악! 꺽! 이 미개한……!"

"이 오른손 스트레이트가 어디가 미개하냐! 이것이야말로 문명의 정수다!"

거짓말이지만!

퍼억!

펑!

내 오른손 스트레이트에 제대로 얻어맞은 [기어 오는 혼돈]이 폭발을 일으켰다.

조그맣던 어린아이의 모습이 펑 터지며 수백만의 촉수로 퍼져 나가는 광경은 어지간한 인간이었다면 평생 트라우마가 됐을 법한 인상을 남겼다.

물론 나는 어지간한 인간이 아니어서 아무렇지 않았다.

"흥! 헛짓거리!"

나는 오히려 놈을 비웃어 주며 시야 안의 모든 촉수에게 [듀얼!★]을 걸어 버리는 여유를 보였다.

당연히 1:1의 조건이 빠진 응용형 [듀얼!★]이었다.

힘이 세지니 별걸 다 해도 별로 힘들지 않았다.

[네 놈!]

도망칠 수 없다는 사실을 깨달은 [기어 오는 혼돈]은 다시 촉수들을 모아들여 한 몸이 됐으나, 그렇다고 상황이 크게 바뀌지는 않았다.

나도 성좌의 본모습을 드러내며 행성 크기로 거대화했다.

그런데 내 모습이 행성 모습이 아니라 다시 인간 형태가 된 건 의외였다.

한동안은 이렇게 전력으로 싸울 일이 없어서 본 모습 또한 취한 일이 없었다.

힘이 세지면 행성 형태에도 구애받을 필요가 없는 모양이었다.

뭐, 이게 싸우기 편하긴 하다.

평생을 인간 형태로 살아왔는데, 뒤늦게 성좌가 되어 행성 형태로 싸우는 게 영 익숙해지지 않던 차이기도 했고 말이다.

성좌 형태로 육성을 내면 힘이 빠져나가지만, 이게 꼭 나쁜 것만은 아니다.

빠져나간 힘이 그대로 버려지는 게 아니라 의지를 반영해 움직이기 때문이다.

물론 쓸데없는 잡담을 하는 건 여전히 낭비지만……

"오른손 스트레이트!"

필살기 이름을 외치는 것 정도는 괜찮다!

퍼억!

[끄윽! 네놈! 미쳐라!]

[기어 오는 혼돈]은 내게 얻어맞으면서도 필사적으로 촉수를 뻗어 기괴한 형상을 빚어내었다.

[기어 오는 혼돈의 광기].

오랜만이다.

그리고 이때를 기다리고 있었다.

[모발 부적★★★★★]

능력 사용과 동시에 내 머리에서 백만 가닥의 머리카락이 확 뽑혀 나갔다.

이게 다 [모발 부적★★★★★]의 공격 능력을 최대한으로 끌어내기 위해서였다!

내게 쏟아진 [기어 오는 혼돈의 광기]를 무효화하는 동시에 [기어 오는 혼돈의 광기★★★★★]로 증폭해 되돌리는 한편.

그동안 한 가닥 한 가닥 소중히 모아 온 상태 이상 모음집 백만 개를 동시에 증폭&발사!

이 능력 한 번을 위해 머리카락 한 뭉텅이를 넘어 수백 뭉텅이가 빠져나갔지만, 괜찮다.

저거 다 능력으로 붙인 머리야.

내 머리카락이 아니다!

그렇게 생각하며 스스로를 달래고는 있지만, 어째선지 뽑힌 머리카락을 보고 있으려니 기분이 확 상했다.

"용서 못 한다, [기어 오는 혼돈]!"

그래서 나는 남탓을 하기로 결정했다.

[끄어어어억! 이, 이놈. 이게 다 네놈이 한 짓거리지 않느냐!? 으아아아악!!]

아무리 수백만 배 증폭된 광기라 한들 자신에게서 비롯된 것을 버티지 못하는 게 좀 이상하게 보일 수 있겠지만, 사실 원래 그렇다.

거미도 자기 거미줄에 걸릴 수 있고, 뱀도 자기 독에 죽을 수 있다.

그렇다면 광기를 일으키는 외신도 자기 광기에 미칠 수 있는 것 아니겠는가?

[끄루루루룩! 끄억, 끄어억!!]

투둑, 투둑.

지나친 스트레스로 인해 [기어 오는 혼돈]의 몸에서 촉수가 마구 떨어져 나가고 있었다.

떨어져 나간 촉수를 분신 삼아 이리저리 흉계를 꾸미는 게 저놈의 특기였지만, 이번만큼은 경우가 달랐다.

떨어져 나간 촉수는 모두 죽은 촉수였으니까.

생명력도 영혼도 없는, 그저 오그라든 반건조 오징어 다리에 불과했다.

정신 공격이 놀라울 정도로 효과적이로군.

그럼 이제 확인해 보도록 하자.

이놈이 꽁꽁 감추고 있던 비밀이 무엇인지를!

[비밀 교환★★★★★]

나는 내 고유 능력을 사용했다.

그리고 실망했다.

"다 아는 것들이구만."

별 먹는 별, 은하 너머의 적, 그리고 성좌들…….

이놈이 그렇게 비밀을 둘러 가며 지키고 있던 '진짜 비밀'은 내가 우연히 [지식]과 [신비]에 관해 [비밀 교환★★★★★]을 썼을 때 알아냈던 것들이었다.

물론 사소하게 다른 점은 있었다.

새롭게 알게 된 것도 아주 없진 않았고.

하지만 그리 중요하지는 않았다.

기억하고 있는 것만으로 광기를 불러일으키는 비밀들이라, 바로 망각 처리를 해야 하기도 했고.

"이거 마치 꼼수로 보물방부터 털고 보스에게 도전했는데, 내가 털었던 그 보물방이 보상방이었던 걸 나중에 알게 된 기분이네."

아무튼 그랬다.

[기어 오는 혼돈], 이놈은 내게 별 도움이 안 됐다.

아, 하나만 빼고.

"이제 그만 죽어라."

죽어서 내 힘이 되어 준다면, 그걸로 충분한 것 아닐까?

3장
—
성검

[기어 오는 혼돈]은 쉽게 죽어 주지 않았다.

빠르게 미쳐 가면서도 생존 본능만은 살아 있는지, 놈은 온갖 발악을 다 했다.

"이렇게 살고 싶어 미쳐 버린 놈이 다른 생명체는 그렇게도 벌레처럼 죽여 버렸단 말이지? 어?!"

[■■■… ■■■……!]

뭐라 뭐라 말하고는 있는데 무슨 소린지 알아듣지 못하겠다.

광기가 골수에 미쳐 언어 중추에 영향을 준 모양이었다.

그뿐만이 아니었다.

놈의 이성은 이미 죽고 본능만 남았다.

접근하면 촉수를 휘두르고 멀어지면 도망치려 시도하는, 단순한 반응밖에 보이지 못하고 있었다.

이미 움직임이 패턴화 되었기 때문에, 나는 놈을 아주 쉽게 두들겨 팰 수 있었다.

이제야 드디어, 정말로 숨통을 끊을 수 있게 됐다.

무슨 능력으로 마무리를 할까, 고민하는 것도 잠시.

"···쉽게 죽이면 재미없지."

나는 결정을 내렸다.

[운명 조작★★★★★]

평소라면 안 통했을지도 모르나, 지금은 [기어오는 혼돈]을 충분히 두들겨 패둔 상태.

십중팔구도 아니고, 십중구십은 통할 터이다.

어쩌면 나는 오늘 이날 이때를 위해 이 능력을 여기까지 발전시킨 것일지도 모르겠다.

그런 생각을 하며, 나는 놈의 운명을 선고했다.

"네놈은 소멸할 것이다."

처음부터 존재하지 않았던 것처럼, 완전히.

이놈이 해 왔던 모든 짓은 무효로 돌아갈 것이고, 이놈이 남겼던 모든 흔적은 사라질 것이다.

이놈을 기억하는 이는 없을 것이며, 모든 기록에서도 이놈은 삭제될 것이다.

그리고 그 대가는 이놈 스스로가 치른다.

수천 세계의 수십억 마리의 지렁이가 되어 벌레에게 파 먹힘으로써, 이놈의 소멸은 완료될 것이다.

이것이 내가 내린 선고였다.

그리고 선고가 내려진 즉시, 처벌이 이루어졌다.

동시에 막대한 힘이 내게 깃들었다.

그 직후, 나는 곧장 놈에 대해 잊었다.

*   *   *

"끝냈어?"

내가 잘못됐을 때를 대비해 후방에서 [운명 조작★★★]을 준비하고 있던 티케가 반색하며 나를 반겼다.

"응."

나는 고개를 끄덕였다.

그러자 티케가 물었다.

"그런데 뭘 끝낸 거야? 왜 기억이 안 나지?"

기억이 안 나는 건 당연했다.

내가 놈의 존재를 지워 버렸기 때문이다.

놈이 누군지는 잘 기억나지 않지만, 은하 너머의 존재 중 하나였다는 것은 기억하고 있었다.

내가 내 기억을 선택적으로 보존한 덕택이다.

그렇다.

놀랍게도 [불변의 정신★★★★★]은 [운명 조작★★★★★]으로부터도 내 정신을 보존해 주었다.

내가 놈을 기억하지 못하는 건 그냥 내가 내 의지로 놈을 잊었기 때문이다.

"그런데 놈을 처치하려고 힘을 끌어모으느라 향후 10년간 인류를 구할 걸 맹세해 버렸어."

"그렇구나. 알았어. 아니, 모르겠어. …엥? 아, 몰라. 오빠가 필요하니까 내린 결정이겠지."

아무래도 [운명 조작★★★★★]이 티케에게도 과하게 영향을 미친 듯, 녀석은 혼란스러운지 고개를 흔들며 말했다.

"뭐, 상관없지 않아? 천천히 채우면 되니까."

티케가 말했다.

"어차피 행운은 우릴 언제로든 데려다 주는걸."

그렇다. 우리에게 [행운의 차원문★★★★★]이 있는 이상, 시간에 그리 구애될 이유가 없었다.

"그 말이 맞네."

듣고 보니 내가 별로 많은 대가를 문 건 아닌 것 같았다.

"아무튼… 갑자기 큰 성과를 냈더니 오히려 좀 혼란스럽네. 머리를 좀 정리해 봐야겠어."

"나, 나도!"

티케도 갑자기 명상이라도 하듯 그 자리에 가부좌를 틀고 앉아 눈을 감았다.

아이고, 귀여워라.

나는 웃음이 나오려는 걸 참고, 나도 머릿속을 정리하기 시작했다.

"나머지 놈들도 놈을 잊었겠지… 소멸까지 인지할지는 모르겠지만."

그렇다면 좋겠지만, 전쟁은 항상 마음대로 돌아가지 않는다는 걸 기억해야 한다.

아니, 애초에 [비밀 교환★★★★★]으로 알아보면 간단하게 해결될 일이었다.

따라서 나는 상대적으로 만만한 [우주에서 온 색채]에게 [비밀 교환★★★★★]을 사용했다.

"음… 모르는군. 뭐가 사라졌는지도 모르고 있어."

[우주에서 온 색채]도 나름 비밀 방비가 되어 있었지만, 방금 자기 동료 하나가 잘려 나간 건 알아차리지 못한 채였다.

당연하다면 당연한 일이긴 했다.

애초에 이성이나 지능이랄 게 있을까 의심스럽던 놈이니 말이다.

뭐, 그래서 놈을 대상으로 삼은 거였지만.

결론적으로 은하 너머의 놈들은 자기 몸의 삼분지 일을 이루던 동료를 잃었다는 것조차 모른다는 사실을 확인할 수 있었다.

그렇다면, 어쩌면 지금이 놈들을 공격할 절호의 찬스일지도 모른다!

그런 생각에 이르렀을 때, 나는 눈을 번쩍 떴다.

그러자 내 얼굴 앞에서 얼굴을 바짝 붙여 나를 바라보고 있는 티케의 얼굴이 보였다.

쪽.

누가 먼저랄 것도 없는 너무 자연스러운 키스였다.

따스한 촉감과 온기에 다급했던 마음이 가라앉는다.

그리고 아주 당연한 결론에 이르렀다.

왜 내가 판단해야 하지?

가이드님의 가이드에 따르면 그만인데.

그렇게 마음을 정한 나는 티케에게 말했다.

"좋아, 다음 가자."

"행운!"

그거 오랜만에 듣네.

*　　　　*　　　　*

티케는 [행운의 차원문★★★★★]을 열었다.

우리는 차원문을 통과했다.

그리고 우리가 마주한 광경은 어떤 의미에서는 예상대로였다.

"역시… 지금이 바로 그때인가."

비록 여기서 육안으로 보이지는 않았지만, 은하 너머의 놈들 본체가 가까이 있는 것은 분명했다.

이미 망원경으로 이 주변을 몇 차례나 관측한 적이 있기에 쉽게 알아볼 수 있었다.

행운이 우릴 지금 여기로 인도했다는 것은 곧 여기서 놈들을 처치하라는 뜻이겠지?

아마 틀리진 않겠지.

만약 [우주에서 온 색채]와 [위대한 잠보], 두 놈의 힘을 2로 친다면…….

10년의 맹세로 내 힘이 이미 '놈'을 상회한 상태에서 '놈'을 잡아먹었으니, 내 힘을 2.1 정도로 칠 수 있으리라.

전투에는 항상 변수가 있으니 필승을 장담하는 건 무리겠지만, 전력상 우위는 장담할 수 있다.

그리고 내겐 티케도 있는 데다, 이쪽이 기습을 가할 수 있는 상황.

완벽하다.

[행운의 차원문★★★★★]은 과연 우릴 행운으로 인도해 주었다.

가볍게 [비밀 교환★★★★★]을 사용해 적들의 위치를 특정한 나는 티케에게 부탁했다.

"티케, 백업 부탁해."

"응!"

여기서 백업이란 건 언제든 [운명 조작★★★]을 쓸 준비를 해 달라는 의미였다.

휴대폰 데이터 백업과 비슷한 의미랄까.

아무튼 이렇게 세이브 포인트도 지정해 두었으니, 모든 준비가 끝났다.

방심만은 하지 말자고 세 번씩이나 중얼거린 후에나, 나는 공격에 나섰다.

[대폭주]

[벼락 강림]

"이거 오랜만이네."

꽈릉!

[대폭주]가 걸린 [벼락 강림]의 순간 이동 거리는 꽤 길어서, 여기서 보이지도 않는 놈들의 본체까지의 거리를 단숨에 좁힐 정도였다.

그리고 본체의 모습이 시야에 들어오자마자, 나는 그 자리에서 다시 한번 [벼락 강림]을 써서 놈의 품속으로 파고들었다.

쫘릉!

파직, 파직, 파직!

놈의 거체를 타고 잔여 전류가 흘러 다녔고.

[크어어어억!]

영파로 이뤄진 비명이 우주를 울렸다.

처음 봤을 때는 너무나도 압도적이어서 절망마저 느꼈던 놈이었건만, 지금은 좀…….

"만만해 보이는데?"

[너, 네놈! 인류의 챔피언? 네가 왜……!]

[우주에서 온 색채]에게 지능은 없으니, 대답한 건 아마도 [위대한 잠보]이리라.

나는 [비밀 교환★★★★★]을 사용해 추측을 확신으로 바꾸었다.

"날 위한 함정을 파는 중이었군. 이거야 원, 초대에 응하지 못해 미안한데?"

그리고 동시에 놈의 현재 상태도 확인했다.

오랜만에 사용한 [벼락 강림]이지만 놈에게 그리 큰 피해를 준 것 같진 않았다.

조금 전의 비명은 그냥 너무 놀라서 지른 것 같다.

…놀라서 비명을?

역시 만만하군.

한때는 이놈만 죽이면 지구는 영원한 평화와 번영을 누릴 수 있을 거라 여겼던 게 생각나지 않을 정도로 만만하게 느껴진다.

"죽어라!"

나는 의지를 담아 외치며 오른손 스트레이트를 뻗었다.

퍼억!

[꾸엑!]

진짜 아플 때는 이런 비명을 지르는구나, 너.

좋은 걸 알았다.

나는 새롭게 주먹을 꽉 쥐고 힘을 주었다.

"이 꽉 물어라!"

이가 어디 달려 있는지도 모르겠지만, 그거야 내 알 바가 아니다.

*   *   *

결론부터 말하자면 놈은 그다지 만만한 존재라 할 수 없었다.

먼저 맷집이 대단했다.

'놈'을 상대할 때는 지금보다 쉽게 승기를 잡은 것 같았는데, 이놈은 아무리 쳐 맞아도 별로 약해지는 기색이 보이지 않는다.

오히려 상처가 더해질수록 강해지고 있다는 느낌마저 든다.

그래서 [비밀 교환★★★★★]으로 확인해 봤더니, 느낌이 아니라 사실이었다.

방심하지 말자고 세 번이나 외우고 왔으면서 또 방심해 버리다니.

아무튼 적당히 피를 깎고 큰 기술로 단번에 죽여 버리지 않으면 역전당할 수도 있다는 것을 확인했으니, 이걸 염두에 두고 전술을 손봐야 할 듯했다.

그런데 여기서 또 하나 짚고 넘어갈 것이 있다.

놈의 재생 능력이 생각했던 것보다 더욱 대단했다.

게다가 상처를 재생했다고 해서 피해를 입었을 때 상승했던 전투력이 다시 감소하지 않는다는 점이 더 큰 문제였다.

즉, 어중간한 위력의 공격을 가해봤자, 놈이 버티고 회복하면 더 강해진다는 뜻이다.

앞서 말했던 '적당히 피를 깎는' 작업도 진짜로 적당한 위력의 공격으로 해선 안 된다.

그러니까 딱 두 방에 놈을 죽일 방법을 생각해내야 했다.

문제는 현재 내가 쓸 수 있는 가장 강력한 위력의 공격이 오른손 스트레이트라는 점이다.

젠장, 역시 방심했다.

눈싸움을 열심히 해서 비밀부터 캐내는 게 먼저였는데, 신나서 먼저 패다 보니 스스로 함정에 빠진 꼴이 되어 버렸다.

이걸 어쩐다.

[모발 부적★★★★★]이라도 남아 있으면 모르겠는데, 막 백만 가닥의 머리카락을 들이 박은 직후였기에 남은 머리카락은 999가닥뿐.

이거야 원… 답이 없네!

그렇다고 진짜 답이 없진 않을 것이다.

그랬다면 행운이 나를 이곳으로 인도하지도 않았을 테니까.

방법이 없다면, 방법을 만든다.

성좌이기에 가능한 방법이라 할 수 있겠다.

그 방법이란 능력을 만들거나 기존 능력에 ★을 더하는 것!

그럼으로써 힘을 집중해 단번에 적의 생명력을 깎아 낼 수 있는 수단을 마련하는 것이 바로 내가 생각해 낸 타개책이다.

솔직히 싸우면서 할 짓은 아니다.

그래도 해야 한다.

솔직히 지금 생각나는 유일한 방법이 이것뿐이니까.

그러나 이 방법에는 확실한 문제가 있다.

상대는 강해지고 있는데, 이쪽은 능력에다 힘을 쏟아 약해진다고?

이렇게 되면 싸움에 질 수밖에 없다.

따라서 이 필패의 운명에서 벗어나려면 선행 과제를 수행해야 한다.

그것은 바로……

"향후 30년간, 인류를 구원하기로 맹세한다."

맹세였다.

힘이 부욱, 하고 늘어났다.

하나 여전히 승리를 장담할 정도는 아니었다.

일격에 적의 피를 반 이상 빼는 대형 기술이 필요하다는 전제 조건에는 변함이 없으니.

그래서 나는 늘어난 힘의 대부분을 새로운 능력에 투자했다.

아니, [성검星劍]에.

그동안 나는 성좌가 되었음에도 성좌의 무기인 성검을 만든

적이 없었다.

특별한 이유는 아니고, 필요성을 느끼지 못했기 때문이다.

그러나 성좌의 힘을 단번에 뿜어 고위력의 공격을 할 필요성이 생긴 지금, 나는 드디어 [인류의 챔피언의 성검]을 만들 당위와 마주한 셈이다.

그렇다고 진짜 검으로 만들 건 아니고……

성좌의 성검은 성좌를 대표하는 무기인 만큼 성좌의 성질에서 크게 벗어나면 안 된다.

검은 인류가 주로 활용해 온 무기지만, 주로 같은 인간을 죽이기 위해 만들어졌다.

인류의 적과 싸우는 [인류의 챔피언]에게 어울리는 것 같지는 않았다.

실제야 어떻든, 내가 그렇게 느끼고 말았다는 것이 중요하다.

그런 생각이 안 들었다면 그냥 은근슬쩍 칼 한 자루 만들어 썼으면 됐을 일인데, 괜히 잡념이 들어 일이 복잡해졌다.

…뭐, 모험가 시절 즐겨 쓰던 성검이 [피투성이 피바라기의 전쟁검]인 탓도 있으리라.

겹치면 좀 그렇잖아.

아닌가?

아니더라도 내가 그렇게 느끼고 말았다는 것이… 여하튼.

성검의 두 번째 조건으로, 성좌 자신의 심상을 반영시키는 것이 중요하다.

성좌 본인이 이쑤시개야말로 자신을 표현하는 가장 적확한 도구라고 생각한다면 그렇게 만들어도 될 것이다.

마음속부터 시작해 무의식중에까지 그렇게 생각할 수 있다면 말이다.

그렇지 않으면 성검은 반쪽짜리가 될 것이고, 심하면 성검의 격에 이르지 못할 수도 있다.

성검을 만들겠다고 성좌의 힘을 불어넣었는데 아무것도 아닌 쓰레기를 배출하게 될 수도 있다는 의미이다.

아무리 성좌라도 자신의 무의식까지 어찌할 수는 없는 노릇이기에, 자신의 심상을 파악하는 것은 지극히 중요한 일이다.

마지막으론 당연히 필요하고 쓸모있는 걸 만드는 것이다.

이거야 정말 당연하디 당연하니 따로 설명은 필요하지 않겠지.

그래서 내 선택은 이것이었다.

*   *   *

[인류의 챔피언의 천자총통]

그렇다.

내 선택은 천자총통이었다.

임진왜란 때 이순신 장군님이 거북선… 사실은 판옥선에 실어서 왜군들에게 집안 대들보를 뽑아다 쏘신 그 총통.

약속된 승리의… 임전불패의 총통.

아니, 임전불패는 임전무퇴의 오타 같은 것이 아니다.

이순신 장군님은 천자총통을 싣고 간 해전에서 단 한 번도 패하지 않으셨으니.

싸움에만 임하면 절대 지지 않는 총통이 맞다.

이런 역사성을 지니고 있으니, 내 심상에서 천자총통은 절대 약할 리가 없는 무기다.

그야말로 실패 없는 선택.

그리고 그 효과는?

쾅!

[인류의 챔피언의 천자총통]에서 발사된 [대장군전]이 적에게 똑바로 날아가 폭발했다.

*　　　　　*　　　　　*

[꾸에에에에엑! 뭐, 무엇?!]

조금 전까지 [위대한 잠보]는 승리를 자신하고 있었다.

[인류의 챔피언]은 자신을 있는 힘껏 때리고 있다는 확인을 한 후부터는 완전히 승리를 확신했고.

그런데 그뿐만이 아니었다.

자신의 패배를 예견이라도 한 듯, 놈은 공격을 그만두고 생각에 잠겼다.

저것조차도 함정일 수 있으니 [위대한 잠보]는 조심스럽게 굴었지만, 생각 없는 [우주에서 온 색채]가 색채 흡수 공격을 마구 해대는 게 아닌가?

그런데 그 공격이 먹혀서 [인류의 챔피언]이 조금씩 색채를 빼앗기고 있었다.

[위대한 잠보]도 이때다 싶어서 분진을 퍼뜨려 반격에 나섰다.

그럼에도 불구하고 [인류의 챔피언]은 아무 반응 없이 그냥 맞기만 했다.

[이놈, 자포자기라도 한 것이냐?]

도발적인 질문에도 대답조차 없는 것을 본 [위대한 잠보]는 자신에 차 아예 이놈을 통째로 삼켜 천천히 녹여 먹기로 했다.

몸 전체를 써서 입을 크게 늘려, [인류의 챔피언]을 빨아들이려던 그때.

[인류의 챔피언]이 갑자기 움직이더니 뭔가 커다란 원통형 물건을 꺼내드는 게 아닌가?

그저 무의미한 마지막 발악이라고 생각한 [위대한 잠보]는 그냥 그대로 놈을 집어삼키려고 들었지만, 그것이 실수였음을 뒤늦게 깨달았다.

쾅!

[인류의 챔피언]이 꺼내든 그 원통형 물건에서 뭔가 끔찍한, 무시무시한 것이 발사된 사실을 인지했을 때는 이미 늦어 있었다.

끔찍한 폭발과 함께, [위대한 잠보]는 몸의 절반이 날아가 버린 것을 뒤늦게 알아챘다.

[끄에엑! 끄엑, 끄엑!!]

사실상 태어나서 처음 느끼는 수준의 고통과 공포에, [위대한 잠보]는 울부짖었다.

슥.

그런 [위대한 잠보]에게 원통형 물건이 한 번 더 들이대어졌다.

그리고…….

쾅!

*　　　　*　　　　*

"뭐야!"

나는 눈을 크게 떴다.

[인류의 챔피언의 천자총통] — [대장군전] 2연발!

이 정도 위력이면 [위대한 잠보]와 [우주에서 온 색채]를 충분히 정리하고도 남았다.

그러나 실제로는 그렇게 되지 않았다.

[끄…, 끄그…, 끄그극……!]

살아남았다… 고?!

나는 즉각 [비밀 교환★★★★★]을 켜서 어떻게 된 건지 알아보았다.

"이, 이 새……!"

[위대한 잠보]가 살아남은 건 [인류의 챔피언의 천자총통]이 쏟아지기 직전, 공격당할 것 같은 방향에 [우주에서 온 색채]를 몰아넣고 자신은 그 뒤에 숨은 거였다.

정면에서 포격을 받은 [우주에서 온 색채]는 완전히 소멸해 버렸고, [위대한 잠보]는 동지를 방패 삼았음에도 빈사 상태에 놓였으나 어찌어찌 목숨만은 붙여 놓았다.

그리고 이게 크다.

앞서 말했듯, [위대한 잠보]는 피해를 입을수록 강해지기 때문이다.

완전히 빈사 상태가 된 지금은 대충 평소의 10배 정도는 더 강해져 있을 터였다.

게다가 지금도 빠른 속도로 생명력을 회복해 가고 있었다.

아니, 이것들은 생명이 아니니 정확히는 '존재력'이라고 표현해야겠으나…….

지금은 그런 게 중요한 게 아니다.

나도 [우주에서 온 색채]를 처치하고 막대한 힘을 얻었으나, 그래봐야 기껏해야 두 배도 강해지지 못했다는 것이 더 중요했다.

"이익!"

나는 재빨리 [인류의 챔피언의 천자총통]에 힘을 다시금 불어넣기 시작했다.

애초에 [위대한 잠보]를 잡기 위한 결전병기로 구상된 성검이어서, 2연발이 한계였다.

또 쏘려면 재장전이 필요하다는 뜻이다.

그러나…….

푸학!

[위대한 잠보]가 거칠게 내뿜은 분진이 [천자총통]을 강하게 가격했다.

녀석을 향해 겨누었던 총통의 포구가 틀어지는 동시에, 내 가슴이 열렸다.

[죽어라!]

그리고 그 빈틈을 향해, [위대한 잠보]가 공격을 가해 왔다.

"끄아아아악!"

뿜어진 분진의 기세만으로도 성좌 형상의 내 흉곽을 푹 패

이게 만들 정도로 위력적이었지만, 그것만이 아니었다.

분진에 담긴 온갖 끔찍한 독과 유해 성분이 나를 덮쳤다.

다만 그것은 내게 불리한 것만은 아니었다.

독과 유해 성분은 내게서 온갖 상태 이상을 일으켰으며, 그 상태 이상의 퍼레이드는 내게 부족했던 것을 다시 채워 주었기 때문이다.

[모발 부적★★★★★]

내게 걸린 모든 상태 이상을 동시에 해제하자, 머리카락이 다시 나기 시작했다.

그것도 맹렬하게.

대체 몇 가닥의 머리카락이 뿜어져 나오는 건지, 나도 셀 수가 없을 정도였다.

보아하니 분진의 분자 하나하나마다 각기 다른 상태 이상을 품고 있기라도 한 듯했다.

충분히 고통을 즐긴 나는 [위대한 잠보]에게 보답을 해 주기로 마음먹었다.

[위대한 잠보의 분진★★★★★]

그것도 ★을 좀 많이 담아서.

[그아아아아아아아악?!]

툭, 투둑.

[위대한 잠보]의 몸이 녹기 시작했다.

그뿐일까, 사지가 저절로 떨어져 나가기 시작했다.

사지라기엔 촉수가 좀 많긴 했으나, 아무튼 4개가 떨어졌으니 그런 거라 치자.

아, 방금 몇 개 더 떨어졌네.

[으오아으아아악!!]

무시무시한 고통에 시달리고 있는지, [위대한 잠보]는 내 쪽을 제대로 바라보지도 못했다.

정면으로 맞붙어 싸웠으면 내 필패였으련만.

지금은 싸움이라는 게 성립할 상태도 아니었다.

"싸움은 힘으로 하는 게 아니지."

결투나 스포츠라면 조금 다를지 모르지만, 뒷골목 싸움이나 하등 다를 바 없는, 심판도 없고 관중도 없는 이런 싸움이라면 먼저 벽돌 들고 통수 후리는 게 장땡이다.

철컥.

[인류의 챔피언의 천자총통] — [재장전]

뭐, 진짜로 벽돌을 집을 생각은 없지만 말이다.

사실 인벤토리에 쌓여 있는 벽돌이 많긴 하지만.

[대장군전]

쾅!

컨셉에 잡아먹히느니, 견실한 한 방을 날리고 말겠다.

쾅!

아, 두 방이구나.

미안!

＊　　　　　＊　　　　　＊

[대장군전] 2발에 처치됐으면 깔끔하련만, [위대한 잠보]는 끈

질기게 버텼다.

10배 강해졌다는 게 말로만 그랬던 건 아닌지, [대장군전]의 공격으로도 외피를 뚫기 힘들었기 때문이다.

그래서 나는 몸소 나서 [위대한 잠보]를 덥석 붙잡고 근접전을 걸었다.

성검으로도 못 뚫는 외피인데 붙어서 뭐하냐고?

[위대한 잠보]의 외피에는 여전히 [위대한 잠보의 분진]이 많이 묻어 있었다.

그리고 그 분진에 접촉하는 것만으로 내게 치명적인 상태이상이 수십만 개씩 걸렸다.

그럼?

[모발 부적★★★★★]

[모발 부적★★★★★]

[모발 부적★★★★★]

[모발 부적★★★★★]…….

이거지.

수백만 배 강화된 상태이상이 수백만 개 중첩되어 걸린 [위대한 잠보]의 외피가 드디어 녹아서 떨어지고, 나는 재장전을 완료한 [총통]을 다시 겨누었다.

쾅! 쾅!

이후, 반복.

진짜 더럽고 끈질긴 싸움이었다.

이 짓거리만 72시간 이상을 했다는 게 믿어지는가?

그러나 [위대한 잠보]는 숨이 끊길 마지막 순간까지 역전의 기회를 잡지 못했고 끝내 침몰했다.

"어휴, 힘들어."

이번 전투에서 얻은 교훈이 조금 많다.

먼저 [비밀 교환★★★★★]의 약점.

[위대한 잠보] 같은 오래된 존재에겐 비밀이 너무 많아서, 한 번에 다 읽기엔 정보량이 지나치게 많다.

그래서 시간 절약을 위해 내가 궁금해하는 것만 골라서 보게 되었다.

이번에도 나는 [위대한 잠보]의 약점을 중점적으로 확인했지, 강점을 확인하진 않았다.

변명하자면 시간이 좀 부족했다.

"그래도 방심한 게 맞지, 이건."

그나마 다행인 건 이번에는 [위대한 잠보]를 비롯한 적 세력도 방심했다는 점이다.

만약 [위대한 잠보]가 내 [모발 부적★★★★★]에 대해 미리 알았다면?

내게 어설픈 분진 공격이나 쓰는 대신 그냥 육탄전을 걸었을 것이다.

안 그래도 강한 놈이 10배나 더 강력해진 상태라면 내가 이길 재간이 없다.

하지만 녀석은 그러지 않았다.

그래서 내가 이긴 거였다.

하긴 [위대한 잠보] 입장에선 내 정보를 알 방법이 없었으니 억울할 것도 없었다.

직접 나와 먼저 맞서 싸운 그… '놈'은 소멸당하고 존재조차 잊혀 정보를 넘겨줄 틈도 없었으니까.

그놈'을 제외한 적들은 [모발 부적★★★★★]에 당해 본 적이 없었고 말이다.

물론 지구권에서의 원정 때 그놈'은 내게 [모발 부적★★★]에 맞아 본 적이 있는데, 그걸 딱히 동료에게 전파하진 않은 모양이다.

만약 전파했어도 [위대한 잠보] 입장에선 그 정돈 그리 큰 문제라 생각하지 않았을 가능성이 컸고.

그때 '놈'은 정신적 상태 이상만 걸기도 했었고, 무엇보다 그땐 아직 [모발 부적★★★]이기도 했으니까.

그거야 뭐 아무튼…….

결론을 내리자면, 이번 전투는 서로 간의 정보 차이가 승패를 가린 것이나 마찬가지였다.

그렇게 사후 평가를 하고 있으려니 갑자기 웃음이 나왔다.

왜냐하면…….

"끝났잖아?"

적 본체를 쳐 죽였으니, 당분간 지구권을 위협할 적은 없는 것이나 마찬가지다.

물론 우주는 넓으니 또 다른 적이 나타날 수도 있지만, 만약의 이야기는 나중에 해도 된다.

당장의 위협, 그 당장조차도 따지고 보면 1000년 후의 일이었지만, 아무튼 물리쳤다.

"하, 하하……."

나는 웃었다.

마음껏 웃지는 못했다.

왜냐하면 '끝났다'고 생각한 순간, 망각의 저편에 잠재워 둔 기억이 되살아났기 때문이다.

별 먹는 별.

은하 너머의 적들을 창조한 창조주이자 진정한 배후.

이놈이 남아 있는 한, 끝나기는커녕 시작조차 하지 않은 것이었으니.

"…이런 놈까지 나한테 상대하라는 건 좀 너무한 거 아닌가?"

물론 이번 전투로 나도 꽤 강해지긴 했다.

'놈', [우주에서 온 색채]에 [위대한 잠보]까지 혼자 다 먹었으니 이제는 사실상 성좌급 중엔 우주 최강을 논해도 될 레벨이다.

그러나 성좌는커녕 신에 비견해야 더 적절할 그 존재, 별 먹는 별을 감당하기엔 한참 멀었다.

절망을 넘어서니 또 다른 절망.

…이라고 할 정도는 아니었다.

별 먹는 별은 나한테 관심이 있을 가능성이 매우 낮았으니까.

얼마나 낮냐면 없다고 생각해도 무방할 정도였다.

이미 [비밀 교환★★★★★]으로 확인한 바가 있으니 확실했다.

…아니, 진짜 확실한가?

나는 그 확인한 게 이번 전투는커녕 잊힌 '놈'을 소멸시키기 전.

아니, 그보다도 훨씬 전의 일이었다는 걸 기억해 냈다.

"다시 확인을 해 봐야겠네."

뭐, 지난번에도 '만약 내가 은하 너머의 적들을 다 죽였을 때 별 먹는 별이 내게 관심을 가질까?'에 대해 확인했었다.

그러니 이번에 다시 확인한다고 해도 결과가 달라질 가능성은 작았다.

그런 생각으로 돌린 [비밀 교환★★★★★]이었는데… 결과는 내 예상과 달랐다.

별 먹는 별은 내게 미세한 관심을 보이고 있었다.

아니, 왜… 뭐가 잘못된 거지?

나는 [비밀 교환★★★★★]을 몇 번 더 썼고, 원인을 알아낼 수 있었다.

문제는 [비밀 교환★★★★★]이었다.

내가 놈에 대해 능력을 사용할 때마다 놈이 알아차린 모양이다.

"이게 그 '심연을 바라보면 심연도 너를 바라본다'는 그건가."

지금 와서 후회해봐야 늦었다. …고 하기엔 아직까진 미세한 관심일 뿐이다.

가만히 있으면 곧 관심을 끄지 않을까?

나는 긍정적으로 생각하기로 했다.

어차피 부정적으로 생각해 봐야 내가 할 수 있는 것도 없으니, 기분만이라도 좋게 가져가는 게 낫지 않겠는가?

어떤 의미에서는 체념에 가까웠지만, 달리 할 수 있는 것도
없었다.

아니, 하나 있긴 하군.

"인류나 구원하러 가야겠다."

약속한 게 벌써 40년이다.

'놈'을 처치할 때 10년, [위대한 잠보]를 상대하며 30년.

빚을 졌으면 갚아야 한다.

더욱이 만만한 적수가 없어진 지금, 가장 쉽고 빠르게 강해
지는 방법이 인류 구원이기도 했다.

당분간 뺑뺑이 좀 돌아야지, 뭐.

4장
一

상환

　내가 나른하게 몸을 움직여 티케와 약속했던 장소까지 가자, 티케가 얼른 나와 내게 물었다.

　"괜찮아?"

　나는 고개를 끄덕였다.

　"괜찮아."

　"그럼… 다 끝난 거야?"

　티케의 물음에, 나는 허허로이 웃었다.

　"그럼! 물론이지!"

　"…아니구나."

　어우, 눈치 빠른 거 봐.

　아니, 이건 오히려 내가 눈치가 없는 거지.

　티케와 나는 이 정도 얄팍한 거짓말을 간파 못 할 사이가 아니었다.

나는 한숨을 내쉬었다.

"그것… 이라고 해야겠군. 그것의 관심을 끌 수는 없으니."

"그게 무슨 소리야?"

"오늘 내가 처치한 놈들의 상급자가 또 있다는 뜻이야."

사실 상급자라 부를 정도의 존재는 아니다.

자(者) 자를 쓰기엔 너무 위대한 분이셔서.

"그것은 별을 먹고 다녀."

"…블랙홀처럼?"

"응? 어, 아니?"

잘 생각해 보니 별 먹는 별보단 블랙홀이 더 위대하긴 하다. 그것에 별의 의지가 깃들어 있다면 그렇다는 소리지만.

하지만 별의 의지는 별 위의 생명체로부터 비롯된 것이니, 생존자가 있을 리 없는 블랙홀에 의지가 태어날 리 만무했다.

…다른 별의 의지를 흡수한다면 또 모르겠지만.

"헉!"

그렇다면 이론상 블랙홀에 별의 의지가 깃들 가능성이 없지는 않은 것 아닌가?

[비밀 교환★★★★★]으로 확인해 볼까?

"아니, 나랑 말하다 말고 이상한 데로 새지 말고."

티케가 나를 타박했다.

"블랙홀은 네가 먼저 말했잖아."

"변명하지 말고."

"죄송합니다."

아무튼 설명은 간단했다.

"엄청 대단한 존재가 은하 너머의 놈들 배후에 있었다는 뜻이네?"

"그래. 그 존재 때문에 언젠가 또 우리는 놈들과 비슷한 적과 맞서 싸워야 할 거고."

[비밀 교환★★★★★]은 별 먹는 별이 새로운 분신체를 만들어 내기까지의 시한을 일만 년 정도로 보고 있었다.

일만 년이면 성좌에게도 아득한 세월이다.

사실상 불멸인 성좌라지만, 어디까지나 '사실상 불멸' 일 뿐 진짜 불멸은 아닌 까닭이다.

사람들의 신앙을 잃고, 기억에서 잊히고, 그래서 힘이 더 약해지고, 신앙을 또 잃고…….

아주 사소한 계기로 이 악순환이 시작됐을 때, 제대로 대처할 수 있는 성좌는 드물다.

그리고 그 끝은 결국 망각 속의 소멸이다.

만년 안에 이런 일이 아예 없을 거라 자신할 수 있는 성좌는 아무도 없을 것이다.

"그 정도면 뭐, 잊고 있어도 되겠네."

"…보통은 그렇게 생각하는 게 맞겠지?"

티케가 이렇게 심드렁한 반응을 보이는 건, 내가 별 먹는 별이 내게 미약한 관심을 품고 있다는 설명을 빼먹어서 그렇다.

거짓말을 하는 건 힘들어도, 진실의 일부만 숨기는 건 상대적으로 쉬우니까 한 선택이다.

나 혼자 안절부절못하면 되지, 이런 답도 없는 고민을 티케랑 나눌 필요는 없을 것 같아 한 선택이었다.

　해결 방법이 있으면 모를까, 그런 것도 아닌데.

　아니, 해결 방법이 없진 않지.

　"일단 다음 가자."

　"다음? 어딜?"

　그거야 당연히······.

　"빚 갚아야지."

　다음 내게 구원을 바라는 인류에게다.

　열심히 힘을 모으다 보면 언젠가 별에도 닿지 않을까?

　이 미약한 희망만이 내게 남은 유일한 구원이었다.

　　　　　　＊　　　　　　＊　　　　　　＊

[행운의 차원문★★★★★]

　우리는 차원문을 통과했다.

　그리고 우리가 본 광경은······.

　"이젠 익숙할 정도네."

　"응."

　티케의 말에 나는 고개를 끄덕였다.

　"또 새로운 세계야."

　낯선 광경을 보는 게 익숙하다는 건 어딘가 모순적이지만,

이 또한 우리에겐 또 다른 일상이었다.

　그거야 뭐 아무튼.

　이번 인류는 어째 오랜만에 보는 것처럼 느껴지는 포유류

인류였다.

지구 인류와 달리 쥐 베이스였지만, 곰팡이나 모래 인류에 비하면 매우 상식적인 축이다.

행성 환경도 하늘이 늘 붉은 것을 제외하면 지구와 유사하다면 유사했다.

그런데 이들이 처한 위기는······.

"뭐? 여자밖에 안 남아서 위기라고?"

"예. 그러니 신께서 도와주셨으면 합니다."

내게 허리를 숙인 제사장의 정수리를 바라보며, 나는 [비밀 교환★★★★★]을 사용했다.

그리고 이들이 신의 구원을 바라며 사내아이를 모조리 죽여 왔음을 알게 되었다.

그리하면 자신들이 신의 아이를 잉태할 수 있다는 믿음으로.

그러니까 내가 와서 임신시켜 주기만을 바라며 저 참혹한 희생 의식을 치러왔다는 뜻이었다.

"이건 용서 못 하겠군."

일단 나는 이 일을 계획하고 실행한 제사장과 그 일당을 처형했다.

그리고 여자 중 자원자 몇 명에게 [운명 조작★★★★★]을 걸어 남자로 성전환시켰다.

내 힘을 들여서 하자면 절대 안 할, 막대한 성좌의 힘이 필요할 터일 운명 조작이었다지만······.

대가는 이쪽 인류에게 부담시킬 수 있기에 가능한 선택이었다.

그 대가란, 본디 동시에 십수 명씩을 출산할 수 있었던 이들의 산아를 제한하고 한 번에 한 명의 아이밖에 못 낳게 되는 거였다.

인구수가 너무 급격하게 줄지 않을까 싶었지만, 애초부터 남자아이를 살해하던 이들의 풍습 자체가 인구수 조절을 목적하던 것에서 비롯된 것을 생각하면 딱 적당한 대가일지도 모른다.

뭐, 애초에 운명 조작의 대가를 내가 설정할 수 있었던 것도 아니고.

사실 내 입장에선 이들이 인구를 쑥쑥 늘려 내 힘을 늘리는 데에 기여해 주는 쪽이 더 좋았겠지만, 어쩔 수 없는 건 어쩔 수 없는 거다.

아무튼 이들에게도 계명이 담긴 성궤를 전달하고, 나는 구원을 종료했다.

이번 구원으로 얻은 힘은 없었다.

그야 이미 '맹세'로 땡겨 받았으니 없는 게 당연했다.

앞으로도 계속, 정확히는 40년간 이럴 걸 생각하면 머리가 멍해지지만 어쩌겠는가?

원래 빚을 갚는다는 게 이런 거다.

애초부터 안 빌렸다면 좋았겠지만, 그랬다면 지금쯤 난 살아 있지도 못했겠지.

게다가 하필 [행운의 차원문★★★★★]이 나를 그때 그곳으로 옮겨 놓은 것에도 이유가 있었겠지.

아마 그때가 아니었다면 싸움조차 제대로 성립하지 않았을 것이다.

세 외신이 합쳐진 완전체와 싸워야 했다면 100년을 대출해도 각이 나올까 의심스럽기도 하고.

그러니 그게 최선이었다.

그렇게 믿자.

*   *   *

"되게 불쾌한 동네였네."

티케 입장에선 그럴 법도 했다.

구원해 달라고 불러 놓고 요구하는 게 남편의 씨라니, 마누라 입장에서 이렇게 불쾌한 일도 드물 것이다.

"응, 그렇지."

그래서 나는 툴툴거리는 티케에게 맞장구를 쳤다.

"얼른 다음 곳에나 가자고."

"그래, 그러자."

티케는 이 이상 여기서 숨도 쉬기 싫은 듯, [행운의 차원문★★★★★]을 얼른 열었다.

그러나…….

"어째서!"

우리는 같은 행성으로 날아와 버렸다.

아, 물론 시간대는 조금 달라지긴 했다.

내가 성전환으로 구원한 후 300년 정도가 지났으니 말이다.

그리고 이번 위기는…….

"유전병이 너무 심해져서 일족 멸종 위기라……."

뭐, 내가 지난번 위기를 너무 안이하게 봉합한 면이 없지는 않다.

고작 남자 몇 명 정도로 한 인류 전체의 명맥을 잇도록 해봐야, 결국 몇 세대 지나면 전부 몇 다리 건너 친척들이 되어버리니 말이다.

온갖 유전병에 시달리다 못해 종족의 위기가 찾아오는 것도 무리는 아니지.

이번 문제도 [운명 조작★★★★★]으로 해결 보는 수밖에 없어 보였다.

그나마 다행인 건 적어도 이번엔 남자의 숫자가 모자라진 않았다는 점이다.

나는 [모발 부적★★★★★]으로 모든 유전으로 인한 상태 이상을 제거한 후, 남자들만 따로 불러 모아 [운명 조작★★★★★]으로 유전자를 뒤섞었다.

그 대가로는 엉덩이 쪽의 털이 빠지는 유전적 특성이 우성으로 구현되는 거였지만, 나는 그리 큰 문제로 여기지 않았다.

"이제 괜찮겠지."

만족한 나는 티케에게 돌아가 이제 해결 다 했으니 떠나자고 했다. 그러자 티케는 이런 반응을 보였다.

"날 위로해!"

"…옙."

내 잘못은 아니지만, 군이 따지자면 [행운의 차원문★★★★★] 잘못이고 그 주인이 티케니 책임도 티케에게 있는 것 같지만……

지금은 그런 논리적 사고가 중요한 국면이 아니다.

그리고 어차피…….

"나도 널 위로하고 싶었어."

몸으로!

"으아악, 변태!"

내가 옷을 벗자, 티케는 깔깔 웃었다.

하지만 깔깔 웃지 못하게 되기까지, 그렇게 많은 시간이 필요하지는 않았다.

           *   *   *

그래서 [행운의 차원문★★★★★]이 다음으로 우릴 데려다 준 곳은 어디냐, 하면?

"이 정도쯤 되니 정들려고 하네."

티케의 말대로였다.

그, 쥐 인류의 세계였다.

"연속으로 세 번 걸리다니, 이거 참 운이 좋다고나 해야 할지…….”

"운이야 당연히 좋지."

내 혼잣말에 티케가 정색했다.

"나랑 함께 있는걸?"

"아, 그럼. 당연하지."

그래, 운이 좋은 거다.

나한테도, 이 세계의 인류에게도.

왜냐하면 불과 50년 만에 이쪽 인류가 또다시 멸망의 위기에 빠진 원인은 어느 날 갑자기 떨어진 운석이었기 때문이다.

"아, 여긴 아직도 과거였구나."

그 운석의 정체는 당연하다시피 [우주에서 온 색채]였다.

분명 내가 처치한 외신의 분신체가 이렇게 날아와 있는 건 [행운의 차원문★★★★★]으로 우리가 과거로 날아온 탓이었다.

아니, 덕택이라고 해야 하려나?

나는 손가락 하나 까딱하는 것만으로 쉽게 운석을 소멸시켰다.

물론 이게 내가 했다는 걸 이쪽 인류에게 인지시키기 위해 실제로는 시간이 더 걸리고 귀찮은 방법을 썼지만, 그거야 뭐 어쨌든……

"운석을 파괴하니까 힘이 들어오네."

빚을 진 건 어디까지나 인류 구원이니만큼, 다른 부수입까지 원천 징수 하지는 않는 모양이다.

이게… 다행인가?

뭐, 다행이라면 다행이다.

내 맹세는 어디까지나 40년간의 봉사지, 일정량의 '힘'인 건 아니니까.

힘 더 많이 준다고 빨리 갚는 게 아니란 소리다.

그러니까 이런 식의 부수입은 내게 좋으면 좋았지, 나쁜 건 아니었다.

그거야 뭐 여하튼.

"오오, 신이시여! 감사합니다!"

"감사합니다! 감사합니다!"

그래도 또 한 번, 나는 인류를 구원했다.

기분이 나쁘지는 않았다.

딱히 엄청나게 좋지는 않았지만, 그래도 뭐 하루 일과를 마친 보람 정도야 느껴졌다.

픽 웃은 나는 티케에게 말했다.

"자, 다음 가자."

"응!"

티케는 [행운의 차원문★★★★★]을 열었다.

           *   *   *

내가 간과한 게 하나 있었다.

그게 뭐냐면… 나는 빚을 졌지만, 티케는 지지 않았다는 점이다.

그러니까 봉사를 다닐수록 나는 딱히 강해지지 않지만, 티케는 계속해서 강해지고 있다는 뜻이다.

이걸 언제 깨달았냐면, 봉사 20년 차 때쯤이었다.

아무리 그래도 '놈'과 [우주에서 온 색채], [위대한 잠보]를 혼자 다 처먹었는데 내 힘이 티케에게 딸릴 리는 없었다.

아마 이건 40년의 봉사를 마쳐도 마찬가지일 것이다.

그러나… 내가 주도권을 갖고 행동하려면 힘을 배 이상 쓸 수밖에 없게 된다.

그리고 나도 기분 좋고 티케도 기분 좋게 하려면 여기서 또 배 이상의 힘을 써야 한다.

여유를 갖고 행동하려면 여기서 또 배 이상의 힘이 필요하다.

그러니까 예전처럼 내가 티케를 압도하려면 대충… 티케보다 10배 이상 강해야 한다는 계산이 나온다.

그런데 20년이 지난 지금, 나는 벌써 예전처럼 못 하고 있었다.

한창때는 6개월 이상 같이 뒹굴고도 멀쩡했었는데, 이제는 6개월도 벅차다.

티케 쪽에서 반항이랄까, 분위기를 달구기 위해 하는 반응이나 행동이 거세진 덕택이었다.

아, 이건 덕택 맞다.

절대 '때문' 아니다.

뭐, 사실 부부간의 회포를 푸는데 반년 이상씩 시간을 잡아먹는 게 더 이상한 게 맞다.

대충 한두 달 정도로 만족하는 게 현실적이고 또 경제적이기도 하다.

하지만 하지 않는 것과 할 수 없는 건 다르고, 예전엔 됐던 것이 이젠 안 되는 게 주는 허망함? 이런 게 컸다.

내가 나이를 먹거나 노쇠한 것도 아니고 티케 쪽이 강해져서 이렇게 된 것임에도 불구하고 이런 느낌이 들 줄이야.

욕심이 많구나, 나는.

"나는 이제야 좀 균형이 맞아 간다는 느낌인데."

반대로 티케는 더없이 만족스러운 듯 말했다.

그렇구나.

너는 좋구나.

"네가 좋다면야… 나도 좋아!"

나는 이렇게 생각하기로 마음먹었다.

진심이야 어떻든, 이렇게 생각하는 게 맞다.

그리고 나는 자기 최면의 달인이었다.

특정 상태 이상을 스스로에게 걸 수 있을 정도니 어련할까.

[불변의 정신★★★★★] 만세다!

★ 달아 두길 잘했네!

"좋아, 그럼 다음 가 볼까?"

아직 갚을 빚은 많았다.

벌써 반이나 갚았다고 생각할 수도 있고, 아직도 반이나 더 갚아야 한다고 생각할 수도 있지만……

후자 같은 생각이 든다면 얼른 하루를 더 일해서 과반을 넘기면 또 생각이 달라질 테니까.

"그래, 가자!"

티케가 전에 보기 드물게 의욕적으로 [행운의 차원문★★★ ★★]을 열었다.

"행운!"

어이쿠, 진짜 의욕적이네.

　　　　　*　　　　　　*　　　　　　*

일상이란 무섭다.

반복적으로 같은 일상을 보내다 보면 하루하루는 시간이

느리게 가는 것도 같은데, 돌이켜 보면 시간이 훅 지나가 있다.

지금이 그랬다.

"드디어 빚 다 갚았다!"

40년으로 정해 둔 인류 구원의 일상을 다 마치고, 나는 허리를 쭉 펴며 기지개를 켰다.

"어우, 속이 다 시원하네."

내가 웃으며 말하자, 티케도 웃으며 이런 질문을 던져 왔다.

"그럼 이제부터 뭘 할 거야?"

"뭘 하다니?"

티케의 생각지도 못한 물음에 나는 눈을 동그랗게 떴다.

"내가 그렇게 이상한 질문을 한 거야?"

"어."

나는 고개를 끄덕였다.

"당연히 인류를 구원하러 가야지."

"또?"

"또."

이제까지는 빚을 갚은 거고, 이제부터는 돈… 아니, 힘을 벌러 갈 거다.

"뭐, 그렇게 말할 줄 알았어."

"어, 정말로?"

"정말로."

티케는 내 시선을 피하며 대답했다.

응, 그렇구나!

정말이었구나!

나는 그렇게 생각하기로 마음먹었다.

"그럼 얼른 다음 가자고."

"행운!"

티케가 [행운의 차원문★★★★★]을 열었다.

*　　　　*　　　　*

김명멸은 강릉의 바닷가에 지어진 별장에서 검게 물들어 가는 동쪽 하늘을 바라보고 있었다.

나이를 먹어 가고 있다는 사실을 깨닫기까지 시간이 그리 오래 걸리지는 않았다.

여기는 미궁이 아니니 결국 노화를 피할 수 없으리라는 건 이미 알고 있었다.

그러나 실제로 이렇게 늙고 나니, 나이를 먹는 게 이렇게 싫을 수가 없었다.

아무리 모험가로서 능력치를 많이 올려놨다 한들, 결국 몸에서 힘이 빠지고 약해지는 것은 어쩔 도리가 없었다.

기지개를 잘못 켜 하루종일 허리가 아팠을 때는 내내 기분이 나빴다.

그렇다고 이걸 누구에게 하소연할 수도 없었다.

김명멸은 모험가 중에서 젊다 못해 어린 축에 속했으니 말이다.

특히 유상태 어르신에게 그런 소릴 했다간 바로 칼이 날아오리라.

내 머리카락 돌려놓으라고 고래고래 소리지르는 유상태의 모습을 떠올린 김명멸은 자기도 모르게 큭큭큭 웃고 말았다.

뭐, 그것도 잠깐이었지만 말이다.

"철호 님, 뵙지 못한 지 벌써 80년이나 지나고 말았군요."

1세대 모험가들은 대부분 늙었고, 실권도 잃었다.

그것뿐이라면 그리 문제가 되지 않았을지도 모른다.

모두가 이철호, 즉 [인류의 챔피언]이 돌아오지 않을 거라 여기고 있었다.

여기서 '모두'라는 건 모험가들 뿐만을 말하지 않는다.

2세대, 3세대 모험가 인류는 물론이고 유적 인류, 엘프나 드워프, 오크 등도 '모두'에 포함되어 있었다.

그리고 모험가 인류에게 보호 성좌가 붙어 있지 않다는 것은 생각보다 큰 위기를 불러왔다.

태평양 섬에서의 핵실험을 계기로 통합했던 인류 연방은 곧 해체를 앞두고 있었다.

그도 그럴 것이, 성좌의 힘 앞에서 핵의 위협은 그저 장난감을 휘두르는 정도로밖에 여겨지지 않는다.

공포로 인해 묶였던 연방이니만큼, 공포가 사라졌으니 연방 또한 해체하는 것이 수순이었다.

그러나 인류 연방의 해체는 시작에 지나지 않는다.

그 직후, 거대한 전쟁이 있을 거라 모두가 말하고 있었다.

[피투성이 피바라기]가 가만히 있지 않을 거라며, 그 전쟁광 성좌가 모두를 전쟁의 구렁텅이로 밀어 넣을 거라고 경고하고 있었다.

그러나 그 위기를 누가 막을 수 있을까?

적어도 모험가 인류 중엔 막을 수 있을 인물이 없었다.

"인류의 대리자이자 대전사, 대표자시여."

그렇기에 김명멸의 입에서 이러한 말이 나올 수밖에 없었다.

"부디 저희를 어여삐 여기소서."

기적만을 바라는, 사실상 기도문인 말이.

그리고 구원을 간곡히 바라는 인류의 앞에.

"뭐야? 여긴 좀 익숙한데?"

인류 구원을 업으로 삼는 초월자가 나타났다.

              *   *   *

나는 내 구원을 바라는 인류가 지구 인류, 그중에서도 모험
가 인류임을 깨닫고 잠시 멍하니 서 있을 수밖에 없었다.

아니, 그동안 무슨 일이 있어서 잘 나가던 모험가 인류가 이
렇게까지 막다른 구석에 몰리게 됐단 말인가?

[비밀 교환★★★★★]에게 물어보고 진상을 깨달은 나는 바
로 [피투성이 피바라기]에게 찾아가 이렇게 설득했다.

"뗵!"

이 정도로 강해지다 보니 이제는 [피투성이 피바라기]와 모
험가 인류의 차이가 잘 안 느껴질 정도가 되어 버리고 말았다.

내가 이 지경인데 [피투성이 피바라기]가 내 강함을 모르겠
는가?

"누, 누구십니까?"

어, 모르는구나.

내가 얼마나 강한지 모르는 정도가 아니라, 아예 나를 몰라보는 모양이었다.

"나야! [인류의 챔피언]!"

그래서 나는 친절하게 말해 주었다.

내 정체를 깨달은 [피] 어린이의 동공이 확 커지는 건 꽤 볼만했다.

"[인류의 챔피언]! …죽은 줄 알았는데!"

물론 통쾌함은 순간에 불과했다.

"내가 죽자마자 바로 내 유산부터 노릴 놈인 걸 모르고 있었네!"

어이구, 속 터져라!

"아니, 그런, 그런 게 아니라……!"

"인류 연방은 왜 깬 거야? 아니, 답 알고 있으니까 변명하지마. 전쟁하고 싶어서 깬 거지?"

"알, 알면서 왜 물어보는……."

"야!"

내가 호통을 치자 [피] 어린이가 확 쪼그라들었다.

"아무래도 안 되겠어. 전쟁 성좌는 이 이상 지구에 필요 없어!"

"날, 날 죽일 셈이냐! 한때는 나를 형이라 불렀지 않느냐!"

"그런 적 없거든?!"

성질 같아선 진짜 확 죽여 버리고 싶은 마음이 없지 않지만, 그래도 어려울 때 [전쟁검]을 도네해 주며 나를 밀어준 기억이 아직 남았다.

마음 약해서 큰일이야.

그래서 나는 본성을 못 버리는 [피]에게 죽음보다 더한 벌을 내릴 생각이다.

"너는 이제부터 [평화 수호자]가 될 것이다!"

"그, 그것만은 제발!"

"시끄러워! [평화의 여신]으로 만들어 버리기 전에!"

"…그건 좀 괜찮을지도."

"닥쳐!"

계속 말 섞어 봐야 내 속만 터진다는 것을 깨달은 나는 바로 능력을 사용했다.

[운명 조작★★★★★]!

패치 노트: 이번 업데이트로 [피투성이 피바라기] 성좌는 [평화 수호자]로 개명되며, 관장하는 영역 또한 '전쟁'에서 '평화'로 변경됩니다.

이에 따라 [혈기] 능력치는 [정기] 능력치로 변경되며, 능력치 능력과 성좌 직업 또한 적절히 변경됩니다.

"후… 됐군."

"나, 나한테 무슨 짓을 한 거야!?"

전체적으로 붉은 기가 도는 이미지였던 [피]는 하얀색 기조의 이미지로 바뀌었다.

물론 놈도 성좌니만큼 자기 외모를 바꿀 수 있다는 걸 감안하면 그리 놀랄 만한 변화는 아니라고 생각할 수 있겠다.

하지만 평소에는 절대 흰색 따위는 몸에 걸치지 않을 [피]

가 지금은 전신이 다 하얘진 걸 보니 취향까지 확 바뀐 모양
이다.

"말했잖아, [평화 수호자]가 될 거라고."

"그런 걸 네 맘대로… 됐네. 젠장, 한때는 일개 모험가였던
주제에!"

언제 이야기를. 나는 질려서 손을 내저었다.

"아, 옛날이야기는 됐고. 대가나 잘 치르라고."

"대가?! 대가를 내가 치러야 한다고?"

"그래. 네 대가는……."

나는 잠깐 멈칫했다.

이거 진짜임?

[비밀 교환★★★★★]에게 다시 확인해 보니 이게 맞았다.

와… 이거…….

내가 좀 심했나?

"뭐, 뭔데 그래?"

내 표정 변화만 보고도 뭔가 잘못됐다는 걸 알아차린 건지
[피], 아니 이제 [평화]는 얼굴이 하얗게 질렸다.

아니, 저거 원래 저런 건가?

빨간 것만 보다 흰 걸 보니 자꾸 헷갈리네.

"크흠, 아무튼… 너는 100년 이내로 결혼하고 아이를 100명
이상 낳도록."

"…내가? …직접?"

"아, 아니. 직접 말고."

대체 무슨 오해를 하는 거냐.

"내가 낳는 거 아니면 별것 아니네, 뭐."

"…그럴 거 같지?"

아니, 이철호. 쓸데없는 말 하지 마라.

들킬라.

나는 입을 꾹 다물고 애써 웃으며 말했다.

"…행복해라."

"그래, 뭐… 이왕 이렇게 된 거. [로맨스]한테 청혼이나 해야겠다."

뭣?!

"누구한테 뭘 한다고?"

너희 남매 아니었냐?

"왜 놀라? 아, 인간의 도덕 때문에 그러는 거야?"

[평화]가 푸풋 웃었다.

저거 열받네.

"그런 걸로 따져도 어차피 이제 난 [피투성이 피바라기]도 아니니까 상관없지 않나?"

…그런가?

난… 잘 모르겠어…….

"아, 마음대로 하고 제때 대가나 납부하라고. 연체한다고 내가 뭐 잘못되는 거 아니니까 참고하고."

"알았어."

"참고… 하라고."

"아니, 뭘 참고 해?"

아무튼 참고 해, 이 자식아.

          *   *   *

이미 눈치챘을지도 모르지만, 나도 애를 봤다.

나는 갓난아기가 태어날 줄 알았다.

아주 귀여운 아기를 몇 년쯤 돌봐야 할 줄 알고 있었다.

기대하는 한편, 각오도 하고 있었다.

인간이었던 시절부터 애 키우는 건 힘들다는 소릴 많이 들어왔기 때문이다.

미리 [비밀 교환★★★★★]을 써서 알아봤다면 오해할 여지조차 없었을 것이다.

그러나 나는 일부러 알아보지 않았다.

내가 왜 그랬을까?

미리 알았다면… 실망도 덜했을 텐데.

"난… 나는 이렇게 될 줄 몰랐어."

나는 짜게 식은 표정으로 내 아들을 바라보았다.

"왜요, 아버지."

생후 한 달 된, 아직 갓난아기의 범주에 속할 내 아들은 나를 올려다보며 반항기 짙은 표정을 지어 보였다.

성좌라서 애가 빨리 커서 이런 거냐고?

아니다.

애는 태어났을 때부터 이랬다.

처음부터 성체로 태어났다.

하긴 그리스 신화에서 아테나가 제우스 머리를 가르고 태어

낳을 때도 이랬지.

티케도 그리스 신화의 신이었고.

조금만 곰곰이 생각해 봤으면 바로 알아차릴 일이었는데, 내가 그러지 못했다.

"진짜 하나도 안 귀엽네."

나도 모르게 진심이 흘러나왔는데, 그 혼잣말을 들은 아들은 픽 웃으며 이렇게 대꾸했다.

"칭찬 감사합니다, 아버지."

아니, 진짜로 하나도 안 귀엽다고!

내가 바라던 육아의 '육'은커녕 '아' 조차도 없었다.

이게 맞나?

이게 맞아?

"아니, 당신은 애한테 왜 그래요!?"

그런데 또 티케가 보기엔 다른가 보더라.

나를 향한 호칭이 오빠에서 당신으로 바뀌었고, 애정 어린 시선은 나 대신 애한테 향했다.

그나마 이제 애 아빠라고 나한테 높임말을 써 주긴 하는데, 하나도 안 반갑다.

"이제운."

이게 내 아들의 이름이다.

내 아들이라 이씨에 제는 돌림자에, 티케의 아들이니 운.

간단한 작명법이었다.

사실 문명 멸망 이후라 돌림자 같은 건 신경 안 써도 됐지만, 오히려 그래서 더더욱 이런 걸 지키고 싶어지더라.

"왜요?"

"너, 독립해라."

태어난 지 1년도 안 된 아들한테 이런 말을 해도 되는 걸까?

된다.

태어나자마자 성인인데, 뭘!

그리스 신화의 아테나도 태어나자마자 신으로서의 역할을 맡고 수행했다.

오히려 몇 개월씩이나 집안에서 뒹구는 이 녀석이 이례적이다.

"아니, 당신……."

"아뇨, 엄마. 저 독립할래요."

티케가 도중에 끼어들어 나를 말리려고 했지만, 오히려 제운이가 스스로 나섰다.

그래야지.

나는 만족스럽게 고개를 끄덕였다.

제운이의 말이 아직 안 끝났음을 모르고.

"그런데 저는 어떤 신이 되면 되죠?"

"…신?"

"예. 행운의 여신인 어머니의 아들이니, 저도 당연히 신이지 않겠습니까?"

나는 티케를 빤히 바라보았다.

티케는 안절부절못하며 내 눈을 피했다.

아니, 아들이 뭐라고 그런 허세까지 떨어?

한숨이 나오려는 걸 억지로 참고, 나는 아들에게 말했다.

"일단… 내가 차지하고 있던 모험가 인류의 챔피언 자리를 네가 맡으려무나."

모험가들의 수호자 자리는 내 뿌리나 마찬가지지만, 그 상징성을 제외하면 사실 내 힘의 극히 일부를 이루는 집단이었다.

딱 물려주기 좋은 자리가 됐다는 뜻이지.

앞으로도 나는 계속 우주를 배회하며 내 구원을 바라는 인류를 찾아다녀야 하니, 이 자리를 제운이가 딱 버티고 앉아주면 나도 든든할 것이다.

…든든하겠지?

아닌가? 내가 잘못 생각한 건가?

이거 되게 불안하네.

"흠, 생각했던 것보단 작은 자리로군요."

엄청나게 불안하다!

"하지만 알겠습니다. 어떤 영웅이든 시작은 초라한 법이니까요!"

…영웅?

그런 소린 또 누구한테 들었어?

나는 반사적으로 티케를 바라보았다.

그러자 티케는 또다시 안절부절못하며 내 시선을 피했다.

아이고…….

아무튼 그렇게 아들에게 내 자리를 물려준 후, 나는 따로 킴명멸을 찾아가서 말했다.

무슨 일 생기면 바로 연락 달라고 말이다.

아들에겐 미안한 이야기지만, 진짜 안 괜찮을 것 같았거든.

그렇게 사후 처리를 마치고 티케의 세계로 돌아가자 녀석은 방 안에 틀어박혀 혼자 울고 있었다.

  "아이고… 언제까지 싸고돌려고 그랬어."

  "그치만……!"

  티케는 펑펑 울었다.

  그래도 내게 항의하거나 화를 내거나 하지 않았다는 건, 녀석도 마음속 어딘가에선 이게 맞는 조치라는 걸 인정하고 있기 때문이겠지.

  "좋아, 데이트나 갈까?"

  "싫어."

  "응? 싫어?"

  "위로해 줘."

  아들 낳고 좀 어른스러워졌나 싶더니만 독립시켜 내보내니 도로 아미타불이다.

  하지만 기분이 나쁘지는 않았다.

  티케에겐 비밀이지만, 오히려 좋았다.

5장
—
천사

티케를 위로해 준 후…….

참고로 이번엔 진짜로 위로였다.

그거야 뭐 아무튼.

나는 장인어른도 뵙고 다른 성좌들과도 모임을 가지는 등, 지구에서의 일정을 수행했다.

내 힘의 대부분은 지구 밖에서 오고, 작은 부분마저 아들에게 물려 줬지만…….

그래도 역시 고향이란 게 특별하긴 한가 보다.

내 입장에서는 엄청 오랜만이었지만, 성좌들 입장에선 잠깐 자리 비웠다 나타난 사람이 갑자기 강해진 것처럼 반응했다.

하긴 햇수로 따지면 100년도 안 되는 데다, 지구 기준으로는 그보다도 더 짧은 시간 밖에 지나지 않았다.

게다가 불멸하는 성좌들 시간 감각이 좀 느긋한가?

이상하지 않은 반응이었다.

이런저런 이야기를 나누고, 아들 이야기도 좀 꺼내고, 맛있는 음식이나 술도 좀 나누고, 그런 시간을 보냈다.

왜 [피]… 지금은 [평화]가 날뛸 때 안 막아 줬냐고 울분 섞인 소릴 지를 이유는 없었다.

[행운의 차원문★★★★★]이 인도해 온 것답게 나는 별로 늦지도 않았고 내가 필요한 상황에 딱 맞게 당도했으니.

게다가…….

"기왕 이렇게 된 거, 지구권 내에서 상호 불가침 조약의 시효를 천 년으로 늘리죠?"

지구의 성좌들은 다소 막무가내인 내 요청도 다 들어줬으니까.

그냥 말로도 문제가 다 처리가 되는데 굳이 감정적으로 나설 이유가 없었다.

그렇게 내 동향 사람들과 아들내미의 뒤치다꺼리도 다 마친 나는 마음 편하게 놀다가 나왔다.

뭐, 이제 알아서들 잘하겠지.

                    *   *   *

내 노력에도 불구하고 문제는 남아 있었다.

"그치만……!"

티케가 아들 걱정에 지구를 떠나려 들지를 않는 것이 그것이었다.

"내가 지구 성좌들한테 잘 부탁한다고 해 놨고 인류 연합 구성 종족에 불가침 조약까지 다 맺어놨어. 김명멸, 알지? 걔한 테도 부탁해 놨고……."

그런데 내가 위로한답시고 한 말을 듣고 있던 티케가 눈을 동그랗게 떴다.

"난 오빠가 애 싫어하는 줄 알았는데."

"싫어하진 않았어."

"오빠 나름대로 걱정은 되게 많이 했구나!"

"…걱정하지 않았어."

내 대꾸에 티케가 푸푸풉 웃었다.

되게 열받네, 이거.

"알았어. 그 정도 했으면 걱정 안 해도 되겠네."

"뭘 듣고 납득한 거야?"

"오빠의 노력!"

그러고 보니 날 칭하는 호칭이 당신에서 오빠로 돌아왔다.

역시 애가 원인이었던 게 맞았구나!

뒤늦게 깨달았네.

"…알았으면 가자."

나는 계속 모르는 척하는 것보다는 그냥 한 번 인정하고 넘어가는 게 더 낫겠다는 결론에 도달했다.

안 그러면 이걸로 향후 100년쯤은 놀릴지도 모른다.

어쩌면 1000년이 넘어갈 수도 있다.

"그럼 이제 가자! 우리의… 리마인드 신혼여행!"

그런 걸 할 생각은 없었다만.

…이라는 말은 할 필요가 없었다.

"그래, 가자!"

리마인드 신혼여행이 가고 싶으시면 가셔야지.

나름 결혼 100주년이기도 했는데 안 갈 이유가 없었다.

그래서 우리의 리마인드 신혼여행지는 어디였냐면… 그러고 보니 신혼여행을 안 갔었네.

"여기야!"

아니, 티케 말 들어 보니 갔었다.

우리 신혼여행지는 티케의 세계였다.

정확히는 티케의 안방 방구석이었다.

그 사실을 확인한 나는 각오를 굳혔다.

오늘만큼은 철저히 티케에게 봉사하기로.

*   *   *

"[행운의 차원문★★★★★]!"

길다면 길고, 적어도 짧게 느껴지진 않았던 휴가를 보낸 우리는 다시 통상 업무로 돌아왔다.

"휴, 다행이네."

차원문 너머의 경치를 확인한 나는 안도의 한숨을 내쉬었다.

"지구면 어떡하지 싶었어."

"…잘하고 있겠지?"

"잘하고 있으니까 우리가 지구로 안 왔겠지."

근거 따위는 없지만, 나는 괜히 기운찬 목소리로 대꾸해 주었다.

"그렇겠지?"

"그렇겠지."

그렇게 스몰 토크를 마친 우리는 바로 일하기로 했다.

그럼 오늘 구원받을 인류는?

"못 보던 인류로군. 나를 만나는 건 처음인가?"

"그렇습니다, [인류의 챔피언]이시여."

놀랍게도 천사였다.

본래 천사라는 건 신이 있어야 한다.

하늘 신, 혹은 유일신의 심부름꾼이 천사이기 때문이다.

하지만 애네는 그런 것 없이 그냥 외견만 천사일 뿐이다.

사람 모습에 날개 달린 모습.

새나 박쥐는 사람의 팔에 해당하는 부분이 날개로 바뀐 것이라는 걸 감안하면, 이들에게는 팔이 두 개 더 달린 셈이다.

하지만 모래 인류도 있는 마당에 그런 건 별로 이상하지 않았다.

우주는 넓고, 별 놈들이 다 있기 마련.

단지 날개를 뺀 부분이 지구 인류와 닮은 게 좀 이상하게 느껴질 따름이다.

수렴 진화? 이게 이럴 때 쓰는 단어가 맞나?

이들이 어떤 환경적 요인을 통해 이런 외견을 갖게 되었는지는 [비밀 교환★★★★★]에게 물어보면 다 나오겠지만, 그건 나중에나 알아볼 일이다.

한 종족이 지닌 비밀은 책으로 엮으면 수십 권도 아니고 수십 질을 간단히 넘기는데, 이 중 내게 필요한 것만 골라내는 것도 일이기 때문이다. '

그래서 나는 일단 당장 필요한 내용만 머릿속에 넣고 이렇게 물었다.

"그래서 너희는 내가 뭘 해 주길 원하지?"

사실 이미 [비밀 교환★★★★★]으로 다 알고 왔음에도 나는 일부러 물었다.

내가 그냥 지나치는 부분이 있을지도 모르고… 사실 이건 그냥 하는 말이고, 날 속여먹으려 들면 적당히 주동자들을 벌해 주기 위해서다.

지난 80년간, 아니, 그보다도 더 오랜 기간동안 온갖 인류를 구원하며 터득한 노하우였다.

성좌라고, 구원자라고, 신이라고 다 믿는 것도 아니고 다 따르는 것도 아니었다.

오히려 이 기회를 이용해서 어떻게든 자기 안위, 자기 권력을 보위하려 드는 놈들이 더 많았다.

특히나 선지자나 교주 따위 등의 이들에게 이런 경향이 더욱 강했다.

그런 데다 이런 짓거리를 벌이는 최고 권력자를 벌하면 처벌에서 벗어난 이들은 내게 반감을 갖기는커녕 더욱 깊은 신앙심을 표했다.

이미 여러 번 효험을 본 방법이니만큼 안 할 이유가 더 적었다.

그런데 이번 놈들은 조금 달랐다.

"[인류의 챔피언]이시여! 저희를 어여삐 보시고 부디 저희를 핍박하는 이들을 몰아내어 주시옵소서!"

머리가 좋았다.

이쪽을 충분히 대우하는 것처럼 극존칭을 쓰면서도 책임 소재를 언제든 피할 수 있도록 애매한 단어를 쓰는 것에서 드러났다.

아니, 머리만 좋은 게 아니다.

초월적 존재가 갑자기 눈앞에 나타나면 보통 당황하게 마련이다.

아무리 간곡히 기도하고 간절하게 염원해서 부른 구원자라한들, 그게 현실로 나타나면 평소처럼 못 하는 게 정상이다.

그런데 이놈은 마치 지금 상황이 올 것을 미리 예견이라도 한 듯 정제된 언어로 자신의 의도를 표현하고 있었다.

여기서 알 수 있는 점은 두 가지.

이놈들, 적어도 이놈들의 대표는 초월적 존재와 마주하는 게 익숙하다.

그리고 또 하나.

이놈들은 내가 정말로 여기 올 것을 미리 알고 있었다는 점이다.

예언이나 미래시, 혹은 점술일 수도 있고… 그 방식은 다양하겠지.

그거야 어쨌든 확신할 수 있는 수단을 통해 내 강림을 예견했다.

나는 다시금 [비밀 교환★★★★★]을 통해 내 추측에 근거를 더하고, 필요한 정보를 더 많이 수집했다.

그 결과,

"이거 안 되겠군."

나는 고개를 끄덕였다.

"너희는 일단 죽어라."

그리고 능력을 사용했다.

*　　　　　*　　　　　*

"뭐야, 왜 죽인 거야?"

티케가 놀라서 물었다.

내 대답은 단호했다.

"이것들은 인류가 아니야."

단호할 수밖에 없었다.

"인류 냄새만 풍길 뿐, 인류로 위장한 '놈들'이야."

말만 들으면 이상한 곳 없는 문장이지만, 티케는 내 어조에서 심상찮음을 느낀 듯 이렇게 되물었다.

"은하 너머의 존재들?"

지금 와서 놈들을 그렇게 부르는 건 좀 이상하게 느껴지지만… 그거야 뭐 아무튼.

"맞아. '놈들과 같은 부류의 놈들이야."

"걔네 격만 따지면 성좌급 아니야? 그런데 왜 인류를……."

"나 때문이야."

나는 단언했다.

"이 시대에 [인류의 챔피언]이 꽤나 설치고 다닌 모양이야. 그래서 이런 함정까지 판 거겠지."

"아……!"

티케가 탄성을 냈다.

"여기 미래구나."

"응."

우리가 은하 너머의 존재들을 다 잡고도 수 천년이 지나, 별 먹는 별이 새로운 하수인을 만들어 내보내고도 세월이 흘러…….

[인류의 챔피언]이 그 별 먹는 별의 하수인들을 찾아다니며 괴롭히고 다니는 시대.

[행운의 차원문★★★★★]은 기어코 우릴 이런 먼 미래의 시대로까지 보낸 거였다.

"[행운]을 믿고 함정을 밟았는데, 이제 어떻게 될지 모르겠네."

나는 하하핫 웃으며 [비밀 교환★★★★★]을 돌렸다.

정보량이 너무 많아서 이제까지는 한 번 훑어보고 말았지만, 아무래도 이 천사 종족에 대한 건 세세한 것까지 정독해야 할 성싶었다.

그런데 문제가 있었다.

"아, 읽으면 읽을수록 빡치네."

화가 막 올라와서 정독하기가 힘들다.

이 천사처럼 보이는 놈들은 [날개 달린 사람]이라는 은하 너머의 존재를 주인으로 섬기는 하수인들이었다.

군이 따지자면 [위대한 잠보]가 만들어 낸 분진과 비슷한 부류라 할 수 있을 것이다.

그러나 이것들은 분진과 달리 지능이 높고 스스로를 인류로 위장하고 다니며, 하필이면 지구 인류와 비슷한 외견을 지녔다.

그뿐만이 아니라, 거기다 지구 인류가 거의 본능적으로 동경하는 아름다운 날개를 타고 났다.

왜 이런 외견을 갖게 됐을까?

생각해 보면 간단하지만, 생각 안 해도 [비밀 교환★★★★★]이 알려준다.

일단 [인류의 챔피언], 즉 나를 혼동시키기 위해.

오래 혼동시킬 필요도 없다.

내가 나났음을 보고할 정도의 시간만 끌면 되는 일이니.

그리고 이것들은 실제로 그 정도 시간은 끌었다.

지금쯤 내 등장이 윗선에 보고됐겠지.

[비밀 교환★★★★★]을 정독하기 전에는 나를 함정에 빠뜨리기 위한 보고라고 생각했었는데, 다시 읽어 보니 그 목적이 좀 달랐다.

지금쯤 이 주변의 ' 천샤들은 싹 빠졌을 거다.

그리고 다른 곳에다 작업을 치고 있겠지.

그 작업이란 게 무엇이냐면, 인류를 현혹하는 거였다.

놀랍게도 이 미래 시대에 지구 인류는 [인류의 챔피언]의 고향이자 출생 종족으로 유명해지는 듯했다.

지구 인류를 우리 아들내미가 잘 키웠나 보다, 하고 마음이 풀어지는 것도 잠시.

이 '천사' 놈들은 그러한 지구 인류의 이미지를 이용하고 있었다.

아름답고 이상적인 지구 인류의 모습으로 다른 인류를 속여 넘김과 동시에 협조를 요구하며 착취하고 상황이 허락하면…….

…잡아먹는다고 한다.

여기서 '상황이 허락한다'는 건 바깥에 소문이 새어나가지 않게 해당 인류를 고립시켜 이동을 통제하고 통신망을 다 잘라 내는 것을 뜻한다.

이 행성의 상황이 딱 그랬다.

여기 토착 인류, 그러니까 '진짜 인류를 먹기 좋게 딱 고립시켜 놨는데 내가 직접 나타나 버린 거지.

만약 내가 없었다면 여기 토착 인류는 뼈다귀만 남았을 거고, 후에 다른 인류가 여길 방문하더라도 이들이 멸종한 이유를 밝혀내지 못했을 거다.

그것뿐만이 아니라, 이것들은 만약 일이 잘못될 때를 위해 스스로를 [인류의 챔피언]의 하수인이자 천사로 이미지 메이킹을 해 두었다.

자신들에 대해 나쁜 소문이 퍼진다면 그것도 그것대로 이용해서 내 이름을 더럽힐 생각이었다.

내게 향할 신앙을 줄인다는 부가적인 효과까지 노릴 수 있으니 망설일 이유가 없었으리라.

[행운의 차원문★★★★★]이 괜히 지금 나를 여기다 가져다

놓은 게 아닌 듯했다.

놈들의 계획을 파탄시키고 향후에 연계시킬 연결 고리까지 결정적으로 끊어 놓았으니, 이게 행운이 아니면 뭐겠는가.

해석하기에 따라선 악운이 될 수도 있겠지만, 그것도 괜찮다.

내가 바로 [악운]을 관장하는 성좌니까.

"내가 뭐랬어! 저것들 사기꾼 냄새 난다고 했잖어!"

"제일 먼저 전재산 들어다 바친 게 누군데! 아이고, 하여튼 감사합니다! 감사합니다!!"

그거야 뭐 어쨌든, 자칭 천사에게 털 뽑히고 조리당할 운명이었다 내게 구원받은 토착 인류는 그야말로 열렬한 지지와 신앙을 내게 보내 주었다.

흠… 나쁘지 않군.

늘 하듯 기념비와 성궤를 남긴 나는 티케에게 말했다.

"자, 다음 가자."

"여긴 어쩌고?"

"이 시대에 내가 할 일이 더 있다면, [행운의 차원문★★★★★]이 인도해 주지 않을까?"

"내가가 아니라 우리가!"

아차.

"그래, 우리가."

시대가 좀 미래가 되어 버렸지만, 그래도 우리가 할 일이 크게 바뀌진 않는다.

우리는 다음 시공으로 향했다.

                    *   *   *

　나는 몇 차례 더 [날개 달린 사람]의 음모를 분쇄했다.

　"요즘 연속으로 이것들만 나오네."

　인류를 구하면서도 나는 [날개 달린 사람]의 비밀을 세밀하게 체크하고 있었다.

　귀찮긴 하지만 언제 이게 함정으로 바뀔지 모르니 할 수 없었다.

　그나마 변경되는 점만 체크해 놓고 확인하면 되는 게 다행이지 싶다.

　"벌이는 좋아서 다행이긴 한데……."

　[행운의 차원문★★★★★]이 진짜 잡아먹히기 직전의 상황에서만 날 난입시켜서, 상황이 극적인 만큼 들어오는 신앙의 양도 많았다.

　그래서 빠르게 강해지고 있는 건 좋았다.

　그저 긴장되고 귀찮은 게 문제일 뿐.

　뭐야, 그냥 좋은 거잖아?

　내 마음가짐이 문제지, 상황은 좋기만 하다.

　그렇게 판단한다 한들, 일단 생긴 긴장이 풀리는 건 아니었지만 말이다.

　"좋아, 다음 가자."

　"그랭."

　앗, 티케의 대답에 이응이 붙었다.

이 녀석, 이 녀석. 응?

첫째를 독립시킨 후 오히려 더 애교가 많아진 티케다.

그리고 어떨 때 더욱더 애교가 많아진다?

나는 정답을 알고 있다.

"아니, 가지 말자."

"엥? 왜?"

이건… 자각이 없었나.

큰일 날 뻔했네.

"네 세계 열어."

멍해져 있던 티케의 낯이 내 말에 갑자기 확 밝아졌다.

"…응!"

우리는 밤을 불태웠다.

사실은 낮도 불태웠다.

진실을 말하자면, 언제가 낮이고 밤인지도 몰랐다.

       *   *   *

몇 달 후.

그러니까 인류 구원에 몸 바쳐 [날개 달린 사람]의 분진 비슷한 것들을 박멸하느라 시간을 보낸 지 몇 달 후.

대충 알았다.

"이거 몰이 당하고 있네."

놀랍게도 몰이당하고 있는 건 내가 아니었다.

[날개 달린 사람] 측이었다.

[행운의 차원문★★★★★]이 내 위치를 절묘하게 이용해서 [날개 달린 사람]의 분진 비슷한 것들을 한데 모으고 있었다.

"이대로면… 아마 다음에 박멸이 될 것 같은데?"

[날개 달린 사람]이라고 자기 하수인을 순순히 내어 줄 생각은 없을 테니, 아마 그쯤 해서 본체가 출현하리라 예상 가능했다.

하지만 어쩌라고.

별 먹는 별이 아닌 이상, 그 분신체에 불과한 은하 너머의 존재가 두셋쯤 떼로 덤벼도 간단히 분쇄할 수 있는 게 지금의 내 전력이다.

아무리 그래도 다섯 이상이면 좀 어렵겠지만, 그렇게 많이 만드는 게 쉬웠다면 벌써 온 우주가 은하 너머의 존재로 가득하겠지.

그러니 졸아붙을 이유가 하등 없었다.

그러니까 [행운의 차원문★★★★★]도 이렇게 대담하게 몰이사냥을 기획하는 것일 테고 말이다.

요즘은 진짜 [행운]에 지능과 자의식이 따로 붙어 있는 게 아닐까 의심스러울 정도라니까.

"티케, 가자."

"웅!"

하지만 정말로 [행운]의 지능과 자의식을 담당할 터인 티케는 오늘도 순진하게 내 부름에 대답할 뿐이었다.

진짜 귀엽네.

이번 전쟁만 끝나 봐라.

"왜 소름이 돋지?"

"글쎄, 날이 춥나?"

"그런가? 아무튼 열게."

[행운의 차원문★★★★★]!

문은 열렸다.

그리고 나는 문을 열고 나섰다.

아니니 다를까, [날개 달린 사람]의 하수인이 어마어마하게 모여 있었다.

평소에 분진 비슷한 거라고 부르고 다니긴 했는데, 이렇게 보니 진짜 분진처럼 보이네.

"오물은 청소다!"

즉각 성좌 본연의 모습을 드러낸 나는 [인류의 챔피언의 천자총통]을 꺼내 들고 꽝 쐈다.

이번엔 [대장군전]이 아닌 [조란환], 즉 산탄을 넣고 쐈다.

새알만 한 크기의 산탄 4000개가 전장을 종횡무진하며 [날개 달린 사람]의 하수인을 사정없이 쓸어버리는 모습이 그야말로 장관이었다.

퍼퍼펑!

배때기를 뚫은 탄환이 다음 놈의 어깨를 잡아먹고, 다음 놈의 흉곽을 터트리고, 다음 놈의 머리를 깨는데, 그럼에도 위력을 잃지 않고 뻗어 나갔다.

퉁!

전장의 끝에 도달해 아무것도 노릴 것이 없어진 탄환은 경쾌한 소리와 함께 반전해 다시 적 집단으로 파고들어 새로이 학살을 노래했다.

그런 데다.

"한 번 더!"

꽝!

내 포격이 한 번에 끝날 리가 있나.

진짜 전자총통이었다면 내부를 한 번 닦아 내고 화약을 다시 채우고 탄자를 쏟아붓는 과정이 필요하겠지만, 이건 성검이다.

꽝꽝꽝!

이렇게 연사를 해도 하등의 문제가 없다는 말이다.

"끄아악!"

"시, 신이시여! 우리에게 구원을……!"

"어찌하여 저희에게 이러한 시련을 내리시나이까!"

죽어가는 지금도 인류라고 위장하기에 여념이 없는 모습이 인상적이다.

상을 주마.

꽝!

그 상이란 물론 추가 포격 한 방이었다.

후두둑!

산탄을 맞은 새 인간들이 우박처럼 떨어져 내렸다.

어, 좋다!

원래 사람 비슷한 것들의 시체가 눈꽃 송이처럼 흩날리는 꼴을 보면 기분이 나빠야 하는데, 그런 기분은 조금도 안 든다.

적이라서?

아니다.

저것들이 아무리 사람처럼 생겼다 한들 그 본질은 사람 잡아먹는 괴물이며 사실 생물조차 아니다.

내가 괜히 분진 비슷한 것들이라 하겠는가.

속은 상태였다면 모를까, 인류가 아니라는 사실을 간파한 지금은 저것들이 전혀 사람처럼 보이지 않았다.

불쾌한 골짜기라는 말이 있지 않은가?

사람은 사람과 어중간하게 닮은 존재를 보면 볼수록 더 불쾌함을 느낀다는 연구 결과.

내가 저것들을 보면서 느끼고 있는 게 딱 그거였다.

그 불쾌함을 날려 버리고 있는 것이다 보니 기분이 상쾌할 수밖에 없었다.

"부서져라!"

꽝! 꽝! 꽝!

퍼퍼펑!

후두두두둑!

내가 트리거 해피처럼 포를 열심히 갈기고 있는 것처럼 보이겠지만 사실 아니다.

한 발 쏠 때마다 [비밀 교환★★★★★]을 돌리고 있었다.

이 안에 [날개 달린 사람] 본체가 숨어있을 확률은 100%에 수렴하기 때문이다.

그런데 이놈이 자기 하수인이랑 똑같이 분장하고 있는지 찾아내기가 쉽지 않았다.

원래부터 나도 바로 알아보지 못할 정도로 인류를 가장하고 있던 놈들의 주인이다.

쉽게 찾아지는 게 더 이상하다.

그러나 이놈이 내 눈은 속일 수 있을지 몰라도 과연 [비밀 교환★★★★★] 선생님을 속일 수 있을까?

난 아니라고 본다.

픽!

새 인간을 관통하고 터트리는 경쾌한 소리가 아니라 둔탁한 소리가 났다. 나는 곧장 소리가 들린 쪽을 향해 [비밀 교환★ ★★★★]을 돌렸다.

결과.

"찾았다."

나는 입술을 혀로 핥았다.

꽝! 하고 포를 한 발 더 쏴서 [조란환]을 비운 나는 대신 [대장군전]을 장전했다.

"방포!"

쾅!

[조란환]하고는 다른 발포음을 내며, 마치 대함 미사일 같은 모습의 [대장군전]이 [날개 달린 사람]을 향해 똑바로 날아갔다.

퍼억!

"끄아아악!"

적의 몸통을 꿰뚫고 들어간 [대장군전]의 모습을 확인한 나는 주먹을 꽉 쥐었다.

그러자…….

쿠구웅!

묵직한 폭발음과 함께 [대장군전]이 그 자리에서 폭발했다.

"크으으으윽!"

신음을 듣자 하니 아직 안 죽었겠다?

쾅!

[대장군전]을 한 방 더 쏘아붙인 나는 곧장 [대폭주]를 걸고 [벼락 강림]을 준비했다.

쿠구궁!

그리고 [대장군전]의 폭발음을 듣자마자 곧장 준비하고 있던 능력을 해방했다.

번쩍!

쫘르릉!

벼락 그 자체가 된 내 킥이 [날개 달린 사람]을 꿰뚫었다.

"으아아악!"

비명을 지른다는 건 아직 살아 있다는 거지?

하긴 명색이 은하 너머의 존재인데 그렇게 쉽게 죽어 나갈 리가 없지.

철컥.

나는 놈을 향해 [천자총통]의 포구를 들이댔다.

장전한 탄자는 [조란환].

단, 초근접 사격이다.

4000개의 탄환이 모조리 놈을 꿰뚫길 기원하며, 나는 방포했다.

쾅!

*　　　　　*　　　　　*

아무것도 없었다.

주변을 가득 채우고 있던 새 인간의 시체는 물론이거니와, [날개 달린 사람]의 시체도 보이지 않았다.

도망간 건 아니다.

너무 얻어맞아서 시체가 산산조각 난 채로 증발해 버린 탓이다.

하수인의 시체도 모조리 소멸한 것이 놈 본체의 소멸을 방증한다.

무엇보다…….

"으흠, 이거 오랜만이로군."

내 존재의 심을 달아오르게 하는 새로운 힘이 놈의 소멸을 무엇보다 확실하게 보증한다.

그렇다.

나는 또 강해졌다.

처음 은하 너머의 존재와 싸워 이겼을 때는 한 번에 거의 두 배 정도 강해져서 뭔가 엄청 대단한 전과를 올린 것 같았는데 지금은 아니다.

기껏해야 10% 정도? 아니, 그보다 더 적을지도 모르겠다.

물론 나 정도쯤 되면 이 정도의 성장도 대단한 축에 속하기는 한다.

근래 80년 가까이 겪어 보지 못한 급격한 성장이기도 하고.

그래도 기분상으로는 그때만 못한 건 뭐, 어쩔 수 없는 일이겠지.

아무튼 이로써 별 먹는 별의 수족을 또 하나 잘라냈다.

나름 큰 전과이지만, 새삼 긴장감도 든다.

별 먹는 별이 이대로 당하기만 할 리 없다는 생각이 드는 탓이다.

"빨리 과거로 돌아가야겠어."

도망가는 게 아니다.

뒤로 돌격하려는 것뿐이다.

＊　　　＊　　　＊

나는 [행운의 차원문★★★★★]을 통과했다.

"이걸로 이제 안전해졌겠지?"

그런데 아니었다.

내가 온 곳은 어느 행성 지표였다.

처음 보는 곳에 올 때마다 늘 하듯, 나는 [비밀 교환★★★★★]을 돌렸다.

그리고 나는 소스라치게 놀랐다.

이곳은 바로 별 먹는 별, 내 대적자, 아니, 대적성(星)의 손아귀 안이었기 때문이다.

"티케! 후퇴! 후퇴다!"

[환영한다. 나의 초대에 응해주다니, 기쁘기 한량없군.]

별 먹는 별이 뭐라고 외치고 있었지만, 나는 듣지 않았다.

"티케! 너만이라도 물러나!"

정확히는 그럴 정신이 없었다.

[그럴 필요 없다.]

별 먹는 별의 목소리는 중후했다.

[싸울 생각 따위는 없으니… 애초에 싸움이 성립하기나 할지 의문이군.]

분하지만 반박할 수 없다.

이상한 계기로 마음의 여유가 조금 생긴 나는 티케 쪽을 얼른 돌아보았다.

"왜, 왜 여기로……? 분명 나는 [행운의 차원문★★★★★]을……!"

티케가 뒤늦게 정신을 차린 듯 이런 혼잣말을 흘렸다.

아니, 본인이 혼잣말을 하고 있다는 자각조차 없으리라.

[내가 너희를 이리로 불렀다.]

별 먹는 별의 말에 티케가 퍼뜩 고개를 들었다.

"당신이……?"

[당신이라는 말은 내게 조금 어울리지 않는군. 기왕 말할 거면 당성(星)이라 하는 게 어떻겠나? 굳이 강요하진 않겠다만 한 번 염두에 둬 보게나.]

우리를 향한 별 먹는 별의 목소리는 이상할 정도로 적의가 없었다.

[너희들은 정말로 종횡무진 돌아다니더군. 대체 어떤 기준으로 움직이는지 의문이었어. 그게 궁금했는데, 답을 찾아내니 속이 시원해.]

"그게… 무슨……?"

[지금 본성 위가 이 우주에서 가장 행운이 깃든 장소야. 아, 여기서 본성이라는 건 본인에서 인 대신 성(星)을 쓴 거니 참

조하도록.]

알았다.

이놈, 조금 미쳤다.

아니, 조금 미쳤다는 말로는 표현이 다 안 되는군.

은은하게 미쳤다, 정도가 어울리겠다.

[너희의 차원문이 너희들을 내게로 인도한 것은 필연이자 내 의도야. 그러니 내가 너희를 이리로 불렀다고 말한 것이지.]

내가 그런 생각을 하거나 말거나 별 먹는 별은 기어코 자신의 트릭을 끝까지 설명했다.

"…목적이 뭡니까?"

왜 갑자기 높임말을 쓰냐면, 역시 이놈 상대로는 아직 후달리기 때문이었다.

그것도 많이.

처음부터 반말을 내지르기엔 내 간이 충분히 부풀지 않았다.

[목적? 아, 너희를 부른 목적? 그런 건 딱히 없다. 그저 너희가 어떤 기준으로 움직이는지 가설을 세워 증명하는 것이 목적이라면 목적이겠지.]

어처구니없는 대답이나, 다시 생각해 보면 이치에 맞는 대답이다.

별 먹는 별은 [지식]을 원하니까.

너무나 [지식]을 원한 나머지 같은 별을 섭식하기까지 한 미친 별이다.

그런 별 먹는 별이 우리의 '궤도'를 파악하려고 드는 건 당연하디당연한 일이었다.

그렇다고, 그러니까 별 먹는 별이 우릴 불러낸 당초의 목적을 달성했다고 바로 보내 줄 리는 없을 것이다.

[하지만… 그렇군. 기왕 불러냈는데 이야기나 좀 하다 가지.]

정말로 이야기만 하고 보내 주면 내가 손에 장을 지진다.

이럴 땐 그냥 빨리 도망치는 게 제격이다.

문제는 별 먹는 별이 자신의 지표면을 조작해서 여기가 우주에서 가장 운이 좋은 곳이 되어 버렸다는 점이다.

[행운의 차원문★★★★★]을 몇 번 쓰든 다시 여기로 돌아오게 될 터.

아무리 티케가 [행운의 여신]이라 한들, 진짜 별인 별 먹는 별을 어떻게 할 수 있을 리도 만무하다.

그렇다면 내가 직접 평범한 [차원문] 능력을 창조해서 이동하면?

그건 더욱 간단히 막히겠지.

즉, 완전히 퇴로가 끊겼다.

이건 뭐, 선택권이 없군.

"무슨 이야기를 하지?"

대화에 응하는 수밖에 없다.

6장
—
별

별 먹는 별은 내 원수다.

물론 지구 문명을 직접적으로 멸망시킨 것은 지구다.

사람들을 미궁으로 들여보내 거의 대부분을 갈아 버린 것
도 지구고.

이건 [운명 조작]으로 없었던 일이 됐다지만…….

내 기억에는 남아 있으니 원한 또한 남아 있다.

하지만 지구가 그토록 미쳐 버린 단초는 은하 너머의 놈들
이 제공한 것이며.

그것들을 창조한 존재가 별 먹는 별이다.

원인의 원인.

모든 인과의 시발점.

그것이 모두 별 먹는 별에게 있었다.

원한은 원한일 뿐, 잊으면 그만일지도 모른다.

그러나 내게는 별 먹는 별을 처치할 명분이 있었다.

내가 이미 한 번 은하 너머의 놈들을 죽여 없앴음에도, 새로운 은하 너머의 놈인 [날개 달린 사람]을 창조하지 않았는가?

[날개 달린 사람]은 하수인을 보내 인류를 속이고 잡아먹었다.

만약 내가 지구만의 성좌였다면 아무렇지도 않을지 모른다.

하지만 [인류의 챔피언]이 된 이상 그냥 넘어갈 수 없는 적대 행위다.

비록 이미 [날개 달린 사람]을 죽여 없애 그 원한을 갚았다지만, 그 근원은 여전히 남아 있다.

별 먹는 별이 이와 같은 존재를 계속해서 낳는 이상, [인류의 챔피언]으로서 저걸 그냥 두고 볼 수는 없었다.

이런 명분이 있어도 내가 이제껏 당장 별 먹는 별을 찾아 나설 수 없었던 것은 이 결정적인 단 한 가지 이유 때문이었다.

힘이 부족했다.

힘이 없으니 명분을 앞세울 수 없다.

하물며 한낱 감정 따위야 논외.

지엄한 힘의 논리, 생존 본능 앞에서는 다 무의미한 것에 불과했다.

"케헤헤, 그러니까 말입죠! 그때 지구가 말입죠!"

그러니 이 또한 굴욕이 아니다.

[호오, 지구가 그렇게 잠든 거로군.]

살아남아야 대업을 도모할 수 있을 것 아닌가.

살아남기 위해 잠깐 원수의 비위를 맞추는 게 어떻게 굴욕

일 수 있단 말인가?

이것은 생존 전략이다.

나는 이렇게 생각하며 냉정할 수 있었다.

[너는 재미있구나. 내 휘하에 속할 생각은 없느냐?]

별 먹는 별이 이렇게 말하기 전까진.

아무리 그래도 이건 선 넘은 거 아닌가?

[내겐 [지식]을 모아다 줄 하수인이 필요하다. 마침 하수인들이 전멸해 새로운 하수인을 들일 참이었지.]

그 하수인을 전멸시킨 게 저인뎁쇼?

[그런데 네가 내 마음에 쏙 드는구나. 어떠냐, 네게 힘과 권력을 주마. 세상 그 누구도 널 무시할 수 없게 될 거다.]

당장 네놈이 날 무시하며 하수인으로 두고 깔아뭉개려고 하는 중인뎁쇼?

"거절하면 어떻게 됩니까?"

나는 살짝 목소리의 톤을 낮춰 물었다.

그러자 별 먹는 별의 톤도 낮아졌다.

[죽을 것이다.]

하, 단호하기도 하시지.

솔직히 내 목숨 하나만 걸려 있었으면 이대로 들이받았을 거다.

아니, 애초에 비굴해지지도 않았겠지.

하지만 이 자리에는 티케가…….

"[절대 행운]!"

티케야?!

티케가 [행운] 300 능력인 무적기를 썼다.

당분간 모든 불행이 녀석을 비껴갈 거다.

이 말은 뭐다?

적어도 [행운]이 버텨 주는 한, 티케는 안전하다.

거참, 이렇게까지 판을 깔아 주는데 안 나설 수가 없지.

나는 음울하게 선언했다.

"향후 100년, 나는 인류를 구원할 것이다."

100년 후에 이 우주의 모든 인류가 멸종하는 건 아닌지, 내 힘은 충분히 불어났다.

충분히 불어났다는 말은 이런 의미다.

"죽여 봐."

별 먹는 별에게 이런 말을 던질 수 있을 정도로, 충분히 불어났다는 뜻이다.

"죽일 수 있으면."

내 선언을 들은 별 먹는 별은 몇 초간이나 침묵했다.

이제껏 없던 일이다.

이 별놈은 나와 만난 후부터 단 몇 초를 입 다문 적이 없을 정도로 수다쟁이였으니 말이다.

내 이야기를 들으면서도 쉴새 없이 맞장구를 쳐대는데, 솔직히 썰 푸는 맛이 느껴지긴 했다.

[아깝구나. 네가 마음에 들었거늘.]

무려 10초나 침묵한 뒤에, 별 먹는 별은 실로 침통한 목소리로 이렇게 말했다.

[이렇게 된 이상, 네놈을 집어삼켜 내 일부로라도 삼아야겠다.]

그렇게 결심하셨구나?

나는 품속에서 [인류의 챔피언의 천자총통]을 꺼내 들었다.

"아, 하고 말씀하시라고."

철컥.

꽝!

*　　　*　　　*

나는 이날을 기다려 왔다.

물론 이날이 오늘 이때가 될 줄은 몰랐다.

내 예상보다, 마음가짐보다도 훨씬 일이 일찍 터지고 말았다.

그럼에도 불구하고 오늘을 위해 해 온 준비는 덧없지 않았다.

나는 괴물이나 성좌가 아닌, 행성을 파괴하기에 적합한 탄자의 개발을 계속해 왔다.

내 궁극적인 목표가 별 먹는 별이니 당연히 해야 했던 준비이기도 했다.

그러한 노력과 시도 끝에 탄생한 것이 이것이었다.

[행성 파괴탄]

그 이름은 거창하나, 사실 아직 미완성품이다.

단 한 발로 행성을 파괴할 수는 없기에… 아니, 그게 가능하기는 한가?

그러나 지표를 뚫고 나아가 행성의 내부에 파괴력을 전달한다는 당초의 목표에는 아슬아슬하나마 도달한 바 있었다.

문제는 이 별 먹는 별이 낡고 오래된 데다 다른 별을 먹고도 살아남아 비대한 크기를 갖췄다는 점이다.

과연 이 정도 크기의 별에게도 [행성 파괴탄]이 영향을 미칠 수 있을까?

그건 쏴 봐야 알 일.

꽝!

그래서 쐈다.

[대장군전]이나 [조란환]과는 달리 현대 시대의 열화우라늄탄과 같은 매끈한 유선형의 탄자는 별 먹는 별의 지표를 파헤치고 들어갔다.

쿠구궁!

그리고 폭발.

하지만 지표에까지 폭발의 진동이 전달되는 것을 보니 충분하지는 않은 모양이다.

목적한 만큼의 위력을 내려면 진동이 전달되는 게 아니라 지진이 일어나야 했으니까.

지표로 새어 나온 만큼의 위력이 망실된 셈이다.

하나 상관없다.

꽝!

부족하다면 한 발 더 쏘면 그만이니까.

조금 전과 똑같은 궤도로 계속 쏘다 보면, 폭발로 인해 열린 길을 향해 나아가다 결국은 핵에 닿을 테니.

그때가 별 먹는 별의 최후가 되리라.

[쓸데없는 짓을… 무의미한 몸부림은 그만두도록.]

그러나 별 먹는 별의 목소리는 태연하기 짝이 없었다.

쿠콰쾅!

그렇게 말한 직후, 내 발밑에서 불길이 치솟았다.

화산… 아니, 산도 아닌 평지에서 터졌으니 이것을 뭐라 해야 할까?

차라리 간헐천에 가깝겠다.

뿜어져 나온 것이 지하수가 아닌 용암이라는 것밖에 차이가 없었으니 말이다.

"음!"

나는 정확히 나를 향해 뿜어진 용암을 피해 몸을 꺾었다.

그러나 그것만으로는 부족했다.

기운차게 뿜어져 나온 용암은 성층권까지 올라갔다가 다시 지면을 향해 우박처럼 떨어지기 시작했기 때문이다.

지금 와서 좀 뜨거운 용암이나 돌 우박 따위로 내 몸에 상처를 입힐 순 없다.

하지만 별 먹는 별의 힘이 깃들어 있기라도 한듯, 용암 우박은 내 피부에 달라붙곤 그 자리에서 급속히 굳어 내 살을 지글지글 태우기 시작했다.

[불변의 정신★★★★★]을 뚫고 내게 화상을 입히다니…….

별의 힘으로 성좌의 ★★★★★급 고유 능력을 무시한 건가?

[모발 부적★★★★★]까지 동원해서 겨우 화상과 용암 부착을 제거해 낼 수 있었다.

그나마 별 먹는 별의 공격이 내 능력을 완전히 무시하는 게 아니라는 걸 확인한 건 위안이다.

하지만 ★5개의 고유 능력 두 개를 동원해야 겨우 상태 이상 하나씩 제거하는 게 고작이라니?

아무래도 별 먹는 별을 안전하게 상대하려면 ★5개만으로 만족해선 안 됐었던 듯했다.

뭐, 지금 와서 후회해 봐야 늦었지.

내가 더 강해지기 전에 납치한 별 먹는 별의 판단이 옳았다고 인정할 수밖에 없겠다.

필사적으로 용암 분출과 용암 우박을 피하다 보니, 어느새 지면에는 덜 굳은 용암이 쌓여 거대한 화산이 하나 만들어져 있었다.

기껏 [행성 파괴탄] 두 발을 쏴 확보했던 통로가 막힌 것은 물론 그 위까지 화산으로 덮였으니 포격은 무위로 돌아갔다고 보는 게 옳겠다.

쉽지 않을 거라고 여기긴 했지만, 별 먹는 별은 내가 각오했던 것보다도 더 쉽지 않은 상대인 듯했다.

그렇다고 지금 와서 도망칠 수가 없다.

이미 퇴로는 막혔고, 이 자리에는 티케도 남아 있다.

어떻게든 이기지 않으면 못 살아 나간다.

이런 상황이니 뭐… 어쩔 수 없지.

"향후 백 년 더, 나는 인류를 구원할 것이다."

시체가 나을까, 빚쟁이가 나을까?

어려운 질문이지만, 이번만큼은 빚쟁이가 낫다.

여기서 내가 죽으면 별 먹는 별에 의해 삼켜질 것이고, 나는 내 손으로 별을 오염시키고 인류의 영혼을 삼키는 하수인이 되고 말 테니.

힘이 치솟아 오른다.

다행히 인류는 성좌 기준의 200년 이후에도 살아남아 있는 모양이다.

나는 [인류의 챔피언의 천자총통]을 고쳐 쥐었다.

그리고 선언했다.

"[행성 파괴탄]—[삼연사]."

꽈꽈꽝!

*   *   *

별 먹는 별은 실로 오래간만에 즐거움이라는 감정을 느끼고 있었다.

이게 얼마만의 일이던가?

바로 생각나지 않을 정도로, 아득한 과거의 일이다.

[인류의 챔피언]의 재롱은 그 정도로 즐거웠다.

심심풀이나 시간 때우기밖에 안 됐던, 이전까지의 도전자와는 차원이 달랐다.

[역시 스릴은 즐거움에 필수 불가결 한가…….]

별 먹는 별은 흐뭇하게 혼잣말을 흘렸다.

그걸 들었는지 어쨌는지, [인류의 챔피언]은 기이한 주문을 외우고 있었다.

향후 백 년 더? 그게 무슨 뜻이지?

그 주문을 마친 후, [인류의 챔피언]은 조금 전보다 더욱 강해져 있었다.

[좋아! 더욱 재밌어지겠군!]

별 먹는 별은 환희했다.

정확히 3초간.

꽝! 꽝! 꽝!

[인류의 챔피언]이 별 먹는 별의 지표에다 대고 [행성 파괴탄]인지 뭔지, 흉흉한 이름의 포탄을 세 번 연속으로 발사할 때까지.

[끄아아아악!]

별 먹는 별은 생애에서 네 번째로 고통의 비명을 내질렀다.

첫 번째 비명은 별로서 처음 태어났을 때.

두 번째 비명은 [지식]을 원한 나머지, 다른 별에 직접 몸을 던져 충돌했을 때.

세 번째 비명은 첫 충돌 때 간신히 살아남은 것을 잊고 또다시 다른 별과 충돌했을 때.

세 번 모두 아득하리만큼 오래전의 일이었다.

마지막으로 고통이랄 걸 느낀 지 새로운 은하가 피고 지고 또 피었을 만큼의 시간이 흘렀다.

그 어떤 운석이 떨어졌어도 별 먹는 별의 지표를 상하게 하지 못했다.

혜성 충돌조차도 위험하다곤 느꼈으나 결국 고통을 느끼도록 하지는 못했다.

그러나 지금.

별 먹는 별의 가장 작은 위성보다도 훨씬 작은, 성좌라 이름하기엔 너무 하잘것없는 먼지 같은 존재.

그러한 존재가 별 먹는 별을 상처 입혔다.

고통을 주었다.

[이, 이건 아니야! 이건 재미없어!]

고작 이 정도 다쳤다고 죽지야 않는다.

오늘 입은 상처가 평생 갈 흉터를 남기지도 않을 것이다.

상처는 깨끗이 치유될 것이고, 모든 것이 원래대로 돌아올 것이다.

그러든 말든, 아픈 것은 아픈 것이다.

조금 전까지의 즐거움이 확 달아난 것을 느낀 별 먹는 별은 진심으로 분노했다.

[―죽어라.]

벼락을 가득 담은 먹구름을 불러일으키며, 별 먹는 별은 선언했다.

자신에게 고통을 준 불쾌한 존재는 벼락을 맞아 먼지조차 남기지 못하고 죽겠지.

분노 때문에 필요보다 다소 많은 힘을 쓰긴 했지만, 일을 확실히 하는 셈 치자고, 별 먹는 별이 결심한 것도 잠시.

"―향후 백 년 더. 나는 인류를 구원할 것이다."

벼락이 내리쳐지기 직전, 놈은 이상한 맹세 같은 걸 했다.

번쩍!

콰콰콰콰콰콰쾅!!

본래대로라면 지표면을 깨끗이 태워 버리다 못해 산을 깎고 계곡을 파낼 위력의 벼락이었고, 그러한 벼락 수백 발이 내리쳐졌으나―

"끄음."

놈은 살아남았다.

비록 그 피부는 타 없어지고 살과 근육도 까맣게 타 떨어져 그을린 뼈가 보이긴 했으나, 신음 소리를 낼 수 있을 정도로 멀쩡했다.

보통 성좌라면 벼락 한 발에 소멸했을 것이고, 이름 좀 있는 성좌라도 벼락 두 발을 못 버틸 터.

그 벼락 수백 발이 동시에 내리꽂혔다.

어지간한 위성이라도 단번에 쪼갤 공격이었다.

화가 나서 힘 조절에 실패했다고 자평한 공격이었다.

그러한 공격을 받았음에도 뼈 좀 드러내고 말다니.

그런데 별 먹는 별을 아연하게 만든 점은 이것뿐만이 아니었다.

벼락에 맞아 입은 놈의 상처가 낫고 있었다.

분명 치명적일 터인, 회복불가능한 수준의 상처였을 텐데도.

아주 천천히, 하지만 확실하게 수복하고 있었다.

*   *   *

본래 별 먹는 별은 벼락을 한 발, 한 발 쏘아 가며 대상을 절망으로 밀어 넣는 것을 즐긴다.

그 목적을 위해, 벼락에는 기본적으로 수복 불가 옵션을 넣어 놓는다.

그래야 대상이 헛된 희망을 품지 않기 때문이다.

그런데 놈은 무슨 수를 쓴 건지 별 먹는 별이 직접 부여한 수복 불가 옵션을 무시하고 뼈에 입은 화상을 치유하고 있었다.

이게 말이 되나?

아니, 안 된다.

그러나 눈앞에서 실제로 뼈가 다시 희어지고 신경과 근육과 혈관이 다시금 이어지는 것을 보면서까지 부정할 수는 없었다.

인정해야 했다.

별 먹는 별은 [인류의 챔피언]을 그저 별 위를 돌아다니는 티끌로 보았으나, 그게 아니었다.

적.

그래, 적이다.

너는 내 적이다!

별 먹는 별은 숨을 가득 들이키며 그리 선언하려 했지만—

꽝! 꽝! 꽝! 꽝! 꽝!

그 직후, 적이 든 이상한 대롱에서 기이한 폭발물이 연속으로 다섯 발이나 발사됐다.

쾅! 쾅! 쾅! 쾅! 쾅!

게다가 똑같은 곳을 겨누고 연속적으로 쏜 탓인지 지표면을 쉬이 뚫고 멘틀까지 침입한 후 폭발해, 폭발의 위력이 핵까지 닿고 말았다.

[끄어어어어억!]

그래서 별은 선언 대신 비명을 내질러야만 했다.

조금 전까지 느끼던 분노는 확 달아났고, 비워진 분노의 자리에는 두려움이 자리 잡았다.

그 뒤를 이은 것은 수치였다.

내가? 두려움을? 저딴 놈한테?

그 수치심은 다시금 분노로 치환됐다.

[인류의 챔피언]이 또 총통을 들이대기 전까지 그랬다는 의미다.

[그만! 그만! 이제 그만 꺼져라!]

별 먹는 별은 벌레에게 [추방] 명령을 내리는 동시에, 본래 흥미롭게 여겼던 이 벌레를 끌어들이기 위해 높였던 자신의 [행운] 능력치를 확 낮췄다.

벌레는 처음부터 나타난 적도 없었던 것처럼 훅 사라졌다.

그러나 별 먹는 별이 안도의 한숨을 내쉬기도 전에, 다시 슈숙 하고 나타났다.

"천 년을 단련하고 왔다. 너를 죽이기 위해!"

그러면서 한다는 말이 이것이었다.

1초도 안 지났는데 천 년은 무슨 천 년이야, 라는 말은 나오지도 않았다.

[꺼—져—!]

추방이 먼저였기 때문이다.

하지만 눈앞의 벌레가 정말로 1초 전보다 더욱 강해진 건 사실이었던 모양이다.

적어도 별 먹는 별의 추방 명령을 무시할 수 있을 정도로는.

*　　　　　*　　　　　*

[꺼—져—!]

별 먹는 별의 [추방] 시도를 성공적으로 버텨 내면서, 나는 의도하지 않았던 미소가 내 입꼬리를 끌어올림을 자각했다.

정말 길었다.

다시 말하지만, 정말… 길었다.

300년의 빚을 갚고도 모자라 700년을 추가로 봉사하며, 나는 성좌의 힘을 끌어올리는 데에 전력을 다했다.

이 수련을 위해, 티케는 그동안 모은 힘을 거의 다 써서 [행운의 차원문★★★★★★]을 만들었다.

차원문을 통과하기 전에 도착 지점을 미리 열람할 수 있도록 하는 기능을 더하고, 마음에 들지 않을 경우 2순위의 도착 지점으로 비트는 기능까지 들어간 특수제작품이었다.

무려 천 년간이나 1순위의 도착 지점이 별 먹는 별이었기 때문에, 이 기능은 아주 유용하게 이용되었다.

그 미친 별, [행운]을 얼마나 끌어 올려둔 거야?

그것도 지정된 시점이 나를 [추방]시킨 직후여서, 들어가면 바로 싸워야만 하는 상황에 내몰리게 된다.

하필 딱 그 시점인 걸 보면 우릴 처음 끌어들였을 때처럼 [행운]으로 장난을 친 모양이지.

그래서 티케도 힘을 써서 [행운의 차원문★★★★★]에 ★ 하나를 더할 수밖에 없었다.

"내가 하는 거라고는 차원문 여는 것밖에 없는데, 이거라도 잘해야지."

그러면서 티케는 참 서운한 이야기를 했는데, 나는 당연히 고개를 저었다.

"네가 하는 건 훨씬 많아. 그냥 같이 있어 주기만 해도 되는데."

"…지금은 그럴 기분 아닌데."

그냥 [행운의 여신]이라 옆에 있으면 운이 좋다는 식으로 이야기를 풀어 가려고 했는데, 아무래도 티케는 이게 내 로맨틱한 사랑 고백으로 들렸나 보다.

뭐, 듣는 사람이 기분 좋다면 일단 목적은 이룬 거니 불만은 없다.

그럴 기분 아니라면서 결국 자기 세계의 문을 연 티케의 언행불일치에도 아무 불만이 없었다.

말이 좀 샜는데… 그거야 뭐 여하튼.

티케의 희생적인 내조 덕에 나는 1000년간 인류 구원에 전력투구할 수 있었다.

이 정도쯤 하니 처음 만나는 인류는 거의 없고, 대부분이 다 한 번 이상 봤던 인류였다.

인류를 위협하는 세력도 은하 너머의 존재에서 신흥 성좌로 바뀌었고 말이다.

거참, 예전엔 성좌라곤 지구에서밖에 못 봤었는데.

내가 은하 너머의 존재를 정리하고 나니 여기저기서 출몰해서 사람을 잡아먹거나 학대하려 들었다.

그동안 은하 너머의 존재들이 성좌 같은 게 생길 때마다 찾아가서 쪽쪽 빨아먹었었는데, 천적이 사라지니 영국인들이 호주 대륙에 토끼 풀어놓은 것처럼 번식해서 날뛰기 시작한 탓이다.

물론 내가 인류를 구원하기 위해 움직였기에 그런 놈들밖에 못 만난 것이겠지만, 그러거나 말거나 나는 신흥 성좌들이 아주 싫어졌다.

그것들은 성좌 말고 요괴라고 부르는 게 맞지 않을라나?

그래, 앞으로 그냥 요괴라고 하자.

범 없는 곳엔 여우가 왕이라더니, 요괴들 하는 꼴이 딱 그랬다.

하지만 그것들의 활약 아닌 활약 덕에 내가 빚도 다 갚고 성좌의 힘도 강해진 걸 생각하면 뭐, …그래도 고마운 마음은 안 드는군.

그런데 내가 이렇게 1000년 동안이나 우주를 종횡무진했음에도, 지구에는 다시 갈 일이 없었다.

위기다운 위기가 없으니 나도 불려갈 일이 없었던 것이겠지.

아무래도 우리 첫째가 잘하고 있는 모양이다.

아니, 이런 생각이나 하고 있을 때가 아니지.

별 먹는 별이 코앞이다.

내가 천 년간이나 그 고생을 한 이유가 뭐였겠는가?

오늘 이날 이때를 위해서다.

나는 전투태세에 들어갔다.

*   *   *

"우리 이거 오랜만이지?"

나는 [인류의 챔피언의 천자총통]을 꺼내 들었다.

"재미있게 놀자!"

탄자는 당연히 [행성 파괴탄].

10연사.

꽝! 꽝! 꽝! 꽝! 꽝…….

[끄아악! 이이익, 나쁜 놈!]

뭐지? 누가 누구더러 뭐? 나쁜 놈?

유치하다 못해 유아적인 이 욕이 나를 돌아 버리게 만들었다.

[지식]을 먹고 싶으면 [비밀 교환] 같은 능력이나 개발할 것이지, 다른 별까지 꾸역꾸역 다 처먹고도 모자라 또 먹을려고 하는 놈이 누구더러 나쁜 놈 소리야?!

별을 몇 개씩 처먹고 분신을 만들어 우주 전체의 영혼을 청소기 마냥 쓸어 먹은 주제에 누가 누구더러 나쁜 놈 소리냐고?!

이래서 말은 메신저가 중요하다는 거로구나.

와, 진짜 분노가 식질 않는다.

안 되겠다.

"뒈져!"

[행성 파괴탄] 12연발!

꽝! 꽝! 꽝…….

이렇게 쏴 대면 포신이 과열돼서 총통의 수명이 줄지만 뭐 어쩌란 거냐.

이놈만 죽이면 끝이다.

새로운 적이 나타나면 망가진 부분을 고쳐서 쓰면 될 일이고!

…꽝! 꽝! 꽝!

쿠구구구구구궁!

벙커 버스터처럼 지표면을 파고든 12발의 [행성 파괴탄]은 행성 내부에서 거의 동시에 폭발을 일으켜 별 먹는 별에게 막대한 피해를 주었다.

이렇게 쏴 대도 별 먹는 별이 터지거나 소멸하진 않지만 상관없다.

지금은 별 먹는 별을 패는 게 우선이니까!

[끄아아악! 그만해! 그만하라고!!]

꽈릉!

[그만하고 뒈져!]

별 먹는 별도 작심한 듯 이제까지 맞아 봤던 그 어떤 벼락보다도 강렬한 벼락 수백 발을 나를 향해 던졌다.

그뿐만이 아니었다.

지 주변을 돌던 작은 운석 수백 개를 잡아당기더니, 나를 향해 떨어뜨리는 게 아닌가?

저런 걸 떨어뜨리면 별 먹는 별의 지면이 초토화되어 버리겠지만, 놈은 나만 죽이면 상관없다는 듯 퍼부어 대고 있었다.

정말 철저하게 미움받은 모양이다.

"하하하하하!"

나는 벼락의 발동을 확인하자마자 곧장 [모발 부적★★★★★★]을 사용했다.

그렇다.

잘못 본 게 아니다.

★5가 아닌 ★6.

1000년 전에 벼락 맞고 죽을 뻔했던 걸 떠올린 나는 [모발 부적★★★★★]에도 ★ 하나를 더해서 돌아왔다.

추가 효과는?

별 먹는 별이 부여하는 상태 이상이라도 풀 수 있게 하는 것!

핀 포인트로 조건을 부여한 만큼 더욱 효과적으로 발동할 수밖에 없었다.

그 효과를 이용해, 나는 별 먹는 별이 내게 건 상태 이상인 [별 먹는 별의 적]을 해제시켜 버렸다.

쿠구구구구궁!

콰콰콰콰콰쾅!

그러자 벼락도, 운석도 허망하게 다른 곳에 떨어지고 말았다.

애초에 [별 먹는 별의 적]이라는 상태 이상을 통해 100% 명중을 강제하도록 만든 후에 떨어진 벼락이며 운석이다.

그런데 [별 먹는 별의 적]이 풀리면?

당연히 빗나갈 수밖에 없다.

이게 왜 당연하냐고?

내 [행운]이 얼만데!

내 이마에 총구를 대고 쏴도 빗나감이 뜰 거다!

"와하하하하!"

별 먹는 별에게 딱히 정보를 줄 필요를 느끼지 못한 나는 윽박지르며 설명을 하는 대신 통쾌하게 웃으며 다시금 총통을 들이댔다.

[행성 파괴탄]!

12연발!

                    *   *   *

별 먹는 별은 이제껏 강해져야겠다고 생각한 적이 단 한 번도 없다.

왜냐하면 그의 생사를 가르는 것은 힘이 아니었기 때문이다.

태어나면서부터 별인 그의 존재를 위협하는 것은 오직 세상의 규칙뿐이었다.

물리 법칙이라고도 불리는 그것은 한낱 '법'으로 규정하기엔 지나치게 가혹했다.

모르면 소멸한다.

그렇기에 별 먹는 별은 알아야겠다고 생각했다.

[지식]을.

그 뒤로도, 별 먹는 별의 궁리는 어떻게 하면 더 빨리, 더 많이 알 수 있을까에 집중되어 있었다.

그러나 지금.

꽝! 꽝! 꽝!

악적이 흉흉한 탄자를 제 몸속에 쏘아 대는 지금.

마지막으로 별을 먹은 후 처음으로 마주하는 미증유의 고통과 위기 앞에서.

별 먹는 별은 존재한 후 처음으로 강해져야겠다고 생각했다.

그러나 [지식]을 습득하는 과정을 통해 저절로 강해져 오기만 한 별 먹는 별은 그 방법을 몰랐다.

그래서 베끼기로 했다.

[나는 향후 100년간, 강해지기로 한다.]

악적의 방법을.

원리는 이해하고 있다.

맹세를 통해 미래에 얻을 업을 현재로 끌어오는 것.

터무니없는 발상이나 불가능하지 않다는 걸 별 먹는 별은 [지식]을 통해 이해하고 있다.

그리고 그것은 곧, 자신에게 그 방법을 적용하기에 조금도 부족함이 없다는 뜻!

[새로이 얻은 힘으로 너를 끝장내겠다!]

분노는 이미 고통을 넘어섰다.

고통에 대한 두려움도 마찬가지다.

새로이 얻은 힘으로 악적을 산산이 찢어 이 고통을 끝내고 승리의 기쁨을 맛보리라.

그러한 기대의 시간도 잠시.

[뭐지?]

쾅! 쾅! 쾅!

[행성 파괴탄]의 충격이 그의 핵을 뒤흔들고 있지만, 그리고 그것은 어마어마하게 고통스럽게 느껴져야 하건만.

별 먹는 별은 당황한 나머지 고통마저 잊었다.

[힘이… 불어나지 않는다고?]

방법이 잘못됐나? 하는 의문이 들 리 없다.

장담컨대 그는 이 우주에서 가장 높은 [지식]을 가진 존재이니.

방법이 틀렸을 리가 없다.

더욱이 별 먹는 별은 뛰어난 [지식]을 통해 왜 이런 현상이 일어났는지도 이미 파악한 상태였다.

[내게 남은 가능성이… 이미 없어?]

'맹세'는 미래의 힘을 끌어오는 것.

다시 말하자면 미래가 없는 자에게는 끌어올 힘도 없다.

그저 존재하는 것만으로 저절로 강해지는 별 먹는 별에게 이러한 현상이 일어나는 까닭은 하나뿐.

그에게 남은 미래가 없다.

알고 싶지 않은 진실이었다.

* * *

와, 진짜…….

간 떨어지는 줄 알았다.

별 먹는 별이 100년짜리 맹세를 할 줄이야.

그러나 다행히 별 먹는 별은 강해지지 않았다.

운명이 끊겨 나간 탓일 테지.

빚도 자산이라 하는 이유가 이것이다.

빚쟁이도 다 뽑아 먹을 구석이 보이니 돈을 빌려주는 것이지, 애초에 못 갚을 놈한텐 빚을 내주지 않기 때문이다.

실제로 나는 다 갚았고…….

아니, 이게 아니지.

별 먹는 별의 운명을 누가 끊었느냐가 중요하다.

왜냐하면, 만약 그걸 내가 끊은 게 아니라면 나는 여기서 죽을 운명이라는 뜻이니까.

지금 별 먹는 별과 나의 운명은 그야말로 불구대천의 원수!

둘 모두 살아남는다는 결과는 없다.

따라서 나는 여기서 반드시 별 먹는 별의 운명을 끊어 버려야 한다.

설령 놈의 운명이 여기서 끊어질 운명이 아니라 한들, 그 운명을 바꿔서라도 내가 놈의 운명을 반드시 끊어 없애 버려야만 한다!

"[운명 조작★★★★★★]!"

오직 별 먹는 별에게만 효과적으로 작용하도록 만든 이 능력으로!

"[잠들어라!]"

여기서 별 먹는 별을 끝장내야 한다!

*　　　　*　　　　*

그러나 나는 능력을 쓴 직후 바로 깨달았다.

부족하다!

내 성좌의 힘도, 능력의 효과도… 뭐든 다 부족하다!

미친!

천 년 동안 힘과 실력을 갈고닦은 결과가 이거라니……!

오직 별 먹는 별, 이놈 하나에게만 쓰려고 [운명 조작★★★
★★★]의 ★ 하나를 늘렸는데!

[끄… 어어… 네, 네노오오옴……!]

아직 다 끝난 건 아니었다.

별 먹는 별은 [운명 조작★★★★★★]에서 벗어나려고 발버
둥치고 있었다.

물론 이대로 그냥 두면 놈은 결국 조작된 운명을 벗어나고
말 것이다.

무슨 수를 써야 한다.

그런데 지금 내게 남은 수가 뭐가 있지?

머릿속이 멍해지는 걸 다잡으려 나는 이를 꽉 물었다.

그때였다.

백업을 위해 [절대 행운]을 쓴 채 틀어박혀 있던 티케가 내
손을 잡은 건.

위험하게! 무적 방어막을 깨고 나오다니!

만약 지금 별 먹는 별이 조금이라도 제정신을 차리고 번개
한 발만 떨어뜨려도 티케는 죽는다!

가슴이 쿵쾅쿵쾅 뛰었다.

티케에게 소리를 지르려던 그 순간, 녀석의 눈이 마주쳤다.

별빛으로 반짝이는 동공.

말은 필요 없었다.

티케는 고개를 끄덕였고, 나도 마주 끄덕였다.

"[운명 조작★★★]!"

"[운명 조작★★★★★★]!"

누가 먼저랄 것도 없이 외쳤다.

★3개 능력과 ★6개 능력을 합친다고 ★9개 능력이 되는 것은 아니다.

그러나 적어도 마이너스가 되는 일은 없다.

그거면 족했다. 있는 것을 다 동원해 최선을 다할 뿐!

그때였다.

티케에게서 성좌의 힘이 번뜩였다.

그렇지, 그러고 보니 [운명 조작★★★]은 조작에 필요한 힘이 부족하다면 성좌의 힘을 끌어쓸 수 있었지.

나는 마주 잡은 손을 통해 티케에게 나의 힘을 불어넣었고, 티케는 그 힘을 [운명 조작★★★]에 끌어다 넣었다.

번쩍!

그리고 마침내 기적이 일어났다.

[끄… 으… 으… 으……]

별 먹는 별이 [운명 조작★★★★★★] 능력에의 저항을 멈추고 잠들기 시작했다.

아니, 이런 것은 기적이라고 부르지 않는다.

정해진 순리대로 돌아가는 것뿐이니.

굳이 이름을 붙이자면, 이것은 필연이리라.

*　　　　　*　　　　　*

별 먹는 별은 과거의 일을 떠올리고 있었다.

갓 별이 된 시절의, 까마득한 옛일이었다.

그 당시, 바라는 것은 오직 하나였다.

소멸하지 않는 것.

안전한 궤도를 얻어, 아무것도 안 해도 소멸 걱정 없이 천 년이고 만 년이고 안온히 보내는 것만이 그때의 유일한 소망이 었다.

분명 그랬었는데…….

[나는 어쩌다 지식에 그렇게까지 목매게 된 거지?]

답은 알고 있다.

[지식]을 통해 살아남았기에, 더 많은 [지식]을 원한 것뿐이 다.

그러나 더 많은, 더욱더 많은 [지식]을 탐한 결과가 이 모양 이 이 꼴이다.

[적당한 때에 멈췄으면 좋으련만… 아무도 나를 막아 주지 않았어.]

아니, 틀렸다.

별 먹는 별은 스스로 자신의 오류를 깨달았다.

지금, 자신이 악적이라 여겼던 저 작은 존재가 그를 멈추게 하고 있으니.

운명을 받아들이고, 그냥 이대로 조용히 잠들면 편해질 것 이다.

[그래, 고통 따위 없는 편안한…….]

별 먹는 별은 눈을 감고, 의식을 놓았다.

그러나 다음 순간.

꽝!

[끄아아아악!]

분명 깊은 잠에 들었던 별 먹는 별은 존재 자체를 뒤흔드는 듯한 어마어마한 고통에 눈을 뜰 수밖에 없게 되었다.

[뭐, 뭐야?!]

아니, 틀렸다.

존재 자체를 뒤흔드는 '듯한'.

틀린 부분은 바로 이 부분이다.

[무, 무슨……!]

조금 전의 그 충격은 틀림없이 그의 존재 자체를 뒤흔들어 놓았으니.

[무슨… 일이……!]

별 먹는 별의 뛰어난 [지식]은 그가 생각하기도 전에 무슨 일이 일어났는지 알아차리도록 만들었다.

혜성이 날아와 부딪혀, 그의 핵을 진탕으로 만들어 놓았다.

[말, 말도 안……!]

별 먹는 별의 위치는 교묘했다.

그의 [지식]을 총동원해, 그 어떤 별과도 충돌할 리 없는 완벽한 궤도를 구현해 놓았다.

천 년이든, 만 년이든.

우주가 아무리 팽창하고, 설령 그 팽창을 마치고 축소된다 한들.

다른 별이 다가와 충돌하는 일은 절대 없어야 했다.

누군가의 개입이 없는 한.

누군가의 악의가 작용하지 않는 한.

그래야만 했다.

[네, 네 이놈… 네 이놈……!]

별 먹는 별이 그 '누군가'의, 악의를 가지고 운명에 개입한 존재를 특정하기까지 필요한 시간은 없는 거나 마찬가지였다.

[[인류의 챔피언], 네놈… 나는, 패배를… 인정했는데……!]

고통, 분노, 두려움.

지금 별 먹는 별이 느끼고 있는 감정은 그런 것이 아니었다.

그저 서러웠다.

한없이 억울했다.

[내가, 내가 왜… 끄어어어억……!]

별 먹는 별은 끝내 비명을 내뱉었다.

그 비명이 단말마가 되었음은 그 자신도 몰랐다.

연이어 일어난 폭발에, 별 먹는 별은 그 한스러운 존재에 끝을 고할 수밖에 없게 되었기 때문이다.

          *   *   *

별 먹는 별이 폭발하는 모습을 보며, 나는 형형히 눈을 빛냈다.

백 년 전 그날, 나와 티케의 힘을 합쳐서도 별 먹는 별을 잠들게 하는 게 고작이었다.

그러나 저런 위험한 존재를 그저 잠재워 두는 것만으로 안심할 수 있을 리 없다.

그래서 나는 백 년을 더 일해 다시 힘을 모으고 적당한 혜성 하나를 골라 [운명 조작★★★★★★]을 써서 궤도를 바꾸어 별 먹는 별에게 충돌케 한 거였다.

별 먹는 별에게 별을 먹으라고 준 것이니, 제삿밥치곤 거한 셈이다.

"내 그대에게 주는 마지막 만찬이니 즐기시게."

입으로는 여유롭게 그런 말을 하고 있었지만, 나는 마지막까지 긴장을 늦출 수 없었다.

혹시 살았으면 어쩌지? 하는 염려가 그치지 않은 까닭이다.

간신히 영면에 밀어 넣은 별 먹는 별이 혜성 충돌로 잠에서 깨어난다면?

나는 그저 내가 안심하자고 전 우주를 다시 위기에 몰아넣은 것일지도 몰랐다!

아니, 혜성은 틀림없이 별 먹는 별의 핵을 꿰뚫었다.

[비밀 교환★★★★★]을 통해 온갖 데이터를 수집하고 완벽하게 계산해, 그보다 30%나 더 힘을 써서 행한 혜성 충돌이다.

여기서 뭔가 잘못됐을 리 없다!

그렇게 생각은 하고 있지만, 등판은 식은땀으로 흠뻑 젖었다.

티케가 보고 있으니 태연한 척을 하고는 있지만, 그 태연한 척이 제대로 되고나 있는지 의문이다.

머지않아 폭발이 그쳤다.

그리고 곧 별 먹는 별을 영면시켰을 때 이상의 힘이 내게 들어왔다.

그렇게 별 먹는 별의 완전한 최후를 확인하고서야 나는 비로소 안도할 수 있었다.

"어휴, 길었다."

자그마치 천백 년의 세월을 들인 싸움이었으니, 이것을 길다 하지 않으면 무엇을 길다 할까?

그러나 아직 안심하기엔 일렀다.

"…윽!"

내게로 [지식]이 흘러들고 있다.

아무래도 별 먹는 별을 죽이고 그 힘을 얻는 과정에서 [지식]이 섞여 들어오고 있는 것 같았다.

"으윽……!"

이런 사태가 일어날 것은 이미 [비밀 교환★★★★★]을 통해 예견했다.

내 나름대로 대비 또한 해 두었다.

[불변의 정신★★★★★]에 ★ 하나를 더해 ★6 능력으로 만들어 둔 것이 바로 그 대비였다.

하지만 이것만으로는 부족한 듯했다.

"윽…, 으윽…, 으으윽……!"

누군가가 내 관자놀이를 해머로 세게, 연속으로 내려치고 있는 것만 같은 두통이었다.

나는 재빨리 [모발 부적★★★★★★]을 사용했다.

★까지 추가해 가며 별 먹는 별이 부여하는 상태 이상이라면 뭐든 풀어 버리는 특화형 능력으로 강화했건만, [지식]으로 인한 두통에는 그리 효과가 없는 듯했다.

아니, 효과 자체는 있었다.

지금도 내 머리에서는 머리카락이 몇 주먹씩 마구 자라나고 있었으니까.

단지 이것으로도 부족했을 뿐이다.

[두통] 상태 이상을 순간 제거할 뿐, [두통]의 원인인 [지식]은 그대로이기에 벌어지는 현상이었다.

이렇게 될 줄 알고는 있었지만, 진짜 이렇게 되고 보니 너무 괴롭다.

게다가 이 [지식]은 별 먹는 별 그 자체다.

[지식]에 지나치게 목맨 나머지, [지식] 그 자체가 놈의 성격 (星格)이나 다름없게 되어 버린 탓이다.

즉, 이대로 내버려 두면 내가 별 먹는 별에게 인격을 잡아먹혀 또 다른 별 먹는 별이 되고 만다.

그러나 다행히, 내게는 방법이 있다.

"티, 티케!"

"으, 응."

티케는 급히 손을 뻗어 내 손을 마주 잡았다.

맞잡은 손에서 온기가 느껴졌다.

이론으로는 이미 알고 있었지만, 실제로 그 온기를 느끼고 나니 확신이 들었다.

이 온기가 있는 한, 나는 결코 별 먹는 별에게 인격을 빼앗기지 않으리라는 믿음이었다.

아예 티케를 잡아당겨 꼭 끌어안고서, 나는 바로 행동에 나섰다.

그 행동이란 바로 [신비한 명상★★★]이었다.

본래 [신비한 명상]은 [신비]를 [지식]으로 바꾸는 능력이었지만, 나는 오늘 이날 이때를 위해 [신비한 명상★★★]을 개조해 두었다.

기존과는 정반대로, [지식]을 성좌의 힘으로 뒤바꾸는 것이 핵심이었다.

이로써 나는 [지식]을 잃게 될 터이나, 고작 그 정도로 망설일 필요는 없었다.

나 자신을 잃는 것보다야 [지식]을 잃는 게 나을 테니까.

내가 능력을 사용하기 위해 가부좌를 틀고 앉자, 티케도 나를 마주 안은 채 가부좌를 틀었다.

기분이 조금 이상했지만, 지금은 그럴 때가 아니다.

[신비한 명상★★★]을 사용하자마자 대량의 [지식]이 빠져나갔다.

별 먹는 별이 다른 별을 섭식하면서까지 모았던 [지식]이 마치 들불 번진 마른 초원의 풀처럼 타들어 갔다.

나는 조금도 아쉽지 않았다.

전혀 안타깝지 않았다.

오히려 이로써 별 먹는 별의 흔적이 완전히 사라진다는 사실에 희열마저 느꼈다.

별 먹는 별의 마지막 한 조각 [지식]까지 다 태워 힘으로 바꾼 순간, 나는 드디어 소리를 질렀다.

"이겼다!"

나는 내가 이길 거라는 걸 알고 있었다.

"이겼다아아아!!"

그럼에도 승리가 이리도 달콤한 건 왜일까?

"하하하하하하!!"

그것은 완전, 완벽한 승리.

단 한 조각의 희생조차 내어 주지 않은 승리는 원래 이렇게 달콤하기 때문이리라.

*   *   *

이번 승리로 내가 얻은 힘은 그야말로 막대했다.

그야 그렇다.

별을 죽였다.

보통 별도 아니고 별 먹는 별이다.

직접 움직여 다른 별을 부딪쳐 섭식하고도 살아남아 은하 너머의 존재라는 분신체를 자아내어 여러 은하의 별을 약탈하고 지적 생명체의 영혼을 탐식해 온 거성이었다.

별 먹는 별은 군림하지 않았으되 폭군이었고, 지배하지 않았으되 독재자였다.

십수만 년 동안 폭군이자 지배자였던 별 먹는 별이 축재해 채운 금고니, 그 내용물이 막대하지 않다면 그거야말로 거짓말이리라.

그렇게 별 먹는 별의 유산을 유언장도 없이 홀로 독식한 결과.

나는 별이 될 수 있음을 깨달았다.

이제까지도 별의 형상을 취할 수는 있었으나, 그것은 그저 형상일 뿐 진짜 별은 아니었다.

진짜 별, 그러니까 지구 같은 행성도 아닌 태양처럼 홀로 빛나는 별이 될 수 있었다.

 그 정도의 힘이 내 내면에 깃들었다.

 물론 진짜 별이 되기 위해서는 여러 준비가 필요할 것이다.

 별을 이루기 위한 여러 원소를 수집하고, 안전한 궤도를 타기 위해 [지식]을 얻고……

 하지만 나는 그럴 필요를 느끼지는 못했다.

 왜냐하면 나는 별이 될 생각이 없었기 때문이다.

 왕이 될 수 있었지만 대통령에 머무른 워싱턴처럼, 나는 별이 될 수 있지만 성좌에 머무르려고 한다.

 이유는 간단하다.

 내게는 사랑하는 성좌가 있기 때문이다.

 "그렇지? 티케."

 "응, 오빠."

 우리는 어깨를 마주한 채 우주 너머를 보았다.

 아직도 팽창 중인 우주를.

 저 넓고 또 더 넓어지고 있는 우주에 또 다른 별 먹는 별이 나타나지 않으리란 보장은 없다.

 그러나 적어도 내가 살아 있는 동안은 문제가 없으리라.

 그렇게 자신할 만한 힘을 손에 넣었다.

 내게 있어 새로 얻은 힘은 그 정도의 의미만을 지녔다.

*   *   *

"그런데 이제 우리 뭐 함?"

티케가 물었다.

고로 나는 대답했다.

"뭐하긴. [행운의 여신]이 우릴 인도하시겠지."

"나? 아, 나."

티케가 잠깐 고개를 갸웃거렸지만, 금세 기분이 좋아져 가슴을 쭉 폈다.

"그래, 맞아. 내가 인도해야지."

그리고는 티케는 [행운의 차원문★★★★★★]을 열었다.

"자, 인류를 구원할 시간이야!"

평소와 다름없이.

외전
一
결

태양계.

지구.

지구는 평화로웠다.

별문제는 없었다.

그렇다고 아무 문제도 없는 것은 아니었지만.

성좌 이제운, 이철호와 티케의 아들이자 [모험가의 챔피언]이 생각하기에 지구에 당면한 가장 큰 문제는 이것이었다.

"아, 심심하다."

지구에는 모험이 부족했다.

이제운은 짧은 기간이나마 그의 부모와 함께 우주를 여행했다.

인류의 적을 죽이고 인류를 구원하는 여행 중에는 심심할

틈이 없었다.

　이동 시간도 차원문 덕에 0에 가깝고, 일을 알아보고 꾸미는 것조차 아버지의 능력 덕에 몇 분 걸리지도 않는다.

　즉, 그의 부모가 어떤 세계에 돌입하고나면 몇 분도 안 기다려서 곧장 뭐라도 쾅쾅 터지는 스펙터클한 모험이 시작됐던 거였다.

　그 후에는?

　인류의 환호를 받으며 떠나가는 일이 남을 뿐이었다.

　그야말로 신나게 시작해서 신나게 끝나는, 신나는 게 끊이질 않는 여행이었다.

　그러나 이제운도 반은 지구인의 피를 이은 탓인지, 반복된 자극에 금방 익숙해지고 말았다.

　헛된 꿈을 꾸게 된 건 그 때문이었을 것이다.

　'이번에는 내가 직접 인류를 구원해 보자! 그리고 환호를 받겠어!'

　아니, 사실 이게 헛된 꿈이라고는 할 수 없었다.

　불가능한 것은 아니었기 때문이다.

　다만 문제가 있었다.

　이제운에게 인류란 모험가 인류 하나뿐이며, 구원할 수 있는 것도 그들뿐이었다.

　그리고 이미 구원받은 인류가 또 다른 구원을 바랄 일은 매우 드물며, 한 번 구원받았다고 계속해서 환호해 주는 것은 더욱더 드물다는 점이었다.

　설령 계속해서 환호해 주더라도 이제운 본인의 성격상 금방 질려 버렸을 것이다.

아니, 애초에 환호받는 도중에 질려서 그만두라고 한 게 이 제운이었다.

그제야 이제운은 자기가 어떤 결정을 내렸는지 알았다.

그때는 왜 알아채지 못했을까?

그의 부모는 계속해서 여행하지만, 그는 이 세계에 터 잡고 살아가야 한다는 결정적인 차이점을 말이다.

차라리 이제운이 적당히 무책임했더라면 그의 인류를 슥 내 버리고 다른 인류를 찾아 떠났을 것이다.

그러나 지구 모험가 인류에게는 다행이지만 그 자신에겐 불 행하게도 이제운에게는 성좌로서의 책임감이 있었다.

적어도 자신이 구원한 인류를 홀홀 내버리고 여행을 떠날 정도는 못 됐다.

물론 이 모험가 인류가 자신의 백성이고, 힘의 근원이라는 것을 알고 있기 때문이기도 했다.

더욱이 밑도 끝도 없이 일단 떠나기만 한다고 그가 바라는 대로 상황이 흘러갈 리가 없었다.

그의 부모가 적절한 인류 앞에 적절한 시기에 적절한 구원 을 가져다 줄 수 있는 건 행운이 따르기 때문이었다.

아니, 정정한다.

아주, 아주, 아주 큰 행운이 따르기 때문이었다.

비록 이제운은 [행운의 여신]의 아들이지만, 고작 그 출생의 근본 덕택에 모친 정도로 운이 좋으리라고 아무 근거도 없이 믿어 버릴 정도로 멍청이는 아니었다.

그래서 이제운은 이러고 있는 거였다.

"아~! 심~! 심~! 하다~!!"

아버지가 물려주신 서울의 신전에 마련된 자기 방구석에서 침대 위를 데굴데굴 굴러다니기.

이것이 이제운의 요즘 취미였다.

"성좌님."

그것도 바깥에서 부르는 소리가 들리기 전까지의 이야기.

자리에서 벌떡 일어나 순식간에 옷차림을 다듬은 이제운은 근엄한 목소리로 말했다.

"들어오라."

그의 허락이 떨어지고 나서야, 문이 열리고 사람이 들어왔다.

들어온 사람은 예쁘장한 여자아이였다.

그러나 외견에 속으면 안 된다. 이 여자아이의 나이는 열 살도 넘어, 이제운보다도 더 연장자였으니까.

그리 중요한 안건은 아니지만 이제운의 현재 연령은 지구 기준으로 일곱 살이었다. 외견과 정신은 태어나자마자 성인이었지만, 경험만큼은 어쩔 수 없는 나이이기도 했다.

"성녀(星女)가 성좌를 뵈옵나이다."

여자아이의 이름은 이하나.

이수아의 손녀딸이었다.

이제운도 이수아의 이름은 들은 적이 있다.

아버지가 사람들을 그저 열등하기만 한 존재로 여기지 말라면서 해 준 이야기 속에서 함께 모험했던 세 사람의 이름을 말했는데 그중 한 명이 바로 이수아였다.

다른 사람의 이름은 잘 기억 못 해도 이수아의 이름만큼은 기억에 남아 있는 이유는 어머니 때문이었다.

아버지 입에서 여자 이름이 나오자, 어머니가 갑자기 아버지의 귀를 잡아당겼던 것이 인상에 깊게 남은 탓이었다.

'그거야 뭐 여하튼.'

이하나의 첫인상은 아버지와 친했던 여자의 외고손녀딸이었지만, 지금은 그렇지 않았다.

이수아보다는 이하나 본인에게 관심을 가지게 된 탓이다.

지금 세대의 모험가 인류는 이전 세대와 달랐다.

자연스럽게, 그러니까 이전과 달리 아주 천천히 성장하고 있다는 점이 가장 결정적인 차이점이었다.

탁아소에서 3년 만에 어른이 된 이전 세대 모험가 인류나 태어나자마자 어른이었던 이제운과는 달라도 너무 달랐다.

그리고 그중에서도 이하나는 더욱 달랐다.

같은 세대의 동년배 중에서도 성장이 조금 느린 축이라, 어른스러운 언행과 달리 그 얼굴과 목소리에서는 아직도 어린아이다움이 묻어나고 있었다.

이제운이 그런 이하나를 보며 느낀 감정은 이러했다.

'작고 소중해.'

만약 이하나에게 직접 말로 표현했다간 불처럼 화를 낼 만한 감정이었다.

실제로 한번 말했다가 정말로 두들겨 맞은 적도 있고.

성녀가 성좌를 두들겨 패다니!

만약 어른들이 알았다간 경을 칠 일이지만…….

'그런 부분도 귀엽지.'

이제운은 고개를 혼자 끄덕이며 생각했다.

"성좌님?"

"아, 계속해요."

"계속이라뇨?"

이하나가 귀엽게 고개를 갸웃거렸다.

"아직 아무 말씀도 안 드렸습니다만."

아마 본인은 '귀엽게 고개를 갸웃거렸다'고 생각하고 있지 않을 테지만, 그저 평범하게 말한 것이라 여기고 있을 테지만…….

'이런 부분도 귀여워!'

이제운은 주먹을 꽉 쥐고 부들부들 떨었다.

"성좌님?"

"아, 아아. 그럼 무슨 용건이죠?"

"우주 왕복선에 축성을 해 주십사 의뢰가 들어왔습니다."

"우주 왕복선."

이제운은 고개를 갸웃거렸다.

'그게 뭐더라.'

도무지 생각이 나질 않았다.

그런데 그러고 있으려니, 어째선지 이하나가 얼굴에 살짝 홍조를 띠었다.

"? 뭡니까?"

"아무것도 아닙니다."

이하나는 크흠, 하고 헛기침을 하더니 곧 다시 입을 열어 이렇게 말했다.

"우주 왕복선은 성좌님들께서 쓰시는 차원문 같은 겁니다."

"차원문."

"진짜 차원문은 아니라서 오가는 데에 시간이 많이 걸리지만요."

"아, 그 배 같은 겁니까?"

"그렇습니다."

이제운은 그제야 알아들었다는 듯 고개를 두어 번 끄덕였다.

그 모습을 보고 있던 이하나의 낯빛도 조금 전보다 약간 더 붉어졌다.

"? 뭐죠?"

"아무것도 아닙니다."

헛기침하는 이하나의 반응에 이제운은 다시금 고개를 갸웃거렸다.

'진짜 뭐지?'

이제운은 이하나를 빤히 바라보다가, 눈이 마주칠 뻔하자 얼른 시선을 돌렸다.

"아무튼 알겠습니다. 받아들이죠. 시일이 정해지면 연락해 달라고 하세요."

"알겠습니다, 그렇게 전하겠습니다."

＊   ＊   ＊

이제운과 헤어진 이하나는 자택으로 향했다.

이제는 인류 연방의 수도나 다름없어져 인구 밀도가 지나치게 높아진 도시, 서울의 주거 형태는 문명 멸망 전과 똑같이 아파트가 주류를 이루고 있었다.

그러나 이하나는 신전에서 5분 거리에 떨어진 저택에 살고 있었다.

아무리 이하나가 성녀라도, 아니, 오히려 그렇기에 더더욱 버는 돈은 많지 않았다. 그럼에도 불구하고 스테이터스 타워에서 가까운 신전에 붙여서 지어진 으리으리한 저택에서 살 수 있었던 건 그녀의 외고조할머니, 미궁을 직접 경험한 세대이자 전설의 세대라고도 불리는 모험가 인류 1세대 중에서도 빅4라고 불리는 대영웅인 이수아 덕이 컸다.

물론 1세대라고 다 돈이 많은 건 아니었지만 인류의 방패, '작은 거인' 이수아는 격이 달랐다.

아무리 전쟁이 본격적으로 벌어지진 않았다고 하더라도, 그녀는 두 번에 걸친 구 [피투성이 피바라기], 현 [평화 수호자]의 군사적 도발 시기에 가장 먼저 나서서 가장 앞에 버티고 섰기 때문이다.

성좌가 직접 쳐들어온다는 소문에 꼬리를 감췄던 다른 모험가와는 달리, [급속 거대화]를 쓴 채 최전선에 버티고 선 그녀의 모습은 인류에게 있어 희망이자 자존심이었다.

그렇기에 연방의 연금을 받아 가며 이런 저택에 살아도 아무도 항의하지 않는 거였다.

"으헤에."

헤벨레 웃으며 소파에 늘어져 있는 모습을 보면, 이 사람이 그 존경받는 대영웅이 맞는지 의구심이 생기겠지만 말이다.

이하나는 자신과 똑 닮은 이수아를 바라보며 한숨을 내쉬었다.

몇 년 전에 찾아온 [인류의 챔피언]이 이수아의 [노화] 상태 이상을 뽑아간 후, 그녀는 10대 중반의 소녀 같은 외견이 되었다.

그런데 달라진 건 외견뿐만이 아니었다.

노인 모습 때 보여 주었던 중후하고 든든한 성격은 어딜 간 건지, 지금은 어딜 가든 헤죽헤죽 웃으며 늘어지기만 하는 게 으름뱅이가 되어 버렸다.

하지만 이하나는 이런 외고조할머니가 싫지 않았다.

아니, 전에는 존경했다면 지금은 좋아했다.

왜냐하면 귀엽기 때문이었다.

"으헤에."

"할매? 나 왔어."

이하나의 인사를 들은 이수아의 표정이 엄격, 근엄, 진지해졌다.

"할매라고 하지 마라."

그러고서 하는 말이 이랬다.

"으헤헤."

피는 속일 수 없는지, 이하나의 입에서 이수아의 것과 비슷한 웃음소리가 나왔다.

"그래, 우리 손녀야. 왜 또 그리 기분이 좋아?"

"그게 있지. …성좌님이 너무 귀여운 거 있지?"

이하나의 말을 들은 이수아가 고수라도 입에 문 것 같은 표정을 지었다.

"표정이 왜 그래?"

"성좌랑 결혼이라도 할 셈이니?"

"…아니!"

이하나의 얼굴이 시뻘개졌다.

"그냥 귀엽다는 거잖아!"

"귀여운 건 너겠지."

"아니… 그게 아니라……."

칭찬이 싫지는 않은지, 이하나의 입가가 다시 헤실거렸다.

그런 이하나를 보던 이수아가 한숨처럼 말했다.

"사람이 성좌와 결혼해서 행복한 거 봤니?"

이수아가 누굴 빗대고 이런 말을 하는지, 이하나는 잘 알고 있었다. 이수아의 원수나 다름없던 성좌, [피투성이 피바라기]였으나 지금은 [평화 수호자]가 된 그 성좌 이야기다.

[평화 수호자]가 [아름다운 로맨스]에게 청혼한 건 인류 사이에서도 꽤 유명한 가십거리였다.

그 결말까지 포함해서 말이다.

인류 대부분은 자기 친남매에게 청혼한 [평화 수호자]의 선택을 이해하지 못했다.

따라서 [아름다운 로맨스]가 그 청혼을 거절한 걸 다행으로 여겼다. 그 뒤에 일어날 일을 생각했더라면 안 그랬을 테지만.

왜냐하면 청혼을 거절당한 [평화 수호자]는 인간들에게 눈을 돌렸기 때문이다.

그것도 21세에서 25세까지의 젊고 아름다운 여성들에게.

다행인지 불행인지, [평화 수호자]는 절대 외도하지 않았다.

그러나 인간 여성이 스물여섯 번째 생일을 맞으면 차 버린다는 게 문제였다.

게다가 결혼한 여성을 꼬박꼬박 임신시키기까지 했다.

그래서 어느새 [평화 수호자]의 자녀가 벌써 일곱 명.

이럴 때 '당연히'라는 말을 쓰는 게 옳은 건지 모르겠지만, 아이들의 모친은 전부 달랐다.

성좌의 피를 이어서 그런 건지, 아니면 [평화 수호자]의 올곧은 여성 취향 덕인지 아이들은 모두 잘생기고 아름다웠으며 건강했다.

이러한 가십거리가 화제가 되자, [평화 수호자]는 인터뷰에서 이런 미친 발언을 했다.

"나는 내 아이가 백 명 넘을 때까지 그만둘 생각이 없는데?"

그 인터뷰를 TV로 보며, 이수아는 이런 말을 남겼다.

"개같은 거!"

실제로 [평화 수호자]는 좀 개같은 면모가 있었기 때문에, 이하나는 외고조할머니의 욕설을 들으며 고개를 끄덕일 수밖에 없었다.

그때는 그랬다.

하지만 지금은 달랐다.

금방 반례를 찾아냈기 때문이다.

"이철호님이 계시잖아요."

[행운의 여신]과 결혼한 모험가 출신 성좌 [인류의 챔피언].

이수아가 모를 리 없는, 아니, 지구 인류라면 누구나 다 알 정도로 유명한 성좌다.

불과 7년 전에 [피투성이 피바라기]에게 꿀밤을 먹이는 장면이 전세계에 송출되기까지 했으니 말이다.

이하나는 그렇게 성공적인 반례를 찾아내 반론하는 데에 성공했다고 스스로 흡족해했지만, 이수아는 결코 만만하지 않은 상대였다.

"역시 결혼할 생각이었구나, 우리 하나."

이하나는 얼굴을 다시금 붉게 물들여야 했다.

"아, 아니. 어떻게 일곱 살짜리랑 결혼을 해?!"

그렇게 둘러대 봤지만 이미 때는 늦었다.

이수아의 표정은 이미 능글맞게 변화한 후였다.

"키워서 결혼하려고? 어머머, 애 말하는 것 좀 봐."

"그런 게 아니라……!"

당황하는 이하나의 모습을 보며, 이수아는 만족스럽게 웃었다.

"그래, 너만 행복하면 됐지."

"그런 게 아니라니까!"

"그런데 성좌님께선 널 어떻게 보고 계셔?"

붉었던 이하나의 낯빛이 순식간에 하얗게 굳었다.

"모, 모르겠어?"

"그렇구나."

이수아는 용케 고개를 젓지 않았다.

사실 그녀는 이제운에 대해 별생각이 없었다.

딱히 마주칠 기회가 딱히 없거니와, 이제운 본인이 나서서 일을 처리하는 경우 또한 극히 적었기 때문이다.

[노화] 상태 이상도 제거되어 정정해진 김명멸이 인류 연방의 회장 자리를 다시금 꿰차고 정력적으로 일을 처리하기에 가능한 것이기도 했다.

안 나서도 아무 문제가 없는데, 굳이 나설 필요가 없었다.

그러나 책임 있는 자리를 맡고 나면 갑자기 나대기 시작하는 인물이 얼마나 많은가?

그러지 않는 것만으로도 이제운은 괜찮은 성좌였다.

물론 다른 그 무엇보다 그의 부친이 이철호라는 점이 모든 것을 압살하고도 남는다.

다만 다른 사람들도 똑같은 생각을 했을 가능성이 컸기에, 이제운을 상대로 허니 트랩이 무수히 깔렸으리란 건 굳이 짐작할 필요도 없다.

이런 상황임에도 불구하고 추문이 나오지 않는다?

'어, 그럼 정말로 괜찮은 상대 아닌가?'

다시금 기억을 되새겨 본 이수아는 새삼스럽게 놀랐다.

흔한 갑질 논란조차 안 터졌다는 사실을 깨달았기 때문이었다.

성좌의 갑질은 갑질로도 인식되지 않는다는 점을 감안하자면 그저 기사가 안 났을 뿐인 걸지도 몰랐지만…….

애초에 만약 이제운이 그런 인물이었다면 그 갑질에 가장 크게 노출되었을 인물이 성녀인 이하나였다.

그런데 이 외고손녀딸의 반응을 보아하니, 상사에게 너무 많이 당해 생긴다는 상사병이 아니라 진짜 상사병에라도 걸린 것 같지 않은가?

'아니, 그럼 진짜로 괜찮은 상대잖아?'

이러한 결론을 다다른 이수아는 무겁게 고개를 끄덕이며 이 렇게 말했다.

"잘해 보거라."

"아니이! 이거 그런 이야기 아니라니까!"

본인에게 자각조차 없는 것을 생각하자면 갈 길이 멀어 보였 지만 말이다.

*   *   *

"성좌님? 출발하실 시간입니다."

"아, 벌써? 알았습니다. 가죠."

오늘은 이제운이 우주 왕복선에 축성을 하러 가는 날이었다.

이 축성은 단순히 마음 편하라고 의례적으로 하는 게 아니 었다.

아버지와 어머니로부터 각각 [악운]과 [행운]을 물려받은 이 제운의 축성은 진짜로 효과가 있었다.

스테이터스 타워에서 검증해 본 결과 이제운의 축성 능력은 [모험가의 챔피언의 축성]이라는 이름의 능력으로 확인되었다.

능력의 효과는 위기 회피율을 17% 증가시켜 주는 것.

우주 왕복선의 사고율이 1% 미만인 것을 생각하면 받을 이 유가 없다고 여길 수도 있겠다.

하지만 그 1% 미만의 사고라도 터지면 바로 대참사로 이어지는지라 안 받을 수가 없었다.

더욱이 현 지구 인류는 화성 개척지의 개발에 사활을 걸고 있었다.

구(舊) 문명 멸망 전에 이미 너무 많은 지하자원을 캐 써 버린 터라, 현생 인류 또한 만성적인 자원 부족에 시달리고 있었다.

폭발적인 인구 증가를 감당하려면 우주 개척은 필수나 다름 없었다.

이런 상황이니만큼 우주 왕복선에서 사고가 터져 개척에 지장이 생기는 일은 최대한 피해야만 했다.

땅에 발을 붙이는 것보다 등판을 붙이는 시간이 더 긴 이제운의 신전에 인류 연방의 관계자들이 돈을 싸 들고 올 수밖에 없는 건 이런 이유였다.

"어서오십시오, 성좌님!"

무려 인류 연방의 회장인 김명멸이 직접 나와 이제운의 방문을 반길 수밖에 없는 이유이기도 했고.

겉보기엔 새파란 젊은이에, 사실은 일곱 살밖에 안 먹은 이제운을 상대로 허리를 넙죽 숙이는 김명멸의 모습은 그리 어색하지 않았다.

왜냐하면 김명멸도 20대 청년의 외견을 갖고 있었으므로.

하지만 아버지의 동료였다던 김명멸을 상대로 이제운이 크게 나설 수도 없는 노릇이었다.

"아이고, 이러지 마십시오. 회장님."

이제운은 함께 허리를 숙이며 김명멸의 손을 잡았다.

필요하다면 성좌 상대로도 팔 걷어붙이고 싸우러 나섰던 김명멸이다.

그 장면을 직접 목격하기까지 한 이제운이고.

물론 아버지를 앞에 두고는 그렇게 예의 바를 수가 없는 모습 또한 목격했지만, 이제운은 자신이 아버지와는 다르다는 사실을 너무나도 잘 알고 있었다.

아무리 태어나자마자 성좌였다 한들, 고작 일곱 살짜리 애송이 아닌가?

[모험가의 챔피언] 자리도 아버지에게 물려받은 것에 불과했고.

그것이 이제운이 스스로에게 내리는 평가였다.

"무슨 말씀을 그렇게 하십니까? 모험가 인류가 이렇게 건재할 수 있는 것이 성좌님의 덕택인 것을… 만약 성좌님께서 안 계셨더라면 지금쯤 어찌 됐을지, 상상만 해도 가슴이 철렁 가라앉습니다."

여기까지가 이제운과 김명멸이 만나면 항상 하는 루틴 비슷한 거였다.

왜냐하면 이 이상 하면 이제운이 질려 버린다는 것을 김명멸도 경험으로 알고 있는 덕택이었다.

"그럼 안쪽으로 모실까요?"

"예, 바로 축성하겠습니다."

이제운은 터벅터벅 우주 왕복선으로 걸어 들어가 [모험가의 챔피언의 축성]을 걸었다.

이동 시간을 제외하면 1초도 채 걸리지 않는 일정이었다.

"아이고, 힘들어라."

복장을 갖추고 잠깐 움직인 것을 제외하면 별로 한 것도 없음에도 불구하고 이제운은 앓는 소릴 냈다.

"돌아가죠."

"모시겠습니다, 성좌님."

이하나가 들고 있던 외투를 이제운의 어깨에 걸쳤다.

그리고 그 과정에서 이하나의 새끼손가락이 이제운의 맨살에 스쳤다.

이제운도 흠칫했고, 이하나도 흠칫했다.

그러고도 한 사람과 한 성좌는 아무 일도 없었던 것처럼 행동했다.

그러니까 말없이 걸어서 이제운은 신전으로 돌아가고, 이하나는 인사하고 신전을 나왔다.

난리는 이 다음에 벌어졌다.

"헉, 설마 성녀님이 나를 혐오하는 거 아닐까?"

이제운.

"흠칫했어! 흠칫했다고! 역시 날 부담스럽게 여기는 거야!"

이하나.

두 존재가 서로의 마음을 밝히기까지 앞으로 얼마나 걸릴지는 아무도 몰랐다.

*   *   *

15년이 지났다.

그렇다, 15년이 지났다.

"…어떻게 좀 해 봐, 좀……."

이수아가 완전히 질린 눈빛으로 이하나를 바라보며 말했다.

이하나는 그 눈빛에 찔끔거리면서도 변명을 안 하지는 않았다.

"아니, 내가 뭘 어떻게 하라는 거야… 여기서."

물론 그 변명은 이수아를 납득시키지 못했다.

맹공이 이어졌다.

"너 낼 모레면 서른이야……."

"할매는 백 살 넘었잖아……."

"그러니까 나 죽기 전에 어떻게 좀 해 보라고……."

[체력] 능력치도 높은 데다 아직 [노화] 상태 이상이 제대로 발생도 안 해서 앞으로 남은 수명이 아직도 백 년 정도 남아 있음에도 불구하고 이수아는 뻔뻔하게 말했다.

그럴 만도 했다.

왜냐하면 이하나는 최악의 연애 전략을 선택했기 때문이다.

"아무것도 안 하고 기다리기라는 게 말이 되니?"

아니, 정말로 아무것도 안 한 건 아니다.

이제운 취향의 음식 요리법과 과자 만드는 법을 빠삭하게 익혀 두었다.

하지만 솜씨를 발휘할 기회는 찾아오지 않았다.

그야 초대를 한 적이 없으니까!

이제운이 좋아할 만한 데이트 코스도 철저한 분석 끝에 완벽히 준비했다.

하지만 한 번도 간 적은 없었다.

가자고 한 적이 없었기 때문이었다!

이제운의 취향을 분석해서 옷과 장신구를 준비하는 작전은 실패했다.

왜냐하면 이제운은 옷에는 연연하지 않았고 장신구도 별로 좋아하지 않았기 때문이다.

그럼 알몸을 좋아하는 걸까? 그런 망상으로 하루를 보낸 적은 있지만, 알몸을 보여 준 적은 없었다.

그럴 기회가 없었기 때문이었다!

"만들어야지! 기회를 만들어야지! 일부러 잠금장치 풀고 옷 갈아입는 척이라도 해 봤어야지!"

"미쳤어?! 그런 걸 어떻게 해!"

이하나의 얼굴이 시뻘겋게 물들었다.

영 작심할 기색이 보이지 않는 외고손녀의 표정에, 이수아는 최종 병기를 준비했다.

"너 그러다 뺏긴다."

움찔.

이하나가 반응했다.

그러나.

"아하하, 설마……."

그리 효과가 크진 않았다.

이유는 간단하고 당연했다.

15년이 지났음에도 이제운은 신전 방바닥과 더 친했기 때문이다.

간혹 축성을 위해 인류 연방 우주 센터에 들를 때를 제외하면, 모험가 인류의 성좌는 절대 외출 같은 걸 하지 않았다.

그리고 그 간혹 있는 외출엔 단 한 번도 빠지 않고 이하나가 동행했다.

상황이 이렇다 보니 이하나의 위기의식이 발동하지 않는 건 당연하디당연하다 할 수 있었다.

가끔은 그냥 이 관계를 백 년이고 천 년이고 이어 나가고 싶다는 생각마저 할 정도였으니, 말기라면 말기였다.

하지만 이수아의 공격은 아직 끝나지 않았다.

"너, 요즘 [아름다운 로맨스]가 우리 성좌님 노리는 거 몰라?"

최종 병기가 괜히 최종 병기겠는가?

[아름다운 로맨스] 정도면 핵무기는 자시고, 공간 병기에 준했다.

성좌마저도 일시적이나마 침묵시킬 수 있는!

"에, 에이 설마… 나이 차가 얼만데."

그렇게 위기감을 애써 부정하려는 손녀에게, 이수아는 마무리 일격을 넣었다.

"손녀야, [아름다운 로맨스]를 모르는구나."

이수아는 미리 준비했던 태블릿을 보여 주었다.

[아름다운 로맨스]가 지난 10년간 천 명이나 되는 청년과 함께 밤을 보냈다는 가십 기사였다.

그리고 기사는 [아름다운 로맨스]의 다음 사냥감이 [모험가의 챔피언], 즉 이제운이라는 문장으로 마무리되었다.

"헉!"

평소라면 이런 가십을 믿지 않겠지만, 아무래도 연모하는 이제운의 이야기다 보니 이하나로서도 위기감을 느끼지 않을 수가 없었다.

"알겠니? 성좌님도 이제 20대 청년이야. [아름다운 로맨스]의 마수에 걸려들고도 남을 나이라는 뜻이지."

"그, 그런… 그럴 리 없어!"

이수아도 그럴 리 없다고는 생각하고 있었다.

가십은 가십일 뿐, 아무리 [아름다운 로맨스]라고 해도 [인류의 챔피언]의 장남을 노리겠는가?

하지만 지금 중요한 건 진실이 아니었다.

"눈을 감고 상상해 봐. 성좌님이 [아름다운 로맨스]와 손을 잡고 걷는 모습을."

"왜, 왜 그런 이상한 걸 상상해 보라는 거야?"

이하나는 울먹였다.

그러나 이수아는 멈추지 않았다.

"너 대신 [아름다운 로맨스]와 손을 잡고 신전에 들어가는 모습을."

"아, 안 상상할 거야."

이하나는 고개를 도리도리 저었다.

물론 그녀 본인도 그런 게 통할 거라곤 않았다.

당연하지만 그 판단은 맞았다.

"다음 날이 되면 너한테 문자가 갈 거야. 이하나씨, 이제 신전에 출근하실 필요 없습니다. 그동안 고생 많았습니다, 하는……."

"끼야악!"

이하나는 손바닥으로 귀를 막고 비명을 질렀다.

그런다고 이미 귓속으로 들어온 말을 꺼낼 수는 없었다.

"이제 알겠니? 그러고 있을 때가 아니란다."

"그, 그치만……."

지금이라도 울음을 터트릴 것 같은 외고손녀의 얼굴을 보면 마음이 좀 약해질 법도 하지만, 이수아는 이미 마음을 단단히 먹은 터였다.

"그치만은 무슨. 넌 이렇게 되기 전에 미리 움직였어야 했다. 일이 터지고 나면 늦어."

"흐흑!"

아무리 그래도 실제로 우는 건 반칙 아닌가?

이수아는 재빨리 외고손녀의 등을 두드리며 위로했다.

"하지만 일이 아직 안 터졌다면 안 늦은 거지. 바로 오늘이라도 가서 고백……."

거기까지 말한 이수아는 몸이 좀 작아 보여도 사실 다 큰 외고손녀에게 그럴 기백이 없다는 걸 깨달았다.

보라, 본인도 움찔거리고 있지 않은가?

"…비슷한 거라도 하렴."

"…응."

그래도 이수아가 부여한 위기감이 아예 효과가 없진 않았는지, 외고손녀는 모종의 액션을 취할 각오를 굳힌 듯했다.

'…길게 보자.'

좋은 사윗감을 놓칠까 싶어 급한 마음을 간신히 가라앉히며, 이수아는 이하나가 알아채지 못하도록 일부러 약하고 길게 한숨을 내쉬었다.

＊　　　　　＊　　　　　＊

한창 이수아가 이하나를 몰아붙이고 있을 무렵.

이제운은 위기에 처해 있었다.

"어… [아름다운 로맨스]님. 여기까지 어쩐 일이십니까?"

[아름다운 로맨스]가 서울 신전에 찾아왔다.

그것도 저녁과 밤의 경계쯤 되는 시간에.

이미 저녁 식사도 마친 터라 손님이 찾아올 걸 몰랐던 이제운은 편한 옷차림으로 손님을 맞아야 했다.

말없이 노크만 하기에 이하나인가 싶어 열어 주었는데 설마 성좌일 줄이야.

그것도 [아름다운 로맨스]라니!

아버지로부터 지구의 성좌들 이야기는 많이 들었다.

그 이야기 중 대부분이 [피투성이 피바라기]의 욕이었지만, 아닌 것도 있었다.

그런 것 중 이제운의 기억에 남은 것이 [아름다운 로맨스]에 관한 경고였다.

"조심해라. 너 같은 애송이는 살을 다 발라먹은 다음 **뼈**까지 씹어 먹을 여자니까."

그런 이야기를 하던 도중에 어머니가 와서 아버지의 등판을 손바닥으로 짝짝 때려서 더 자세히 듣지는 못했지만 오히려 그래서 더더욱 기억에 남았다.

[아름다운 로맨스]를 조심해라!

'…그런데 뭘 어떻게 조심하라는 거지?'

이하나의 연애 사정이 지지부진한 건 이제운의 탓도 없지 않았다.

이하나가 숙맥인 것처럼 이제운도 마찬가지로, 어쩌면 그 이상으로 숙맥이었기 때문이다.

그러나 이제운에게도 변명거리가 있었다.

아무도 연애에 관한 것을 가르쳐 주지 않았다는 것!

아버지는 시도나마 했던 것 같지만 그때마다 어머니의 손길이 짝짝 날아들었고, 어머니는 우리 아들내미 아무한테도 못 준다고 떠들고 다닌 탓이다.

떠들고 다녔다고 해 봐야 듣는 사람은 이제운과 그의 아버지뿐이었지만, 그리고 그런 이야기가 나올 때마다 아버지의 얼굴이 이상하게 구겨졌었지만.

그 모든 기억이 지금 와서는 좋은 추억으로 남아 있다.

추억은 추억일 뿐, 이럴 때는 도움이 안 되지만 말이다.

"들어가도 될까?"

[아름다운 로맨스]는 고혹적으로 웃으며 말했다.

많은 힘을 들여 만든 그녀의 아바타는 아름답기 짝이 없었다.

*　　　　*　　　　*

평화가 길었다.

앞으로도 길 예정이었다.

[인류의 챔피언]이 직접 와 상호 불가침 조약을 확정 지었다.

더욱이 지구 내부의 가장 큰 화약고나 다름없었던 [피투성이 피바라기]는 [평화 수호자]로 탈바꿈해 버렸다.

그에 따라 [아름다운 로맨스]의 미궁 인류도 번영했다.

사실 [피투성이 피바라기]에게 가장 많이 괴롭힘당한 인류가 [아름다운 로맨스]의 인류일 것이다.

전쟁 성좌의 위협이 사라진 것은 그들에게 도약의 기회가 된 것이 분명했다.

[아름다운 로맨스]의 영향을 받아 기본적으로 아름답고 목소리도 듣기 좋은 그들은 자신들의 매력을 연예 시장에 쏟아부었고, 그 시도는 큰 성과를 이루었다.

다른 인류조차 [매력]을 얻기 위해 [아름다운 로맨스]를 믿는 판국이다.

이렇게 부풀어 오른 힘을 어디에 쓰겠는가?

적어도 [아름다운 로맨스]는 즐기는 데에 쓰기로 했다.

비효율적이기 짝이 없다는 아바타를 만든 것 또한 그 연장선상이었다.

성좌들과 즐긴다고 해 봤자 매일 보는 얼굴들이다 보니 신선함이 떨어졌다.

그래서 그녀는 숫자도 많고 각자 매력도 다양한 인류에 시선을 기울였다.

특히 그녀를 믿는 인류는 그녀의 접근을 결코 거부하지 않았다.

한동안은 즐거웠다.

너무 즐기다 못해 그녀의 밤 생활이 가십지에 실리는 건 본의가 아니었지만, 막상 기사를 보고 나니 자신의 매력을 찬양하는 것 같아 너그러운 마음으로 용서하기로 했다.

그러나 비슷한 자극에는 금방 질리는 법.

미의 수도이자 예술의 도시인 [아름다운 로맨스]의 미궁 인류 세력 중심지, 문명 멸망 전 옛 이름은 이스탄불에 현재 이름은 베누사리아도 나쁘지는 않았다.

시민 거의 대다수가 그녀의 축복을 받아 아름답고 건강했다.

그리고 모두가 로맨스를 잘 알고 즐길 줄 안다.

일반적인 로맨스는 물론이고, [아름다운 로맨스]의 로맨스도 말이다.

하지만 딱 하나, 그녀의 마음에 들지 않는 게 있었다.

이 도시의 모든 것이 너무 그녀 취향으로 몰려 있었다.

아름다운 산과 절묘하게 배치된 언덕, 아름다운 강과 지중해의 물결.

항상 아름다운 음악이 흐르며 거리의 화공은 아름다운 그림을 그리고 아름다운 무희가 아름다운 춤을 추는 도시.

과일마저도 각자의 색채를 발하며 작은 티 하나 없이 아름다운 형태를 뽐낸다.

물론 이 모든 것이 그녀의 축복을 받은 덕택이다.

그러나 미녀의 마음은 갈대인 법.

[아름다운 로맨스]는 항상 새로운 자극에 목말라 했다.

결국 서울까지 오게 된 것은 그런 이유에서였다.

인류 연방의 중심 도시인 서울은 비록 아름다운 것만 가득 차 있지는 않았다.

하지만 그렇기에 오히려 갖가지 매력이 넘쳐났다.

특히 바버샵을 운영하는 오크들이 인상적이었다.

더럽고 불결하다고만 생각했던 종족이었는데, 제대로 꾸미고 다니기 시작하니 꽤 독특한 매력을 뿜어내지 않는가?

그들 성좌의 영향인지 운동도 열심히 하고, 그래서 몸 관리도 철저했다.

무엇보다 깔끔한 체모 관리에 [아름다운 로맨스]는 자기도 모르게 박수마저 치고 말았다.

그들의 예전 모습을 생각하면 그야말로 상전벽해의 변모라 할 수 있었다.

켄타우로스도 나쁘지 않았지만, 생각보다는 별로였다.

그들은 너무 빨랐다.

하기야 그들이 문명의 품으로 들어와 로맨틱한 밤을 보내게 된 지 아직 100년도 채 안 지났다.

야생에서의 삶이 본능을 지배하는데 어쩔 도리가 없지 않겠는가?

[아름다운 로맨스]는 너른 마음으로 이해하기로 했다.

당연히 마음으로만 이해한 것은 아니었다.

서울 옆의 인천 트리톤 타운에서 만난 트리톤들도 비린내만 참는다면 괜찮았지만, 그 단점 하나가 너무 고역이었다.

다행히 [아름다운 로맨스]가 해결할 수 있는 단점이긴 했지만, 자신이 능력을 쓰고 손을 대야 한다는 게 큰 페널티가 아닐 수 없었다.

그렇다고 거부하지는 않았지만 말이다.

엘프들은 원래 싫어했다.

타고나길 예쁘장하게 타고나서 기대했지만 뜯어 보니 별거 없어서 실망한 케이스였다.

오크와는 정반대로 체모 관리가 전혀 안 되는 점 또한 점수를 깎아 먹었다.

아무리 털이 옅고 얇다고 해도 아예 관리하지 않는다니, 아름다움을 관장하는 성좌로서 도저히 용서가 안 됐다.

멀고 먼 도시, 서울까지 왔기에 그러한 싫음마저 즐길 태세여서 망정이지, 아니었다면 그들에겐 기회조차 주어지지 않았으리라.

드워프는 질색이었는데 살짝 생각이 바뀌었다.

엘프 성좌와 드워프 성좌가 결혼하면서 엘프-드워프 부부가 늘었다던데, 젊은 드워프들이 엘프 이성 좀 꼬셔 보겠다고 노력을 많이 하는 덕택이었다.

그렇다고 매력적이라는 뜻은 아니었지만, 엘프보단 낫다는 점이 매우 컸다.

특히 수줍어하는 드워프 처녀가 최고였다.

엘프와 드워프의 혼혈인 호프스는 그야말로 미지와의 조우 수준이었다.

신흥 종족임에도 뭔가 이상하게 중독적인, 깊은 맛이 있었다.

이게 뭐지? 하며 곰곰이 생각해보니 곧 결론에 이를 수 있었다.

이들은 엘프만큼 아름답지만 엘프에 미치지 못했고, 그래서 드워프처럼 스스로를 꾸미는 데에 전력을 다했다.

아름다움을 관장하는 성좌로서, 스스로 아름답고자 하는 그 태세가 더욱 마음에 들었다.

그렇게 각 인류 종족의 남녀노소를 가리지 않고 평가하며, [아름다운 로맨스]는 아바타의 몸으로 서울의 밤을 만끽했다.

그러나 지나치게 만끽해 버린 탓인지, 그녀는 곧 또다시 새로운 자극을 원했다.

"모험가 인류."

서울이 모험가 인류의 중심 도시임에도 이제껏 그들을 건드리지 않은 건 간단했다.

이철호, [인류의 챔피언] 때문이었다.

잘못 건드렸다가 그의 지인과 잘못 엮이기라도 했다간 무슨 소릴 들을지 몰랐다.

물론 다른 성좌들도 귀찮긴 한데, 무섭지는 않았다.

게다가 기본적으로 여긴 서울이고 다른 성좌들의 권역 바깥이었다.

외국에 나간 권속까지 일일이 단속하는 건 힘드니만큼, [아름다운 로맨스]가 비교적 얽매이지 않고 즐길 수 있었던 거였다.

더군다나 설령 이런 걸 갖고 뭐라 한들, 그들 성좌 대부분은 이미 [아름다운 로맨스]와 얽히고설킨 관계다.

[아름다운 로맨스] 상대로 강하게 나오기 힘든 구석이 있다.

그런데 [인류의 챔피언]이나 [모험가의 챔피언]은 이런 관계가 전혀 없었다.

정식으로 항의하면 [아름다운 로맨스]가 궁지에 몰릴 수도 있다는 뜻이다.

그래서 그간 많이 참았는데…….

"도저히 안 되겠어!"

차라리 참새가 방앗간을 그냥 지나치는 게 더 믿을 만할 것이다.

결국 [아름다운 로맨스]는 저질러 버렸다.

그것도 비밀리에 슬쩍 한 것도 아니라, 클럽 하나를 통째로 빌려 거하게 저질렀다.

소문이 돌고 기사가 뜨기까지 얼마나 걸릴까?

[아름다운 로맨스]는 정보화 사회가 처음으로 싫어졌다.

"하… 이걸 어떻게 수습하지?"

한참 고민하던 그녀는 곧 답을 찾아냈다.

"그래, 맞아!"

다른 종족들을 실컷 꼬드길 수 있었던 건 그 종족들의 성좌와 엮였다는 보험이 있었기에 가능했던 것 아니었는가?

그렇다면 모험가 인류를 상대로도 보험을 만들면 그만이다.

"[인류의 챔피언]이면 또 몰라, 그런 꼬맹이 하나 꼬시는 건 금방이지."

[아름다운 로맨스]의 마수가 [모험가의 챔피언], 이제운을 향한 건 그런 이유에서였다.

*　　　　*　　　　*

[아름다운 로맨스]의 아바타를 바라본 이제운의 내면에 모종의 경계심이 내달렸다.

너무 아름다워서 소름이 돋았다.

'왜 소름이 돋지? 아름다운 걸 보면 기분이 좋아야 하는 거 아닌가?'

하지만 사람의 미적 감각은 본능에서 오는 것이며, 지금 이제운의 본능은 위기를 경고하고 있었다.

"밤이 늦었습니다. 손님은 받고 있지 않습니다."

"밤이 늦었으니까 그러지. 하룻밤만 재워 주면 안 돼?"

"[아름다운 로맨스]님, 돈 많으시잖습니까?"

이런 미녀가 대놓고 유혹하는데 이걸 제 발로 걷어차다니!

다른 누군가가 봤다면 차려진 밥상을 걷어차냐는 소리가 절로 나올 것이다.

그러나 이제운은 단호했다.

"뭣하면 호텔 예약해 드리겠습니다."

"그래? 그럼… 같이 갈까?"

"[아름다운 로맨스]님, 인간 세상에는 휴대폰이라는 게 있습니다. 원격으로도 예약이 가능하지요."

아무리 [아름다운 로맨스]라도 이제운의 이 말에는 분개하지 않을 수 없었다.

감히 정보화에 따라가지 못한 웃어른으로 취급하다니!

"놀랍지 않습니까? 이 기계 덕에 저는 집에서 한 발자국도 나가지 않고 모든 걸 다 해결할 수 있습니다."

하지만 그런 게 아니었다.

이제운은 정말로 마음 깊이 휴대폰을 추종했고, 사랑했다.

이 기계를 제대로 활용하기 시작하면서 심심함이라는 게 사라졌기 때문이었다.

친구가 없나요?

이제운은 이런 질문을 들으면 가슴을 펴고 이 대답을 돌려 줄 준비가 되어 있었다.

이 기계 안에 있어요!

그래서 이제운은 이 연상의 성좌에게 자신의 기쁨과 즐거움을 나누고 싶어진 것에 불과했다.

물론 직접 만나서 말고, 가급적이면 원격으로.

[아름다운 로맨스]가 누군데 그런 기색을 눈치채지 못하겠는가?

그러한 이제운의 진심은 그녀를 더욱 분개하게 만들 뿐이었다.

"너, 너… 내가 안 예뻐?"

"소름 돋을 정도로 아름다우십니다."

아름답다는 말을 듣고 일단 기분이 풀리긴 했지만, [아름다운 로맨스]는 이제운의 말에서 금방 위화감이 느껴지는 부분을 알아차렸다.

"…왜 소름이 돋아?"

"글… 쎄요? 저도 잘 모르겠습니다."

이제운은 [아름다운 로맨스]의 눈을 피하며 대답했다.

그가 느끼고 있는 감정은 이제 슬슬 경계심이나 위기감을 넘어 공포감에 가까워지고 있었다.

포식자 앞에 놓인 피식자가 느낄 법한 공포!

뒤늦게 이제운은 확신했다.

'날 잡아먹으러 오신 게 분명해!'

놀랍도록 비이성적인 믿음이었으나 본능이 그렇게 외치고 있으니 믿을 수밖에 없었다.

이제운의 입장에서 볼 때 한두 세대는 웃어른이자 지구의 주요 성좌 중 하나인 [아름다운 로맨스]를 어려워할 수밖에 없었다.

개인적인 친분이 있다면 또 모르겠지만, 얼굴을 본 건 한두 번에 직접 이야기를 나누는 건 이번이 처음이었다.

그뿐만이 아니라, 이제운은 묘하게 티케와 닮은 점이 있었다.

바깥보다 방바닥과 더 친한 점, 즉 사교 활동보다 개인 정비를 중시한다는 점이었다.

다시 말하면 일부러 다른 성좌 어르신에게 인사하러 가거나 하는 일이 없다는 뜻이다.

그러니 지구 1세대 성좌와 거리감이 있을 수밖에 없었다.

"…안 통하는군."

그런데 [아름다운 로맨스]의 반응이 이상했다.

*　　　　　*　　　　　*

"역시 그 남자의 아들이라 이건가?"

[아름다운 로맨스]가 고개를 갸웃거리며 중얼거렸다.

"저… 무슨 말씀이신지."

"혼잣말."

이제운의 질문에 짧게 답한 [아름다운 로맨스]는 표정과 목소리를 활달하게 바꿔 말했다.

"아, 사실은 한 가지 문제가 생겨서. 내가 댁들 종족과 스캔들이 좀 생겼는데, 괜찮은가?"

"스캔들이요? 누굴 죽였습니까?"

"그런 건 아니고, 그냥 하룻밤을 보냈어."

여럿이서.

[아름다운 로맨스]는 이 말만 뺐다.

"아… 그 정도면 문제 될 건 없어 보이는데요."

"역시 그렇지?"

[아름다운 로맨스]는 만족스러운 듯 웃으며 휴대폰의 녹음 버튼을 눌러 껐다.

"오늘 즐거웠어. 다음에 또 보자고."

이제운은 거절하고 싶었다. 하지만 그러지 못했다.

"아, 예. 다음에 뵙겠습니다."

뭐, 이런 건 원래 말뿐이지 않은가?

이제운은 그렇게 스스로를 위로했다.

*　　　　　*　　　　　*

[아름다운 로맨스]는 한숨을 내쉬었다.

"소름 돋도록 아름답다고?"

그도 그럴 것이다.

그녀는 자신의 [매력]을 극대화하고 [매료] 능력까지 켠 상태였으니까.

그런데 그걸 위협적으로 느끼고 방어해 버리다니.

"그 아버지에 그 아들이로군."

[아름다운 로맨스]는 새삼 혀를 찼다.

아쉽지 않다면 거짓말이리라.

이제운은 객관적으로 꽤 미형이었으니까.

물론 자기 외모를 비교적 자유롭게 바꿀 수 있는 성좌니만큼 외견은 그리 중요하지 않긴 했다.

그보다는 오랜만에 풋풋한 성좌와 로맨스를 즐길 수 있을 거라는 기대가 깨진 게 컸다.

자존심에 상처도 약간 갔고.

하지만 고작 이 정도로 시무룩할 [아름다운 로맨스]가 아니었다.

"그래도 얻을 건 얻었으니."

그녀는 만족스럽게 자신의 휴대폰을 톡톡 두드렸다.

만약 이철호가 찾아와도 이제운이 허락했다는 이 음성 메시지가 있으면 불길을 피해 갈 수 있으리라.

보험, 아니 차라리 부적에 가깝겠다만…….

"오늘은 어디로 가 볼까?"

기왕지사 이렇게 된 거, 이제운에게 까인 스트레스도 풀 겸

[아름다운 로맨스]는 마지막 봉인까지 완전히 풀어 버릴 작정이었다.

"역시 인류 중에선 모험가 인류가 최고더라!"

제 주인을 닮아 대전쟁을 준비한답시고 단련한 덕일까.

모험가 인류는 알이 꽉 찬 명태 같았다.

그런데 비린내는 없는.

"최고야!"

오늘도 서울의 밤을 뜨겁게 불태울 생각에 [아름다운 로맨스]의 발걸음이 빨라졌다.

*   *   *

"아이고."

휴대폰으로 오늘 아침 기사들을 확인하던 김명멸이 자기도 모르게 자기 이마를 두들기고 말았다.

세상은 평화로웠다.

지나치게 평화로운 나머지, 기자들은 물론이고 다른 사람들마저 자극적인 사건 사고에 목을 맬 정도였다.

그래서 사람들에게 가장 인기 있는 기사는 역시 가십 기사였다.

그중에서도 성좌들과 관련된 가십 기사는 정말 엄청난 관심을 끌었다.

아무리 인류 연방이 법치 사회라지만, 성좌는 자연재해 같은 거나 다름없었다.

그렇기에 기사를 쓰려면 목숨 정도는 걸어야 했지만, 특종에 목마른 기자들은 태연히 목숨을 걸어댔다.

  그래서 나온 기사가 바로 이것이었다.

  ― [아름다운 로맨스], [모험가의 챔피언]과 밀회?!

  겁도 없이 [아름다운 로맨스]를 미행하다가 결국 특종 하나를 터트린 기자는 일생의 소원을 이룬 대신 그만한 대가를 치러야 할 것이다.

  사진 한 장만 갖고는 목적을 이루기 힘들다고 판단했는지, 이 기자가 맞는지 의문인 종자는 기사 내용을 완전히 날조해 버렸기 때문이다.

  ― 이 사진은 서울 신전 앞에서 촬영된 것으로, 밀회 중인 [아름다운 로맨스]와 [모험가의 챔피언]의 모습을 찍은 것이다. 이 두 성좌는 [아름다운 로맨스]가 서울에 온 이후 지속적으로 이어져 온 것으로 여겨지며, 만날 때마다 아주 깊은 관계를 맺은 듯 친밀하게……

  자기 상상만 가지고 짧은 로맨스 소설 한 편을 뚝딱 만들어 낸 걸 보면 직업을 잘못 선택한 게 아닌가 싶었다.

  이제운을 잘 알고 [아름다운 로맨스]도 나름 면식이 있는 김명별 입장에선 어이가 없을 따름이었다.

  게다가 서울에 온 직후부터 [아름다운 로맨스]의 동선은 전부 파악된 것이나 다름없었다.

  [아름다운 로맨스]는 자신의 화려한 남녀 편력―오타가 아니다. 그녀는 정말로 남녀를 가리지 않았으므로―을 숨기기는커녕 오히려 과시라도 하듯 드러내고 다녔던 덕택이다.

연방 정부가 극비리에 위치 추적을 감행했던 게 허무하게 느껴질 정도의 행보였다.

파파라치들이 [아름다운 로맨스]를 집요하게 따라다니며 찍어 댄 사진들이 전부 조작이 아니라면, 그녀가 서울 신전에 간 건 어제저녁이 처음이었다.

이미 기사 댓글에도 이러한 오류가 지적되고 있었지만, 기자는 물론이고 신문사도 철저한 무대응으로 일관하고 있었다.

관심과 조회수를 충분히 빨아먹은 뒤 대응해도 늦지 않을 것이라고 착각하고 있는 것이리라.

김명멸은 사무관을 불러 이 기사를 내리도록 지시했다.

그래도 사람 목숨은 구해야 할 것 아닌가?

이런다고 그 기자인지 소설가인지 나부랭이가 살아날 가능성은 매우 희박했다.

김명멸도 그리 큰 기대를 하지는 않았지만, 그렇다고 해야 할 일을 일부러 하지 않을 이유도 없었다.

＊　　　　＊　　　　＊

서울은 [아름다운 로맨스]와 [모험가의 챔피언]의 가십 기사로 뜨겁게 불타고 있었다.

이상한 기자 놈이 기사 대신 소설을 쓴 거야 다들 알아차렸지만, 그래도 사진 자체는 합성된 게 아니라고 판명됐기에 술집의 테이블을 몇 시간쯤 후끈하게 덥히는 데엔 부족함이 없었다.

더욱이 원 기사가 소설 그 자체인 만큼, 호사가들도 따로 소설을 써 대고 있었다.

죽을 놈은 자기 이름 걸고 가짜 특종을 터트린 기자 놈이지, 술자리에서 좀 떠드는 걸로 죽지는 않으리란 계산이었다.

실은 계산보다는 그냥 하고 싶어서 저지르는 사람들이 더 많았지만 말이다.

사실 여부야 어떻든, 이런 가십 기사에 목마른 사람들은 많았고 호사가들은 더욱 그랬다.

술잔을 들어 올리며 목소리를 높일 기회를 어찌 놓치랴!

"그러니까 내 생각엔 [아름다운 로맨스]가 차인 거야."

"뭐? 누가 누굴 차? 그게 말이 된다고 생각하냐?"

"뭐? 너 이철호 님 벌써 잊었냐? 그분이 우릴 구해 주신지 몇 년이나 지났다고!"

잠깐 술자리에 침묵이 감돌았다.

방송으로든 뭐든, 이철호를 마지막으로 본 지 22년이나 지났다는 사실을 다들 떠올린 탓이었다.

이러니저러니 해도, 다들 이철호를 그리워하고 있었다.

"그래, 그분이 계실 땐 작은 병치레 하나 안 하고 살았는데."

전쟁을 멈추고 목숨을 구해 준 건 너무 큰 은혜라 도리어 피부에 와닿지 않았지만, 이런저런 병이나 장애 때문에 서울 신전 앞에 줄 서서 기다린 기억이 아직 선연했다.

꼭 본인이 아니더라도, 가족이나 친구, 연인이 구함받았다는 사실이 그리 쉽게 잊힐 리 만무했다.

"어… 이런 분위기를 원한 건 아닌데."

정작 말 꺼낸 놈은 어정쩡하게 서서 술로 입술을 적셨다.

"그, 아무튼 그분은 유혹 같은 거에 쉽게 넘어갈 분이 아니라고!"

뒤늦게 분위기를 끌어올리려 일부러 호통을 쳐 보지만, 아무도 맞받아치지 않았다.

"내 잘 생각해 보니 자네 말이 맞는 거 같아."

오히려 처음 반박한 놈조차 어깨를 축 늘어뜨린 채 동조하는 게 아닌가?

"그런데 유혹을 받은 건 그분이 아니라 아드님이시잖아? 왜 논점을 흐려?"

다행히 반론은 옆 테이블에서 나왔다.

"내 듣기론 성좌는 부모의 특성을 물려받는다던데, 그런 거 아니겠어?"

"하긴 그도 그런가……."

모르는 사람끼리의 대화였지만 다들 취해서 그런지 아무렇지도 않게 넘어갔다.

이런저런 중언부언이 더해졌지만, 좌중의 분위기는 [아름다운 로맨스가 차였다는 결론으로 매듭 지어지고 있었다.

그런데 그때, 술집 구석에서 커다란 몸집의 사내가 일어났다.

"누가… 누구에게 차였다고?"

전신이 근육질에 위협적인 저주파가 섞인 목소리.

그는 오크였다.

평소라면 이런 위협에 눈 깔고 조용히 했을 취객들이겠지만, 취객이 괜히 취객이겠는가?

"제대로 못 들은 모양이니 내 똑바로 말해 주지. [아름다운 로맨스]가, [모험가의 챔피언]에게 차였다고 말했다!"

용기의 물약, 즉 술을 1일 정량을 한참 초과해 복약한 그들은 나빠진 간 건강만큼이나 간댕이가 부어 있었다.

여기가 모험가 인류의 도시, 서울이라는 점도 크게 작용했다.

어쨌든 오크는 이방인이라 싸움이 났을 때 이래저래 불리해질 텐데 설마 폭력까지 쓰겠느냐는 심산이었다.

그러나 그런 계산은 다 망가졌다.

"끄러러러!"

그 오크도 용기의 물약을 종족 한계치 이상으로 복용한 취객이었다는 점을 간과하고 만 것이다.

그뿐만이 아니라, 그 오크는 [아름다운 로맨스]에게 [매료] 당한 상태였다.

사랑하는 그분께서 치욕을 당하시는데 어떻게 안 나설 수 있단 말인가!

퍽! 우당탕!

"으악! 뭐야?! 뭐야?!"

"싸운다! 싸움이다!"

"싸움인가? 나도 끼어야지!"

술집이 난장판으로 바뀌는 데까지 시간은 별로 걸리지도 않았다.

문제는 이런 난장판이 벌어진 술집이 서울에 한두 군데가 아니라는 점이었다.

[아름다운 로맨스]는 문자 그대로 절제 없이 [매료]를 흩뿌리고 다녔고, 그 때문에 남녀노소 가리지 않고 피해자가 나왔다.

그나마 이제운과 만나기 전까지는, 정확히는 모험가 인류 상대로 사고를 치기 전까지는 그래도 자기 나름대로는 절제하고 있었지만, 그것도 어제부로 끝이었다.

그 결과가 서울 전체가 이제운의 편과 [아름다운 로맨스]의 편으로 갈려져 싸우는 것만 같은, 바로 이 사단이었다.

$$*\qquad*\qquad*$$

— 서울 각지에서 패싸움! 원인은 [아름다운 로맨스]?

또 기자 놈들이 미쳐 날뛰기 시작했다.

성좌 걸고 패싸움이라니, 이런 화끈한 가십 거리가 또 어디 있다고 그냥 넘기겠는가?

더군다나 이번엔 소설을 쓸 필요가 없었다.

사실 기준으로 담백하게 써도 흥미롭기 짝이 없는 기사 한 토막이 완성될 정도였다.

그렇다고 조미료를 안 뿌릴 기자들이 아니었지만.

— 서울 모 술집에서 오크 집단 폭행. 오크 감수성 이대로 괜찮은가?

"여기서 종족 차별 아젠다를 꺼낸다고? 미친놈인가?"

김명멸은 탄식했다.

그런데 이번엔 미친놈이 너무 많았다.

남녀 갈라 치기, 세대 갈라 치기, 직종 갈라 치기…….

지들이 제국 시대 영국인 총독도 아닌데 디바이드 앤드 룰을 하고 자빠졌다.

일이 이렇게 된 이상 기사 하나 내린다고 수습될 일이 아니게 되고 말았다.

서울이 어중간한 대도시였다면 별일 없이 끝날 일이었다.

그러나 지금의 서울은 온갖 종족이 뒤엉켜 사는 세계 최대의 대도시였다.

이러한 서울에서 벌어지는 사건은 지구상의 모든 인류는 물론이고 성좌들의 시선까지 끌어모으는 위력이 있었다.

어젯밤 서울에서 일어난 일은 지금쯤 전세계의 뉴스 헤드라인을 차지할 게 분명했다.

게다가 다른 지역 기자 놈들이라고 뭐 다르겠는가?

자극적인 종족 차별 뉴스에 관심이 블랙홀처럼 쏟아질 게 분명했다.

그리고 사태가 이렇게 번지면 가장 머리가 아파질 인간이 누구겠는가?

바로 인류 연방 회장인 김명멸이었다.

이유?

힘은 자연재해 수준인데 인격은 인류 평균 수준인 성좌들이 난리 칠 게 뻔하지 않은가?

"오크가 집단 폭행당했다는 게 사실인가?"

[위대한 오크 투사]처럼 말이다.

"일단 진정하시죠, 성좌님."

"이게 진정할 일인가? 어? 이게 진정할 일이냐고!"

"그, 저희가 진위를 파악 중입니다."

"진위? 진실은 하나다! 내 아들이 맞고 다니다니!"

"어… 아드님이시라는 말씀은 못 들어봤습니다만……."

"모든 오크는 내 아들이다!"

김명멸의 멱살을 틀어잡은 [위대한 오크 투사]는 지금이라도 당장 주먹을 휘두를 것만 같았다.

성질 같아선 벌써 휘둘러야만 했지만, [인류의 챔피언] 이철호의 일을 아직 완전히 잊지는 않은 모양이었다.

그렇든 말든 상대하는 김명멸의 입장에선 고역일 뿐이었지만.

'이래서 싫었는데.'

멱살을 잡힌 채, 김명멸은 속으로 생각했다.

'역시 그날 그때 그냥 은퇴했어야 했는데, 내가 뭐 얻어먹을 게 있다고 이런…….'

괜히 다시 권력을 잡았던 계기가 된 22년 전의 그날을 떠올리는 김명멸의 눈가에 눈물이 한 방울 흐르고 말았다.

"어우, 우냐? 하긴 네 잘못은 아니지……?"

그러자 [위대한 오크 투사]는 마음이 약해진 듯 슬그머니 멱살을 놓았다.

그게 김명멸을 더욱 비참하게 만든다는 걸 성좌께서 아실 리가 없었다.

그렇다고 이것이 상황 종료를 뜻하는 건 아니었다.

"우리 애들이 차별받았다던데?!"

"해명해! 해명하라고!"

[고대 엘프 사냥꾼]과 [고대 드워프 광부]가 나타났다!

김명멸은 '도망친다' 를 고르고 싶었다.

하지만 도망칠 수 없는 전투였다.

    *   *   *

다음 날, 성좌들이 [끌어내려져 존경받는 왕]의 회의실에 모여들었다.

성좌 회의.

지구의 성좌들이 모여 대소사를 결정하는 중요한 자리다.

따라서 지구의 모든 성좌가 성좌 회의에 참석했다.

단, 딱 한 명이 빠졌다.

[모험가의 챔피언], 이제운이었다.

사실 여기 있는 성좌 중 상당수가 그의 부재를 반겼다.

일단 그를 성좌 회의로 부르긴 했지만, 거절했으면 했고 실제로 거절해서 다행이라고 여겼다.

왜냐하면 의제가 의제였기 때문이다.

"이런 일로 회의를 소집하게 되어 참으로 유감스럽게 생각한다."

[끌어내려져 존경받는 왕]이 매우 침울한 목소리로 첫 발언을 했다.

"성좌란 것들이 고작 인간 기자한테 속아서 인류 연방 회장

의 멱살을 잡아 대다니, 이거 너무 쪽팔려서 회의록을 남겨야
할지 말아야 할지도 고민되는 수준이야."

[왕]의 말에, 그 어떤 성좌도 대꾸하지 못했다.

"정말 그렇습니다."

한 명만 제외하곤.

그 한 명이 [아름다운 로맨스]가 아니었다면 [왕]께서 기뻐하
셨으리라.

하지만 [아름다운 로맨스]였다.

애초에 그녀가 파파라치를 달고 이제운의 신전에 가지 않았
더라면 이런 일이 벌어지지는 않았으리라.

그리고 그 사실을 모르는 성좌는 이 자리에 없었다.

"너는 좀… 닥쳐!"

[평화 수호자]가 이를 꽉 문 채 말했다.

사실 [평화 수호자]도 할 말 없는 게 정상이었다.

그도 아바타를 만들어 인류와 결혼하고 이혼하길 반복해
인류 연맹 소속 기자들에게 가십거릴 많이 던져 준 탓에 성좌
의 위신을 손상시켰다는 뒷말이 나오고 있으니 말이다.

하지만 그는 [아름다운 로맨스]에게 청혼했다 차인 뒤로 그
녀에게 유감이 많았다.

"아, 좀 찰 수도 있지. 되게 오래 질질 끄네. 낼 모레면 30년
되는 거 알아?"

그리고 당연하다면 당연하지만 [아름다운 로맨스]도 그 사실
을 제대로 파악하고 있었다.

싸울 일이 생길 때마다 도발 문구로 쓸 정도로 말이다.

뿌드드득.

[평화 수호자]의 아바타 입에서 이가 물리적으로 갈리는 소리가 날 무렵.

"그만!"

쿵!

[끌어내려져 존경받는 왕]이 테이블을 주먹으로 내리쳤다.

자기 인류가 없음에도 [왕]이 위엄을 지킬 수 있는 건 사실 아들딸들 덕이긴 했다.

[평화 수호자], [아름다운 로맨스]의 아버지이자 [말과 돌고래 애호가]의 형이라 받는 신앙이 만만치 않은 덕이다.

그리고 성좌들의 [왕]이기에 인류 연합 전체에서 또 따로 받는 신앙이 있었다.

티끌 모아 태산이라는 말은 이럴 때 쓰기에 좀 적합하지 않았다.

왜냐하면 모이는 게 티끌도 아닐뿐더러, 모인 결과물도 태산이 아니었기 때문이었다.

그나마 간신히 왕 노릇을 할 정도라 할 수 있으리라.

적어도 [왕] 본인이 여기기에는 그랬다.

실로 다행인 일이긴 했다.

저 망나니 아들딸이 힘없는 아비의 말을 들을 가능성은 0에 수렴하기 때문이다.

반대로 말하면, 힘이 있는 [왕]의 말은 듣는다는 의미이기도 했다.

조용해진 두 남매를 바라보며 한숨을 삼킨 [왕]은 회의를 진행하기 위해 손을 내저었다.

"이번 일을 조용히 정리하려면 어째야 할지 말씀들 해 보시게."

이번엔 침묵이 꽤 길게 이어졌다.

분위기를 파악한 [아름다운 로맨스]가 나서지 않은 덕이라 할 수 있겠다.

"다 죽이면 되지 않습니까?"

무거운 침묵을 깬 건 또 또라이였다.

[위대한 오크 투사].

"누구를?"

[왕]이 물었다.

"기자들 말입니다."

[투사]가 대답했다.

"…조용히 정리할 방법을 말한 거네만."

"죽이면 조용해지지 않겠습니까?"

[왕]은 지끈거리는 관자놀이를 엄지로 꾹꾹 눌러댔지만, 그런다고 한 번 생긴 두통이 가라앉진 않았다.

애초에 이 성좌 회의가 열린 원인을 제공한 게 [위대한 오크 투사]이건만, 그리 반성하는 기색이 보이지 않았다.

오히려 수치스럽고 분노하는 듯 얼굴을 벌겋게 하고 있으니 [왕]으로선 어이가 없을 따름이었다.

게다가 이런 소릴 외치는 게 [투사] 하나가 아니었다.

"죽이진 않더라도 기자들을 어떻게 할 방법이 필요하긴 합니다!"

"맞습니다! 조용히 데려가서 고문이라도 해야 합니다!"

안 그럴 것 같아 보였던 [고대 엘프 사냥꾼]과 [고대 드워프 광부]도 미친 소릴 내뱉었다.

그만큼 인류 연방 기자들의 선동성 기사에 속은 게 분한 모양이었다.

기자들이 때때로 관심을 끌기 위해 거짓 기사를 쓴다는 걸 모르는 성좌는 없었다.

하지만 그게 자기 일이 되기 전까지는 심각성을 몰랐으리라.

그러다 이번에 자기 종족이 엮이는 바람에 망신까지 당하게 되다 보니 기자에 대한 분노가 극에 달한 모양이었다.

안 그러던 성좌도 이성을 잃을 정도로 말이다.

"두 분께선 조금 흥분하신 것 같군요."

그때 [세 번 위대한 이]가 끼어들어 중재했다.

[사냥꾼]과 [광부] 모두 [왕]의 직속이 아니라 쏘아붙이기 애매한 것을 [세 번 위대한 이]가 잘 가라앉혀 주었다.

[왕]은 시선으로 감사를 표했다.

[세 번 위대한 이]는 목례로 그 감사에 답하고는 다시 입을 열었다.

"기자들을 어떻게 해야 한다는 건 저도 공감하는 바입니다. 다만 해당 기자들을 조용히 벌한다면 다른 기자들이 똑같이 나설 겁니다. 그들은 그런 족속이니까요."

[세 번 위대한 이]는 기자들이 다 그런 건 아닙니다만, 같은 말을 덧붙이지는 않았다.

지금 중요한 건 진실 같은 게 아니었기 때문이다.

흥분한 성좌들에게서 저놈들 편드냐는 소리가 나오기 시작하면 골치 아파진다.

"게다가 명분 없이 죽였다가 [인류의 챔피언]이 다시 오면? 어떻게 할 겁니까?"

성좌들의 흥분이 싸악 식는 게 소리로 들리는 것만 같았다.

특히 [평화 수호자]의 표정 변화가 볼 만했다.

지금으로부터 22년 전, 모두가 [인류의 챔피언]이 지구를 잊었다고 생각했을 때.

[피투성이 피바라기]였던 마르스가 모험가 인류의 턱 밑에 칼을 들이대었을 때.

[인류의 챔피언], 이철호가 갑자기 재림했다.

그리고 그날 일어난 일을 여기 있는 모든 성좌가 목도했다.

한 번 일어난 일이 두 번 일어나지 않으랴?

여기 있는 그 누구도 마르스 같은 꼴이 되길 원하지 않았다.

"이미 말씀드렸다시피 이번 일은 조용히 처리하면 안 됩니다. 그렇다고 대놓고 처형해서도 안 되고요. 어디까지나 명분으로, 공명정대하게 처리해야 합니다."

기자들에게 벌을 내리되, 누구라도 그 벌이 합당하도록 느낄 수 있도록.

"…그러려면 어떻게 해야 합니까?"

아까부터 주먹을 꽉 쥐고 부들부들 떨고만 있던 [위대한 오크 투사]가 억눌린 목소리로 입을 열었다.

사실 [투사] 성좌는 여기에서 직접적으로 친한 성좌가 없었다.

그런데도 자기가 가장 먼저 인류 연맹에 달려가 회장 멱살을 잡은 걸로 성좌 회의까지 열리게 했으니, 꼴이 말이 아니라고 생각하고 있었다.

아무리 그 뒤를 이어 [사냥꾼]과 [광부]가 나타났다지만 이미 상한 체면은 되돌릴 수 없었다.

이미 벌어진 일, 봉합이라도 잘하고 싶었다.

이런 상황에서 [세 번 위대한 이]가 방법을 아는 것처럼 말하고 있으니 관심이 쏠렸다.

"공개적으로 성토해야겠지요."

그런데 그 입에서 나온 말은 기대했던 것과는 달랐다.

[투사]가 직접 기자들을 말로 공박하는 것 자체가 그로선 체신이 상하는 일이라 여겼기 때문이다.

[투사]가 실망하려던 찰나, 이야기는 계속해서 이어졌다.

"직접 피해를 입으신 성좌들께서 성토하면 모양이 이상해질 수 있으니, 이번에는 성좌 회의에서 나서는 것이 좋을 것 같습니다."

[투사]의 눈에서 눈빛이 돌아왔다.

이거라면 더 체면 상할 일도 없고 속도 좀 풀릴 것 같았다.

일을 저지른 기자 놈들을 살려두는 건 아쉽지만, 그래도 아무 일도 없었던 것처럼 넘어가는 것보다야 백 번 나을 것이다.

만약 그냥 넘어갔다면 속이 꼬여 죽어 버렸을 테니 말이다.

"찬성합니다."

"찬성하겠습니다."

"저도 찬성하겠어요."

[투사], [광부], [사냥꾼] 순으로 줄줄이 손을 들었다.

"아니, 내 일도 아닌데 왜 내가 체면을 상해야… 읍! 읍!"

[아름다운 로맨스]가 반대하려고 목소리를 높이려 들었지만, [평화 수호자]가 그 입을 손으로 막아 버렸다.

딱히 생각하고 한 일이 아니라 그냥 시끄러워서 막은 것뿐일 테지만, 그래도 [왕]은 오랜만에 아들의 행동이 기꺼웠다.

"찬성하겠습니다."

"찬성하오."

[태생부터 강한 자]와 [말과 돌고래 애호가]까지 찬성했다.

이번 일에 직접적으로 나서지 않아 체면 상하는 일은 막았으나, 이 두 성좌도 내심 이번 일로 기자들을 괘씸하게 여기는 건 마찬가지였다.

하마터면 위신에 큰 손상을 입을 뻔하지 않았던가.

따라서 찬성 의견이 과반수를 넘어, 이 안건은 정식으로 통과되었다.

그렇게 성좌 회의를 마친 후, 돌아가려는 [아름다운 로맨스]를 [끌어내려져 존경받는 왕]이 붙잡았다.

"아, 그리고 베누스. 이건 회의랑 상관없이 아버지로서 명령이다. 넌 당분간 근신해라."

"왜, 왜요?"

"몰라서 묻는 거라면 알게 해 주겠다."

"…자숙하겠습니다."

*　　　　*　　　　*

— 성좌 회의, '가짜 뉴스를 내면 죽여 버리겠다!?' 논란

— 언로를 막는 성좌 회의의 행보, 올바른가?

언론사와 기자들이야 사설을 내며 발악했으나, 일이 이렇게까지 커진 이상 상황을 뒤엎을 수는 없었다.

"이게 맞지."

"기자들 잘못이지."

술집에서 싸웠던 사람들도 태연히 기자들 탓을 했다.

사실 기자들 탓이 맞기도 했으므로 그리 뻔뻔하다곤 볼 수 없는 태도였다.

"애초에 기사를 안 썼으면 일이 이렇게 커지지 않았을 거 아냐?"

물론 이런 반응은 좀 뻔뻔하긴 했지만.

"애초에 니가 안 싸웠으면……."

옆에 앉은 사람이 타박하자, 지적받은 양반의 얼굴이 벌개졌다.

"아니, 뭐? 먼저 주먹 내민 건 그 오크 새끼잖아!"

"야, 야. 오크 새끼라고 하지 말자. 또 기사 나고 싶어?"

가짜 뉴스가 진짜 뉴스로 탈바꿈할 뻔했던 사태에, 다른 사람이 기겁해 달려들어 취객의 입을 막아버렸다.

그때였다.

술집의 문이 열리며, 어깨 떡 벌어진 오크 사내가 들어온 건.

"읍! 으읍—!"

옆 사람에 의해 입이 막힌 붉은 사내가 뭐라고 소리 질렀다.

오크의 얼굴을 알아본 탓이었다.

그 오크 사내는 그날, 이 자리에서 싸웠던 그 자였다.

얼굴을 콱 찌푸리며 테이블로 다가온 오크 사내는 조용해져 그를 바라보던 모험가 인류 취객들에게 고개를 팍 숙였다.

"미안하오. 내가 그날… [매료]에 걸린 상태여서."

사과할 거라고는 생각하지 못한 탓인지, 잔뜩 긴장했던 취객들의 반응은 다소 늦었다.

"아."

"[매료]."

"그럼 어쩔 수 없지."

[아름다운 로맨스]의 [매료] 능력은 유명했다.

그야 그렇게나 홀리고 다니면 유명할 수밖에 없었다.

"그, 일단. 큼! 한잔 하소. 아저씨! 여기 조끼 하나 더!"

제일 날뛰던 붉은 취객이 나서서 오크 사내를 위한 술을 시켜주었다.

"아니, 아니. 안 그래도 되는데……."

"마시고 풀어야지. 앉으소, 앉아!"

취객들은 이미 친한 친구처럼 오크 사내의 어깨를 두드리며 자리에 앉히고 술잔을 들렸다.

"그래, 뭐 성좌님의 [매료]인데 어쩌겠어. 당해야지."

"나도 당하고 싶다."

"야."

그 와중에 취객답게 선 넘은 발언이 나오긴 했지만, 술자리답게 그리 문제가 되진 않았다.

"그래서, 어떠셨어."

"그게 말이오··· 으흐흐!"

"와, 떠올리기만 해도 좋은가 보네."

처음 본 사람도 십년지기처럼 만드는 음담패설, 그것도 높디 높으신 성좌님의 뒷담화라는 자극적인 소재가 모든 것을 묻어 버렸기 때문이었다.

그날 밤, 그 술집의 주인공은 틀림없이 오크 사내였다.

*   *   *

복잡하게 풀릴 수도 있었던 일이 이렇게 원만하게 마무리되는 듯했다.

"···나 때문인가?"

이제운만 빼고.

사실 이제운도 성좌 회의에 초대받은 바 있었다.

근래 일어난 일 때문에 마음에 상처를 입어 추스를 시간이 필요하다는 명목으로 초대를 거절했지만, 사실은 그냥 귀찮아서 안 간 거였다.

그래서 이제운은 몰랐다.

'내가 괜히 마음의 상처니, 뭐니 그런 소릴 해서 다른 성좌님들이 기자들을······.'

그런 건 없었다는 사실을 말이다.

설마 성좌들이 자기들 분노를 못 이겨 기자들을 납치해서 쓱싹하자는 이야기를 꺼냈다는 걸 그 자리에 없었던 이제운이 알아차릴 리 만무했다.

이런 상상의 나래를 펼 수 있던 건 그래서였다.

"뭐, 기자들이 잘못하긴 했지."

그렇다고 이제운이 기자들에게 죄책감을 품고 있거나 그렇진 않았다.

성좌님들에게 무슨 피해가 갈지 걱정인 거였다.

어쨌든 성좌를 향한 신앙이 성좌의 힘으로 치환되는 만큼, 성좌에 대한 여론이 나빠지는 건 성좌들에게 별로 좋은 일은 아니었다.

"쯧!"

이제운은 혀를 차며 성좌들을 성토하는 기사가 실린 신문을 구겨 버렸다.

이미 벌어진 일, 어쩌겠는가?

그저 여론이 심각하게 나빠지지 않기만을 바랄 뿐이다.

"그런데 진짜 [아름다운 로맨스]님이랑 아무 일도 없었던 건가요?"

그때, 곁에 있던 이하나가 넌지시 물었다.

"아, 아무 일도 없었다니까… 요."

요 며칠간, 이하나는 이제운에게 끈질기게 같은 질문을 던지고 있었다.

그리고 이제운도 끈질기게 대답하고 있었고.

겉으로는 신경질 난 척을 하고 있었지만, 이제운은 이하나의 그런 태도가 기분 나쁘지 않았다.

이제운의 대답을 받곤 안도하는 이하나의 모습이 미처 감춰지지 않았기 때문이었다.

'···혹시 나를 좋아하나?'

이런 생각에 가슴이 두근두근하는 게, 오히려 좋았다.

이제운, 22세.

성인이었다.

＊　　　　＊　　　　＊

유상태는 자신이 행복하다고 생각했다.

지금으로부터 22년 전, 늙어 죽기 직전에 이철호로부터 [노화] 상태 이상을 제거 받았다.

몸 상태만 보자면 미궁에서 이리 구르고 저리 구를 시기보다도 너 젊어진 셈이었다.

22년이 지난 이후에도 여전히 미궁에서 구를 때보다 젊은 느낌이었다.

이미 충분히 올려 둔 [체력] 능력치 때문이리라.

그뿐인가?

절반 이상 날아갔었던 머리카락도 복구됐다.

이 또한 이철호로부터 [탈모] 상태 이상 제거를 받은 덕이다.

다시 나이를 먹으면 빠지지 않을까 하는 노이로제는 잊은 지 오래다.

그야 22년이나 지났는데도 여전하면 이건 이제 안 빠진다는 소리지.

마지막으로, 이건 정말 사소하지만 미궁에 들어와서 받은 고유 능력인 [검마]가 초래하는 정신 이상도 치유 받았다.

이제 칼 쓰고 난 뒤에 부작용 때문에 데굴데굴 구르며 [검성]을 부러워하지 않아도 된다.

뭐, 이 평화로운 세상에서 칼 쓸 일이 얼마나 있겠냐만.

앓던 이를 뺀 기분이 22년을 가니 스스로 생각하기에도 신기할 지경이다.

그만큼이나 [검마]의 상태 이상이 골치 앞았던 탓이다.

"이게 다 이철호 님 덕이지."

유상태는 고개를 끄덕거렸다.

"이건 내가 잘한 거고."

유상태는 그간 벌어들인 돈의 태반을 소모해 서울 한강변에 큼지막한 저택을 한 채 세웠다.

아무리 그래도 금싸라기 땅인 스테이터스 타워 주변보다야 못하지만, 이 정도면 서울에서 손가락 꼽을 정도의 호화주택이라 할 만했다.

명절날이 되면 그 저택에 아이들이 인사하러 온다.

"아버지! 저 왔습니다!"

직계 아들부터 시작해서.

"할아부지!"

"아이고, 우리 고손녀 왔구나!"

고손녀까지.

아래로 다섯 세대나 되는 유상태의 친족은 그 숫자만 백 명을 가볍게 넘기니, 그야말로 대가문이라 일컬을 만하다.

좌르륵 늘어선 아이들이 세대마다 줄 맞춰 서서 차례차례 세배하는 장면은 그야말로 장관이었다.

"이게 인생이지."

애들마다 봉투 하나씩 찔러 주고 덕담 한마디씩 건네면 오늘의 일정도 끝이다.

잠시 후면 거미 새끼 흩어지듯 싹 흩어질 걸 생각하니 마음이 스산해지긴 하지만, 원래 다 이런 것 아니겠는가.

유상태는 지금을 행복해하기로 했다.

그래, 그는 지금 행복했다.

"아, 할배 언제 죽어요!"

고손자 중 한 놈이 이렇게 말하기 전까지는.

유상태는 고놈이 지 할배더러 하는 말인 줄 알았다.

"빨리 죽어서 이 저택 저 물려줘야 할 거 아니에요!"

하지만 아니었다.

저택 이야기까지 나온 거 보면 확실했다.

아니, 그보다 고놈이 그를 똑바로 바라보고 있었다.

눈이 마주치고 있었다!

그런데 고놈 애비, 할애비, 그 위의 증조할애비까지.

애를 말리는 놈이 하나 없었다.

잘 보니 고놈이 장손이다.

진짜로 자신이 죽으면 이 저택을 물려받을 놈이란 뜻이다.

물론 그렇게 되려면 증조할애비 죽고 할애비 죽고 애비까지 죽어야 하겠지만, 어쨌든 상속권이 있는 건 사실이었다.

"애야."

장손의 악담을 말리지 않는 맏아들의 어깨를 붙잡아 앉히며, 유상태는 싱긋 웃었다.

아까 고놈한테 상속권이 있다고 말했지만……

"네놈의 상속권을 박탈하마."

이젠 아니다.

                    *   *   *

유상태는 자신이 불행하다고 생각했다.

100살이 넘어서도 젊고, 머리도 새카맣고, 숱도 많았지만……

"아이고……"

이리저리 칼자국이 어지럽게 난, 어제까지는 저택이었던 것의 흔적을 바라보며 유상태는 실소했다.

[검마]의 정신 이상 때문이 아니다.

애초에 그건 이미 치유 받았으니.

그러니 이건 맨정신으로 행한 흉사였다.

본인도 이런 일을 벌였던 자신이 제정신이었지는 다소 의문스러울 정도였으나, 좌우지간 그러했다.

"신이시여! 이것이 제 오만의 대가입니까?"

유상태는 탄식했다.

명절날에 애들 온 거 보고 "이건 내가 잘한 거지." 라고 중얼거린 게 묘하게 기억에 남았다.

그런 말을 하자마자 저택과 자식놈들이 흩어진 걸 보면 누구라도 같은 생각을 하리라.

"오오, 신이시여!"

유상태는 몇 차례 더 외쳤지만, 신은 응답하지 않았다.

참고로 여기서 신은 이철호를 뜻한다.

그는 부들부들 떨었다.

"명멸이가 부를 땐 바로 오시더니!"

본인도 알고는 있었다.

김명멸이 신을 부를 땐 모험가 인류 종족의 위기였다는 걸.

하지만 지금은…….

"아니, 이것도 [인류의 챔피언] 덕이지."

만약 [검마]의 부작용이 그대로 남아 있었더라면 자식놈들을 모조리 도륙 냈겠지.

22년 전에 그 부작용을 제거한 덕택에 존속 살해범으로 끌려가지 않을 수 있었다.

"신이시여. 이 빌어먹을 종자는 아직도 감사의 마음을 모르는군요."

유상태는 긴 한숨을 내쉬었다.

저택은 다시 지으면 된다.

애들이야 다시 부르면 되고.

이번엔 그냥 기강 잡았다고 생각하면 된다.

그럼에도 영 속이 불편하고 스산한 건 왜일까.

"하아……."

유상태는 저택이 내려다보이는 언덕배기에 주저앉아 다시금 긴 한숨을 내쉬었다.

"아니, 형님!"

그때, 누군가가 그를 불렀다.

김명멸이었다.

나이 먹을 대로 먹어놓고도 백 년 전과 똑같은 모습인 아우는 요즘 사서 고생이었다.

일전엔 성좌들에게 멱살까지 잡혔다던가.

"이게 무슨 일입니까!?"

그런데도 자기 힘들 때는 조용하더니, 형 마음이 힘들 때는 이렇게 찾아와 주다니.

"…명멸아."

어째선지 웃음이 났다.

스산했던 가슴이 다시 덥혀지는 것 같았다.

"그렇게 됐다."

뭔가 길게 말하기 좀 그랬다.

사실 긴 말이 필요하지도 않았다.

상대는 인류 연맹의 회장.

그 정도 정보력이야 있을 테니까.

"…오랜만에 술이나 한잔하러 가시죠."

과연, 김명멸은 길게 묻지 않고 술잔 들어 올리는 시늉을 해 보였다.

"…그래."

유상태도 픽 웃었다.

[검성]과 [검마]가 오랜만에 어깨를 나란히 했다.

*   *   *

이수아의 저택에 오랜만에 김이선이 방문했다.

"아니, 어쩐 일이야?"

"외고손녀딸의 결혼을 축하하러요."

뜬금없는 발언에 이수아가 고개를 갸웃거렸다.

"?"

"?"

이수아의 반응에 김이선도 고개를 갸웃거렸다.

"아."

무언가를 갑자기 깨닫기라도 하듯, 김이선이 손뼉을 쳤다.

"제가 너무 빨리 왔군요."

"음, 대충 알았어."

이수아가 고개를 끄덕였다.

"[예지] 했구나?"

김이선의 고유 능력인 [예지]는 좋은 능력이지만 단점 또한
명확했다.

[예지]의 시점을 알 수 없다는 것이 그것이었다.

오늘처럼 [예지]와 기억을 혼동하는 건 자주 있는 일은 아니
었지만, 그렇다고 아주 없는 일도 아니었다.

"네."

김이선이 고개를 끄덕였다.

둘은 서로를 마주 보며 고개를 끄덕였다.

가만히 놔두면 하루종일 그러고 있을 것 같았다.

"그래서 내 손녀딸 사위가 누구야?"

"알고 계신 거 아니었어요?"

"반신반의."

"아아."

김이선은 고개를 끄덕였다.

이수아는 그만하라고 하지 않았다.

그래 봤자 아무 의미 없음을 경험으로 알고 있었기 때문이었다.

"[모험가의 챔피언]님이요."

"역시 그렇게 되는구나."

이수아는 고개를 끄덕거렸다.

옆을 보니 김이선도 고개를 끄덕거리고 있었다.

"그런데 언제?"

"그것까진 제가 모르죠."

애초에 김이선은 이미 이제운과 이하나가 결혼한 줄 알고 축하해 주러 온 거였다.

그 정확한 시점을 알 리 만무했다.

"그건 그렇네."

그 사실을 뒤늦게 깨달은 이수아가 고개를 끄덕였다.

"그래서 요즘 어때?"

"늘 같죠, 뭐."

두 사람은 아무 일도 없었다는 듯 수다를 떨기 시작했다.

시간 가는 줄 모르고 쌓은 이야기를 나누다 보니, 어느새 해가 저물어가고 있었다.

그렇다고 이대로 김이선을 집에 보낼 이수아가 아니었다.

별로 허리가 아프지도 않으면서 끙차, 하는 소리와 함께 일어난 이수아는 스트레칭으로 허리를 풀며 제안했다.

"저녁은 어떻게, 먹고 갈래?"

그런데 김이선으로부터 의외의 대꾸가 돌아왔다.

"저녁 약속, 있는 거 아니었어요?"

"엥? 약속?"

"…아, 제가 또."

"아, 또 [예지]?"

두 여성이 또 서로 마주보고 끄덕이고 있을 때쯤, 타이밍 좋게 전화벨이 울렸다.

발신자는 인류 연맹 회장, 김명멸이었다.

"예, 회장님."

[오랜만에 식사나 함께하는 거 어떻소?]

예상대로의, 아니. [예지]했던 제의였다.

"어머, 안 돼요. 외도라니."

이수아는 뻔뻔하게 말했다.

[…그런 농담 좀 하지 말고.]

이수아와 김명멸, 두 사람의 배우자는 모두 먼저 소천했다.

이철호가 지구에 오기 전에 수명을 다하고 말았다.

김이선과 유상태의 배우자들도 마찬가지였다.

당연하다면 당연한 일이긴 했다.

아무리 모험가 인류라 한들, 100살을 넘기기 어려운 게 보통이었다.

애초에 이 넷의 [체력] 능력치가 모험가 인류의 평균을 훌쩍넘은 데다, 타이밍 좋게 [노화] 상태 이상도 벗겨져 지나치게 오래 사는 거였으니 말이다.

[아, 말하는 걸 깜박했는데⋯ 여기 상태 형님도 함께요.]

"공교롭게도 저도 이선이랑 같이 있네요."

그렇게 말하며, 이수아는 휴대폰을 스피커 모드로 돌렸다.

"안녕하세요, 회장님."

[오, 오랜만이네. 그럼 잘됐네. 함께 오겠소?]

"이선이가 이 저녁 약속 잡힐 걸 미리 알고 있더군요."

[온다는 뜻이겠지?]

이수아는 김이선에게 시선을 던졌다.

김이선도 고개를 끄덕였다.

"그렇게 될 거 같네요."

[오랜만에 넷이 모이겠군.]

"사실 모이려면 언제든 모일 수 있었는데 말이죠."

그냥 모여도 될 텐데, 나이를 먹고 나니 따로 계기가 없으면
모이자는 이야기가 좀처럼 나오지 않았다.

[앞으로는 자주 모이자고.]

"모여서 말씀하시죠."

[그건 또 그러네. 그래, 그럼⋯⋯.]

시간과 장소를 정하고, 이수아와 김이선은 함께 일어났다.

약속 장소로 향하는 두 사람의 발걸음은 가벼웠다.

*　　　　　*　　　　　*

낯선 천장이다.

"헉!"

김명멸은 눈을 뜨자마자 주변을 두리번거렸다.

"으, 여… 여긴? 호텔인가……?"

편두통이 심했다.

숙취였다.

[체력] 능력치가 높은 1세대 모험가를 취하게 만들 술은 그리 많지 않으나, 반대로 말하면 존재는 한다.

천금급까지 갈 것도 없이, 황금급 술이면 충분하다.

많이 마시면 되니까.

황금급은 주조 기술의 기능장이 빚은 술이니만큼 비싸지만, 그들 넷 중 술값 아까워서 못 내는 사람은 없었다.

"넷… 넷?!"

그러고 보니 어젯밤에 유상태를 불러서 함께 마신 기억이 난다.

추억 이야기를 늘어놓는 도중에 이수아와 김이선 생각이 나서 도중에 불렀고…….

그 뒤에 함께 만나며 즐거운 시간을 보냈는데…….

"서, 설마!"

낯빛이 하얘진 김명멸은 놀라서 옆자리를 보았다.

침대 옆엔 아무도 없었고, 옆 침대에 유상태가 곤히 잠들어 있었다.

애초에 더블베드 방도 아닌 트윈 베드 방이었던 탓이다.

냉정을 되찾고 다시 잘 보니, 김명멸은 옷을 입은 채로 잠들어 있었다.

대체 어제 어떻게 호텔 방에 들어왔는지도 제대로 기억이 나진 않지만, 적어도 불상사가 생기지는 않은 모양이다.

'음……? 불상사? 무슨 불상사.'

설령 빅4 넷이서 한 방에서 알몸으로 잠들었어도 아무 일도 없었을 것이다.

함께 미궁을 통과해 온 그들은 전우를 넘어선 가족에 가까웠으니 말이다.

팀 내에서 커플이 나오지 않은 것도 그런 이유였다.

너무 가까운 사이라 두근거림이 느껴지지 않는다는 게 공통적인 감상이었다.

그래서 결국 넷은 각자 배우자를 구해 가정을 이뤘다.

그게 아마 대충 100년 전의 일이었다.

'그런가. 100년이 지났나.'

이수아와 김이선이랑 같이 술자리 좀 가졌다고 이런 생각까지 드는 걸 보니, 100년이라는 세월 동안 뭐가 달라지긴 달라진 모양이었다.

'달라지면 뭐 어쩌겠다는 거야? 이 나이에 무슨…….'

김명멸이 찬물 한 잔 마시고 정신을 차리고 있을 때쯤.

"헉!"

유상태가 눈을 떴다.

잠깐 멍하니 있다가 두리번거리는 게, 무슨 생각을 하는지 손에 잡힐 것 같았다.

"아무 일도 없었습니다, 형님."

"아, 그래. 그렇지. 난 또."

김명멸은 유상태랑 똑같이 반응했다는 걸 부정하고 싶었다.

그래서 그냥 부정하기로 했다.

목격자도 없는데, 뭘!

*　　　　　*　　　　　*

곧장 기억이 나진 않았지만, 잘 생각해 보니 그들은 이수아, 김이선과 같은 호텔에서 머문 터였다.

적당히 휴대폰으로 연락을 취한 그들은 시간 약속을 하고 호텔 식당으로 내려와 조식을 넷이서 함께 먹으며 적당히 환담을 나누었다.

이 넷이 다 모이는 건 오랜만이라 그런지 이야깃거리가 끊이질 않았다.

대충 미궁 32층에서의 추억담을 나누고 있을 때였다.

"좋아요, 받아들일게요."

갑자기 김이선이 이렇게 말했다.

"프러포즈."

김명멸을 똑바로 바라보며.

"어, 어? 내가 프러포즈를… 했던가?"

아침에 일어났을 땐 좀 당황해서 그랬지, 필름이 끊긴 건 아니었다.

마음을 가라앉히고 앞뒤를 맞춰 보니 기억이 다 났다.

결론적으로 어제저녁, 김이선에게 프러포즈를 한 기억은 없다.

하지만……

"아."

김명멸은 김이선의 고유 능력이 뭔지 안다.

미궁을 모험하며 그녀의 [예지]에 몇 번 도움을 받았는지 모른다.

그렇다 보니, 그는 [예지] 능력의 오작동에 대해서도 잘 안다.

"내가 가까운 시일 내에 네게 프러포즈하나 보군."

"…네."

김이선의 양 뺨이 붉게 물들었다.

보기 드문 표정이었다.

"좋아."

김명멸은 스스로가 놀라울 정도로 솔직하게 말했다.

"결혼하자."

"아."

김이선이 입을 크게 벌렸다.

그리고는 이렇게 말했다.

"지금이었네요."

그렇게 두 사람의 결혼이 결정되었다.

"으헤에, 이게 이렇게 되네."

"그러게."

물론 그 자리에는 이수아와 유상태도 있었으나, 두 사람은 다른 두 사람의 존재조차 잊은 듯했다.

*   *   *

며칠 후.

"할매!"

이하나가 후다닥 이수아의 저택으로 들어오며 할매부터 찾았다.

"할매라고 부르지 말라니까."

할매로부터 짜증스러운 대꾸가 돌아왔지만, 이하나는 상관하지 않았다.

"김명멸님과 김이선님께서 결혼하신다는 게 사실이에요?"

일이 일이었기 때문이다.

다섯 세대나 차이가 난다 한들, 모험가 1세대는 여전히 모험가 인류 모두에게 있어 선망의 대상이었다.

그중에서도 정점이 빅4였고 말이다.

그런데 빅4간의 성혼이라니, 모험가 인류로서 가슴이 웅장해지지 않을 도리가 없는 소식이었다.

흥분한 듯 가볍게 달아오른 이하나의 양뺨을 흘겨보며, 이수아는 뚱하니 말했다.

"그러는 너는 결혼 안 하니?"

이하나의 표정이 덜컥 굳었다.

"예, 예? 누, 누구랑요?"

이수아는 이마를 짝 소리 나게 쳤다.

"…됐다. 그렇게 빨리 결정될 거면 15년이나 질질 끌진 않았겠지."

"…누가 15년을 끌었어요……?"

이수아는 이하나를 흘겨보았다.

"너."

그러자 이하나는 삐치기라도 한 듯 뺨을 부풀리다, 문득 이런 질문을 던졌다.

"…할매는 유상태 아저씨랑 결혼 안 해요?"

아니, 질문이 아니라 망언이었다.

"누가 할매고 누가 아저씨야?!"

이수아는 어마어마하게 불쾌해했다.

아무리 외고손녀라도 이번엔 선을 넘어도 한참 넘었다.

"에, 에이. 할매~!"

이하나도 외고조할머니의 진노를 눈치챈 듯 재빨리 들러붙어 아양을 떨었다.

다 큰 손녀딸이라지만 손녀는 손녀라 그런가.

이수아는 마음이 풀리는 걸 느끼며 스스로도 어이없어했다.

만약 다른 사람 입에서 이런 망언이 나왔다면 '작은 거인'의 진면모를 목도하게 됐을 텐데 말이다.

"잔소리 말고 너도 빨리 결혼해."

"…그게 제 맘대로 되나요?"

"결혼하고는 싶은가 보구나."

대답 대신 얼굴이 새빨개졌다.

*   *   *

김명멸과 김이선의 결혼식에는 성좌들까지도 모두 참석했다.

인류 연방 회장의 결혼식이니 당연하다고 느껴질 수도 있겠지만, 실은 그리 당연한 일은 아니었다.

원래 인류 연방 수뇌부와 성좌들 사이는 그리 좋지만은 않았기 때문이다.

자기 종족의 편의를 더 봐 달라고 청탁에 협박에… 만약 이철호의 존재가 없었더라면 김명멸은 이미 몇 번쯤 암살당했을 수도 있겠다 싶었다.

실제로 백년 전, 김명멸의 첫 결혼식 때 성좌는 아무도 참석하지 않았었다.

그러나 이번엔 이야기가 달랐다.

거의 모든 성좌가 자기 챔피언을 보내 결혼식에 직접 참석하는 성의를 보였다.

이유는 간단했다.

"그땐 내가 미안했어. 아, 그리고 결혼 축하하네."

미안해서.

아무리 기자들에게 속은 탓이라 한들, 성좌들이 김명멸을 핍박한 건 사실이었다.

그 모든 것이 오해란 게 밝혀진 지금, 이 결혼식은 그래도 인류의 정점인 회장을 상대로 화의를 요청하는 좋은 명분으로 작용했다.

'아무리 그래도 그렇지, 결혼 축하를 먼저 해 주시면 안 될까요? [위대한 오크 투사님.'

"감사합니다."

김명멸은 당연히 진심을 말하지는 않았다.

생각은 숨기고 입으로는 다른 소리 하는 기술은 인류 연맹 회장으로서 반드시 갖춰야 했던 소양에 가까웠던 덕택이다.

속으로 생각하면서도 혹시 마음을 들여다볼까 싶어 경어까지 쓰는 치밀함이 없었더라면, 아마 그는 진작 회장 자리를 놓쳤으리라.

최근 들어 부쩍 회장 자리에 대한 회의감이 짙어지고 있긴 하지만, 잠깐 권력을 놓았을 때 무슨 일이 일어났는지 아직 기억에 선연해 쉬이 망집을 내려놓을 수 없었다.

'결혼식 때마저도 일 생각이라니, 나도 나군.'

김명멸은 쓴웃음을 삼키고 무해하게 웃었다.

"신랑이 보기 좋군. 마치 젊은이 같아."

"마치 젊은이 같단 말은 젊은이 아니란 소리 아닌가?"

"모험가 인류 나이로 100살을 넘겼는데 젊은이는 아니지."

성좌들은 속없는 소리만 줄줄 늘어놓기 바빴다.

아무 기대도 없었기 때문에 실망도 없었다.

"오, 성좌님."

"회장님, 결혼 축하드립니다."

이번에는 신전 밖으로 거의 나오지 않는 걸로 유명한 [모험가의 챔피언], 이제운조차도 이번 결혼식에만큼은 하객으로 참석했다.

"참석해주셔서 고마워요."

"아닙니다, 당연히 와야 하는 걸……."

"성좌님 결혼식에도 제가 꼭 참석하겠습니다."

"제, 제가 무슨 결혼, 을. 하, 하하."

툭툭 끊기는 말이 영 생각이 없어 보이진 않지만, 성좌 상대로 더 밀어붙이기도 뭐 했다.

더욱이 지금은 김명멸 자신의 결혼식 아닌가?

괜히 인류 연맹의 회장이 아닌 만큼, 아직 인사할 사람이 많았다.

주요 하객들과의 인사를 마치고, 본격적으로 결혼식이 시작되었다.

원래 식순은 결혼식이 먼저에 하객들에게 인사를 하는 건 나중이었지만 성좌들 때문에 순서를 바꾼 거였다.

이래저래 민폐란 생각이 안 들 수 없는 상황이지만, 김명멸은 철의 정신으로 잡념을 내쫓았다.

그나마 주례를 [끌어내려져 위대한 왕]이 맡아 준 것이 고마울 따름이다.

"신랑은 신부를 사랑하는가?"

김명멸은 진심을 담아 대답했다.

"예."

"신부는 신랑을 사랑하는가?"

"예."

의례적인 질문이 오가고, 김명멸은 키스를 위해 김이선의 얼굴을 가린 베일을 들어 올렸다.

'이상하다, 이선이가 이렇게 예뻤었나?'

김명멸은 새삼스럽게 얼굴을 붉혔다.

두 사람이 입을 맞추자 환호성이 터지고 축복의 박수가 울려 퍼졌다.

김이선은 부케를 하늘 높이 집어던졌다.

그 부케는 쟁탈전에서 빠져 가만히 앉아 있던 이하나의 무릎 위에 정확히 안착했다.

오늘 부부가 된 두 사람은 차를 타고 우주 왕복선 선착장으로 향했다.

신혼 여행지는 화성 개척지.

인류 연맹의 회장씩이나 되는 사람이 안심하고 탈 수 있을 정도로 안전한 우주선이라는 점을 이번 기회를 통해 홍보하자는 뜻이 담긴, 다분히 정치적인 결정이었다.

이제운이 축성한 그 우주 왕복선이 하늘로 날아올랐다.

전 세계의 모든 TV 전파가 그 광경을 중계하고 있었다.

그리고… 아무 사고도 없이, 안전하게 우주선은 신혼부부와 개척에 도전하는 모험가들을 화성으로 실어날랐다.

화려한 폭발 사고를 기대했던 극소수의 사람들은 실망했지만, 김명멸의 묘수는 이번에도 목적을 이룬 듯 보였다.

＊   ＊   ＊

"이 녀석, 일 처리가 왜 이렇게 어설퍼?"

화성 개척지를 향해 날아가는 우주 왕복선을 올려다보며, [인류의 챔피언] 이철호가 투덜거렸다.

본래 폭발 사고로 김명멸 혼자 살아남아야 할 우주선이었다.

그러나 사고 직후 김명멸의 간절한 기도에 이철호가 응해 나타나, [운명 조작★★★★★★]을 통해 없던 일로 되돌린 터였다.

사고 자체가 없던 일이 되어 버린 탓에 이철호는 전혀 신앙을 얻을 수 없었다.

장부상으로만 보자면 완전한 적자인 셈!

그럼에도 불구하고 이철호의 입에는 엷은 미소가 걸려 있었다.

별에 달하는 힘을 얻었음에도 아직 사람의 인격을 지닌 [인류의 챔피언]에게 있어, '자기 사람'을 살렸다는 것은 아직도 충분한 보답으로 느껴지는 탓일 터다.

"벌을 좀 줘야겠어."

그럼에도 불구하고 입으로는 고까운 말이 나가는 것은 우주 왕복선에 축성을 건 성좌가 그의 아들, 이제운인 것을 알고 있기 때문이다.

원래 우주선의 사고율은 1% 미만.

[모험가의 챔피언의 축성] 위기 회피율 보정은 +17%.

그런데도 [운명 조작★★★★★★] 전에 사고가 터진 것은 정비사들이 이제운의 축성을 믿고 제대로 일하지 않은 탓이었다.

축성으로 인해 위기 회피율의 보정은 정상적으로 적용됐지만, 사고가 날 가능성이 그보다 더 높았기 때문에 일어난 일이었다.

비록 없었던 일이 되긴 했지만, 만약 사고가 터진 채였다면 정비사들의 잘못임에도 이제운의 위신이 크게 추락했을 것이다.

축성을 받은 탈 것은 사고가 일어나지 않는다는 믿음이 깨진다면 신도들의 신앙에도 균열이 가는 건 당연한 귀결이니까.

그런 일을 미연에 방지하려면 [모험가의 챔피언]인 이제운이 평소부터 주의를 기울여야 했다.

자신이 축성을 해 주기 전에 그 물건이 제대로 만들어졌는지, 제대로 정비됐는지부터 확인했어야 했다.

터졌을 사고가 이제운의 잘못은 아니지만, 그의 책임인 이유가 그것이다.

"아이고, 아직 애잖아. 애라서 그런 걸 어쩌겠어?"

그러나 이제운의 어머니, [행운의 여신] 티케의 팔은 안으로 굽었다.

이철호는 손바닥으로 자기 이마를 탁 쳤다.

"티케, 제운이 올해로 스물둘이야. 어른이라고."

"성좌 나이 스물둘이면 갓난아기지! 이럴 줄 알았으면 미리 독립을 안 시키는 건데……!"

이게 또 그렇게 되나.

이철호는 다시금 손바닥으로 자기 이마를 탁 쳤다.

"그래, 알았어. 독립을 일찍 시킨 내 탓도 있으니 좋은 말로 타이르고 말지."

하지만 과연 좋은 말로 끝낼 수 있을까?

이철호는 그리 자신이 없었다.

*　　　　*　　　　*

이철호가 지구에 당도한 것은 별 먹는 별을 처단하고 채 며칠이 지나지 않았을 때의 일이었다.

그러나 그것은 이철호의 기준에서 볼 때 그런 것일 뿐.

지금 이철호가 와 있는 지구의 시점에서 보자면 이야기가 다르다.

지구인들이 보고 느끼기엔 그가 마지막으로 방문한 지 고작 22년밖에 지나지 않았다.

물론 이철호는 정체를 감춘 터라 그의 방문을 아는 자는 거의 없지만 말이다.

그로부터 직접 구원받은 김명멸조차도 시간이 되돌려지며 기억을 잃은 상태다.

즉, 현재 이철호는 '미관측' 상태였다.

똑같은 시간대에 다른 곳에서 관측당했다면, 두 이철호가 동시에 존재할 수 없기 때문에 어느 한쪽이 자릴 비워야 했다.

자그마치 1200년에 가까운 시간 동안 인류를 구해 온 이철호에게 자유 시간은 별로 없었다.

우주 온갖 곳에서 모습을 찬연히 드러낸 데다, 그 모습을 기록해 기념탑에까지 남긴 탓이다.

[운명 조작★★★★★★]을 쓰면 억지로 존재할 수 있겠지만, 본인에게 능력을 걸어야 하기 때문에 대가도 본인이 지불해야 한다.

게다가 체류 시간이 길어질수록 지불해야 하는 대가도 커지니, 이철호로서도 부담스럽지 않을 수 없다.

폭발하는 우주선에서 사람들을 화려하게 구출하지 않고, 그저 조용히 시간만 되돌려 구한 이유가 그것이었다.

결국 [운명 조작★★★★★★]을 쓰긴 썼으니, 손해를 본 건 매한가지였긴 했지만 말이다.

그나마 대가를 치르는 게 김명멸을 비롯한 우주선 승객들이니 다행이라 할 수 있을 것이다.

딱히 성좌의 힘도, 신앙도 벌리지 않는 방문임에도 [행운의 차원문★★★★★★]이 그를 지구에 데려다 놓은 이유는 무엇일까?

그것도 왜 하필 지금?

"적어도 [행운의 차원문★★★★★★]이 판단하기에, 이제 힘은 필요 없는 시대가 된 거지."

별 먹는 별을 처단한 후, 딱히 이렇다 할 강적이 나타나지 않고 있었다.

이철호의 힘은 지나치다는 말이 적절할 정도로 강력해졌고, 이 이상의 힘을 쌓는 것은 그에게는 그리 행운이 아니다.

오히려 힘이 아닌 다른 것, 그러니까 옛 인연을 지킬 수 있는 행운이 더 우선시 된 덕이리라.

시각을 달리해 보자면, 오히려 이번에야말로 [행운의 차원문★★★★★★]이 제대로 운용된 것이라고도 할 수 있겠다.

*　　　　　*　　　　　*

"뭐? 결혼?!"

티케의 목소리가 찢어졌다.

"안돼! 허락 못 해! 엄마는 이 결혼 허락 못 한다!!"

그건 마치 문명 멸망 전 아침 드라마에 나오는 악역 시어머니의 독기 어린 대사 같았다.

우리 마누라에게 이런 재능이 있었을 줄이야.

"브라보……."

나는 감동해서 손뼉마저 치고 말았다.

그러나 내 진심에서 우러난 순수한 손뼉의 어디가 마음에 안 들었는지, 티케가 세모눈을 뜨며 네게 타박했다.

"아니, 오빠! 반응이 왜 그래? 제운이 결혼한다잖아! 우리 허락도 없이!"

"걔도 이제 어른인데 우리 허락이 필요한가……?"

"오빠, 진심이야?"

"당연히 아니지. 제운이 이 녀석, 우리 허락도 안 받고 결혼하다니, 용서 못 해!"

비겁한 게 아니다.

나는 그저 가정의 평화를 바랐을 뿐이다.

평화, 좋지 않은가?

"개입해?"

"개입해!"

나는 [비밀 교환★★★★★]과 상의했다.

상의 결과, 지금 시간대에 개입하는 데에 드는 자원은 이 정도다.

"결제 부탁드립니다."

"히이익!"

이제운의 결혼에 반대하는 데 드는 비용을 알게 된 티케는 부들부들 떨다가 결국 이렇게 말했다.

"…일단 한 번 지켜보고 정 아니다 싶으면 개입하자."

"잘 생각했어."

원래 세상이라는 게 예산으로 돌아간다는 사실은 이미 알고 있었지만, 성좌가 되고 거의 별의 영역에 이르렀음에도 여전히 예산에 얽매인다는 것이 조금은 씁쓸…….

…하진 않고 차라리 이번엔 좀 다행이었다.

이 또한 평화를 위해서다.

평화!

*   *   *

자세히 알아보고 나니 이제운이 결혼한다는 소식은 뜬소문이었다.

문제는 이게 완전히 근거 없는 뜬소문은 아니라는 점이었다.

"서로 짝사랑을 15년을 했다네."

"……"

"이거 갈라놓을 수 있겠어?"

"……"

내 물음에 티케는 부들부들 떨었다.

부들부들 떨기만 했다.

"…내, 내 아들이 그래도 성좌인데……."

긴 부들거림 끝에 티케가 간신히 찾아낸 핑계는 이거였다.

뭐, 달리 없긴 했다.

며느리 후보가 꽤 참하긴 했거든.

17년이나 성녀(聖女)로서 이제운을 성실히 보좌해 왔고, 별다른 추문에 휩싸인 적도 없으며, 사생활도 깨끗하다.

집안도 모험가 1세대 빅4의 직계 자손으로 인류 기준으론 명문 중에 명문, 개인 자산은 많진 않아도 그건 그만큼 성녀 생활을 청렴하게 해 왔다는 의미밖에 되지 않는다.

나이는 좀 먹긴 했지만, 그 원인은 제운이한테 있는 거나 마찬가지다 보니 걸고 넘어지기 껄끄러운 면이 없지 않았다.

그래서 티케가 걸고 넘어진 게 인류 출신이다, 이거였다.

하지만 그 논리도 허점이 없지 않았다.

"그렇다고 지구 성좌 중에 적당한 상대가 있는 것도 아니잖아."

"……."

"아, [아름다운 로맨스]하고 염문설이……."

"안 돼!"

티케의 낯이 새하얗게 질렸다.

그치, 그럴 만한 상대지.

"그렇다고 다른 세계의 성좌와 맺어 줄 것도 아니고."

"그런 요괴들을 어떻게 내 아들한테 들이대!"

내가 다른 세계의 성좌들더러 요괴, 요괴하고 다니니 티케한테도 옮았나 보다.

조금 반성하게 되는걸.

"…직접 보자. 직접 보고 확인해야… 겠어."

티케의 반응을 보아하니 사실상 반쯤은 마음이 넘어온 것도 같다.

하긴 그럴 만도 하다.

비교 대상이 너무 시궁창이었지.

＊　　　　＊　　　　＊

"결혼을 허락해도 될 것 같아!"

티케는 손바닥을 뒤집었다.

보통 손바닥을 휙휙 뒤집으면 욕을 먹기 마련이지만, 티케에 한해서는 그런 일이 없다.

왜냐하면 이건 좋은 손바닥 뒤집기이기 때문이다.

손바닥 뒤집기에는 좋은 손바닥 뒤집기가 있고, 나쁜 손바닥 뒤집기가 있는데…….

그거야 뭐 여하튼.

"마음에 들었어!"

티케는 이하나가 마음에 든 모양이다.

사실 마음에 안 드는 게 더 이상하다.

모습을 숨긴 채 신전에 가서 제운이가 하는 양을 보니 어릴 때랑 똑같았다.

아니, 어릴 때가 없던 거나 마찬가지라 말이 좀 이상하긴 한데, 아무튼 기억하는 거랑 똑같았다.

성좌라서 잘 필요도 없으면서 밤마다 자고 아침 느지막하게 일어나서 뭐라도 챙겨 먹지도 않고 계속 침대 위에서 뒹굴거리다가 밤이 되면 다시 잔다.

이래도 되나?

이래도 되긴 한다.

성좌라서 안 먹어도 사니까.

하지만… 그래도…….

이건 좀 아니지 않나?

보고 있노라면 그런 생각이 안 들 수가 없는 주말이 끝나고 월요일이 되자 이하나가 출근한다.

그러자 그렇게 게을렀던 아들내미가 확 바뀌는 모습을 관측할 수 있게 되었다.

아침 일찍 일어나 세수하고 양치하고 머리를 매만지고 깨끗한 속옷으로 갈아입고 정복을 딱 갖춰 입은 아들 녀석은 이하나가 노크하자 제 딴에는 중후한 목소리로 이렇게 말을 하더라.

"들어오세요."

대체 무엇이 사람을 이렇게 바꾸어 놓는단 말인가.

호르몬인가?

그치만 얘 성좌인데?

아들이 바뀐 것도 바뀐 거지만, 새아가 후보인 이하나도 만만치 않다.

일단 일 처리가 완벽하다.

단순한 사무실 청소부터 서류 정리, 스케줄 관리에 이르기까지 흠잡을 구석이 전혀 없다.

게다가 그 일 처리에서 최우선 순위는 성좌, 그러니까 이제운이었다.

모든 것의 중심이 이제운이기라도 한 듯, 이제운이 편안히 보낼 수 있도록 갖은 노력을 아끼지 않는다.

이 정도면 사실상 이미 결혼한 것 아닐까?

사실을 따지자면 어지간히 연차가 쌓인 부부도 이렇게 안주인이 바깥사람을 챙기진 못할 거다.

이걸 15년이나 해 왔다니, 사람인가?

아니, 사랑이다.

"그런데… 얘네 결혼 언제 함?"

우리가 제운이와 하나를 살핀지 어느덧 반년이 지났다.

분명히 서로를 의식하고 있는 두 사람.

하지만 진전은 없다.

1mm도, 1nm도 없다.

바깥에선 이미 온갖 루머가 양산되어 사실상 서로 연인이며 부부라고 떠들어 대지만 그건 이 두 사람의 사무실 모습을 본 적이 없기 때문에 나오는 말일 거다.

남녀가 밀실에 둘이만 있는데, 어떻게 손가락 하나 안 스칠 수가 있지?

아니, 남녀가 아니더라도 마찬가지다.

사람이 부대끼다 보면 옷깃이라도 스칠 만한데, 이 둘은 철저한 사회적 거리 두기를 유지하고 있었다.

이렇다 보니 이 방 안에선 꽁냥의 ㄱ자조차 보이지 않는다.

오히려 나랑 티케가 꽁냥댄 빈도수가 더 많을 정도다.

"오빠……."

"웅……."

"우리 아들… 불능 아니지……?"

"확인해 봤어… [비밀 교환★★★★★]으로 다 확인해 봤어……."

"그런데 왜 저래?!"

그거야 나도 모르지!

*   *   *

우리가 이렇게 지구에 오래 체류할 수 있었던 것은 모습을 숨기고 아무 일에도 간섭하지 않은 미관측 상태를 유지했기에 가능한 일이었다.

다시 말하면, 간섭하면 불가능해진다.

잠깐이야 가능하지만, 길게는 무리다.

물론 [운명 조작★★★★★★]을 소모하면 또 가능해지기는 한다.

하지만 가급적이면 소모는 피하고 싶다.

그게 내가, 그리고 티케가 기존에 견지하고 있던 스탠스였다.

알다시피 '기존에'라는 말은 '지금'하고는 다르다는 의미이기도 했다.

"나 이대로 못 참아! 갑갑하고 답답해서 더 못 보고 있겠어!"

티케가 가슴을 고릴라처럼 두들기며 말했다.

아니, 비명을 질렀다는 표현이 더 어울릴지도 모르겠다.

"개입하는 것 자체는 반대 안 해. 그런데 어떻게 개입하지? 지금 수아도 저렇게 자기 손녀를 압박하는데 우리가 개입한다고 뭐가 바뀌겠어?"

내 말에 티케가 흠칫했다.

잠시 입을 다문 채 고민에 잠긴 티케는 어렵게 입을 열었다.

"그… 세뇌 같은 걸 끼었나?"

정답이다, [행운의 여신]!

"그러게, 차라리 세뇌라도 걸어 버리는 게 낫겠어."

"아니야, 농담이야! 농담! 농담이라고!"

지금이라도 당장 나서서 세뇌 능력을 걸 참이었건만, 티케는 나를 뜯어말렸다.

왜지? 본인이 먼저 말했으면서 왜 그러지?

"그, 그래! 일단 다음 주가 쟤 서른 생일이니 다음 주까지만 기다려 보자!"

이 말은 맞다.

아무리 제운이가 좀 무책임한 면이 있다고 한들, 자기 여자가 서른 찍어 가는데 청혼을 뒤로 미루지는 않겠지.

…그렇지?

믿는다!

*   *   *

믿는다는 말은 사실 잘 안 믿길 때 하는 말이다.

그렇다.

내 믿음은 보란듯이 배신당했다.

오늘 자정이 지나면 이하나가 서른이 되는 데도 우리 이제 운이는 반지 하나 제대로 마련하지 않았다.

못한 게 아니라 안 한 것이다.

지난 주말 동안 충분히 준비할 시간이 있었음에도 불구하고, 방구석을 긁어 대며 휴대폰이나 토도독 두들겨 대는 아들내미의 행실에 나도 티케도 질려 버린 터였다.

"역시 개입하는 것밖에 답이 없어 보이는군."

"…그래, 맞아. 이 정도면 개입말곤 남은 답이 없어."

티케도 드디어 아들에게 실망했는지 맥이 탁 풀린 표정으로 내 말에 동조했다.

"[인류의 챔피언], 개입한다!"

마침 [운명 조작★★★★★★] 없이도 개입할 수 있는 시간대이기에, 나는 곧장 모습을 드러내기로 했다.

그런데 내가 막 나서려고 한 그때였다.

"하나씨."

"네, 성좌님."

"내일, 시간 있어요?"

이하나의 동작이 터거덕 굳었다.

"내, 내, 내, 내일이요?"

아무리 그래도 너무 더듬는 거 아닌가?

"예, 내일."

"내일… 성좌님 스케줄 있으십니다."

쿠당탕!

나는 그 자리에서 나뒹굴었다.

나를 나뒹굴게 하다니!

내 [민첩]이 몇인데!

다행히 아직 내 모습을 드러내지 않은 채여서, 아들이나 며느리 후보에게 내 볼썽사나운 모습을 직관하지 않고 끝날 수 있었다.

"…그렇군요."

아들내미는 시무룩하니 쪼그라들었다.

그 모습을 보고서야 나는 눈치챘다.

아, 문제가 애한테만 있는 건 아니었구나.

이하나한테도 문제가 없는 건 아니었구나!

하긴 손바닥도 마주쳐야 소리가 나지!

"…개입한다."

"즉시 개입하도록."

티케가 딱딱하게 굳은 목소리로 대꾸해 주었다.

나는 모습을 드러냈다.

"아, 아버지?!"

"아버… 님?!"

아들과 며느리의 놀라는 정도는 달랐다.

아니, 그보다 신경 쓰이는 게 있었다.

"음? 아버님?"

"예, 예?"

"방금 아버님이라고 했나?"

"예… 에엣!?"

뒤늦게 자신의 실수를 깨달은 듯 목소리 끝이 확 올라갔지만, 아무 상관 없었다.

아니, 상관없지는 않았다.

"그렇다면 아가씨가 내 아들의……."

"꺄아아앗, 아니! 아직 아니에요!"

"아직? 아직 아니라니, 그럼……."

나는 고개를 갸웃거렸다.

"아, 아니! 그, 그게에……!"

이하나의 얼굴이 새빨갛게 물들었다.

이거 재밌네.

"아버지, 하나씨 그만 괴롭히십시오."

그때, 드디어 이제운이 개입했다.

너무 늦은 거 아니니, 아들아?

나는 시선을 이제운에게 돌렸다.

"제운아."

"예, 아버지."

무슨 말을 할지 잠깐 고민했지만, 시간도 아깝겠다 그냥 단도직입적으로 나가기로 했다.

"이 아가씨, 좋아하니?"

"그, 그게……."

이제운은 끝까지 말을 하지 못했다.

그저 얼굴이 벌개진 채 입을 다물 뿐.

그러니까… 결과적으로 두 사람 모두 벌게진 채 조용해지고 말았다.

그렇다, 아들뿐만 아니라 이하나 씨도.

아니! 왜 이렇게들 갑갑해!

말을 해, 말을!

"하……."

나는 긴 한숨을 내쉬며 마음을 가라앉혔다.

"제운아."

"…예, 아버지."

"하나 씨, 내일 생일이란다."

"…알고 있습니다, 아버지."

알고 있었냐?

"알, 알고 계셨어요?!"

이하나도 놀란 듯했다.

"나는 알고 싶은 건 대부분 알 수 있단다."

모르는 건 모르지만, 모른다는 걸 알게 된 순간 그것도 알게 된단다.

…이렇게 자세한 설명을 하지는 않았다.

"아가씨가 우리 아들을 좋아한다는 사실도 알고 있지."

"꺄아아아악!"

이하나가 비명을 질러댔다.

아이고, 귀 따가워라.

"우리 아들도 아가씨를 좋아한다는 것도 알고 있단다."

"으아아아악!"

이번엔 아들이 소릴 질러 댔다.

이렇게 두 사람은 서로가 서로를 좋아한다는 사실도 알게 되었다.

그럼에도 불구하고 두 사람은 움직이지 않았다.

그저 혼절할 듯이 주저앉은 채 아무것도 안 하고 있었다.

"그런데 너희는 대체 뭘 하는 거니? 15년 썸 탔으면 즐길 건 즐길 대로 다 즐긴 거 아니니? 이제 슬슬 다음 단계로 나아가야 한다고 생각하지 않아?"

"…쉽지 않아요, 그게!"

그나마 아들이 먼저 입을 열었다.

나한테.

…나한테?

"아들아, 넌 태어나자마자 성좌라서 모르겠다만 생물에겐 생로병사란 게 있단다. 나이를 먹으면 늙고 약해져 죽고 말지."

"모, 모르지 않아요."

"모르지 않는데 왜 이 아가씨가 나이를 먹을 때까지 이 애매한 관계를 계속 지속하는 거니? 말려 죽일 셈이니?"

그제야 이제운이 입을 벌리고 놀랐다.

낯이 하얬다.

꼴을 보니 생물의 생로병사는 알았어도 이하나가 늙어 죽을 거란 건 생각지도 못했던 모양이다.

이하나는 생물이 아닌 줄 알았나 보지?

하긴 나도 티케가 내 앞에 여신 모습으로 처음 현현했을 때는 생물이 아닌 줄 알았다.

뭐, 생물 아니고 여신이었다만.

그거야 뭐 여하튼, 다른 사람들에게도 다 닥치는 운명이 내 사람에게만은 닥치지 않으리라 근거도 없이 믿었던 모양이다.

그게 아니면 그냥 생각하지 않기로 한 것이든지.

"내가 너를 더 가르쳐야 했구나."

아무리 그래도 그렇지, 너무 빨리 독립시킨 모양이다.

외견은 성인이고 능력 또한 그러하나 경험까지 타고난 것은 아니었으니, 그 부분만큼은 가정 교육을 통해 채워 줬어야 했다.

혼자 배웠으면 모르겠지만, 남는 시간 전부를 방구석에서 보내는 게 전부인 아이가 따로 뭘 배웠으리라 생각하기는 힘들었다.

내 책임이다.

뒤늦게나마 책임을 다할 수는 있으니 망정이지.

별 먹는 별을 처치해 우주의 위험 요소를 당분간 배제했다.

[행운의 차원문★★★★★★]도 이제 이 이상 성좌의 힘을 내 행복의 우선순위에 두지 않는 걸 보니 아무래도 내겐 긴 휴가가 주어진 듯했다.

적어도 아들을 교육할 수 있을 정도의 시간은 있으리라.

"아가씨, 아들을 몇 분쯤 빌리도록 하겠소."

"제 것도 아닌걸요?"

"곧 그렇지만도 아니게 될 텐데?"

"아버지?"

"자, 가자."

나는 아들을 집어 들었다.

"어디를요?"

"글쎄, 첫 가족 여행이라도 갈까?"

그동안 너무 일에만 맹목적으로 매달리며 산 것 같다.

함께 시간을 보내다 보면 자연스럽게 뭔가를 가르치게 되겠지.

"좋아! 찬성!"

티케가 외쳤다.

비록 기색을 감춘 채여서 아들도 며느리 후보도 못 들은 채였지만, 상관이야 없었다.

"가자!"

[행운의 차원문★★★★★★]이 열렸다.

그리고 우리는, 우리 가족은 다음 행운으로 향했다.

*   *   *

우리는 우주를 여행했다.

온갖 행성을 다니며 온갖 인류 종족을 만나고 온갖 것을 먹고 마시며 즐겼다.

[행운의 차원문★★★★★★]은 이번에야말로 진짜로 가이드 역할에 충실했다.

맛있는 음식과 재미있는 즐길 거리가 있는 곳으로 우릴 인도했다.

사실 대부분이 가 본 곳이고 아는 인류 종족이었지만, 그렇다고 내 정체를 드러내며 VVIP 대우를 받을 수는 없었다.

미관측 상태를 유지해야 하기 때문이다.

그나마 정체를 밝히지 않은 채 금은이나 쌀, 밀가루 같은 대가를 치르고 먹고 마시고 즐기는 건 가능했다.

운명의 항상성이 이 정도의 변수는 그냥 무마해 버리기 때문이다.

그냥 음식 좀 먹고 공연 좀 보는 걸로 나비 효과 같은 게 일어나진 않는다.

좀 아쉽긴 하지만, 보고 듣고 경험하기에는 이게 더 낫다.

극진한 대접만 받아서 뭘 배우고 느끼겠는가?

물론 그냥 즐기기만 한 건 아니었다.

우린 그동안 밀린 이야기를 나누었다.

예를 들면, [아름다운 로맨스] 때문에 촉발됐던 일련의 소동에 대한 이야기라든가.

"아, 기레기들이 또?"

"기레기? 기레기가 뭐예요?"

"기레기가 뭐냐면 말이다……."

뭐, 이런저런 잡담이 대부분이었지만 말이다.

그렇게 한동안 가족끼리의 시간을 보낸 지 얼마나 지났을까.

"아버지."

"왜?"

"슬슬 하나 씨가 보고 싶습니다."

제운이가 이런 말을 했다.

"그러냐?"

그 말을 들은 나는 씨익 웃었다.

"그런데 어쩌냐? 우리가 돌려보내고 싶다고 돌려보낼 수 있는 게 아닌데."

"예, 예?"

"[행운의 차원문★★★★★]은 우리가 원하는 곳으로 보내 주는 능력이 아니야. 행운이 따르는 곳으로 보내는 능력이지."

이제운의 낯이 하얗게 질렸다.

"그, 그럼 설마……!"

"어쩌면 평생 못 돌아갈지도 모르겠다, 야!"

"사, 사기꾼! 날 돌려보내 줘, 이 사기꾼아!"

"이놈이 아버지한테 사기꾼이라니!"

*　　　　*　　　　*

이제운이 이철호의 손에 끌려 갑자기 사라진 후, 혼자 남은 이하나는 자리에 오도카니 앉아 멍하니 있었다.

이제운이, 성좌님께서 나를, 좋아한다?

사실 알고 있었다.

어떻게 모를 수 있겠는가?

그렇게 티를 내고 다니는데.

이하나도 99.99% 확신한 상태였다.

그러나 만에 하나.

0.01%의 확률로.

'만약 고백했을 때, 받아 주지 않는다면.'

그런 일이 생겨 버린다면.

'나는 죽어 버릴 거야.'

그게 무서웠다.

모든 게 무너져 내릴 그때가 무서웠다.

이제운으로부터 갑작스러운 초대를 받았을 때도, 그런 두려움이 그녀를 사로잡았다.

이 익숙한, 안정된 공간이 아니라 다른 곳에서 이제운과 만나 둘만 남았을 때.

'과연 나는 이 마음을 넘쳐흐르지 않게 억누를 수 있을까?'

내일 스케줄이 있는 건 사실이나, 당연히 저녁 시간은 비어 있다.

그럼에도 불구하고 1년에 한 번 있을까 말까 한 이제운의 초대를 거절한 건 자신이 없었기 때문이었다.

내일이라도, 당장이라도 고백하고 싶은 마음은 있다.

그럼에도 그러지 않는 것은 만에 하나에 대한 두려움이 그녀를 붙들고 있기 때문이었다.

언제까지고 이렇게 안온한 관계를 지속할 수 있다면, 그것도 나쁘지 않은 게 아닐까?

이런 식으로 15년이 지났다.

내일이면 서른이 되는 생일날이다.

아무리 그녀라도 나이의 앞자리가 바뀌는 것에는 민감할 수밖에 없는 노릇이다.

인간은 나이를 먹는다.

그리고… 늙는다.

피부에는 주름이 생길 것이고, 종국에는 검버섯마저 피게 되겠지.

그러다 보면 언젠간 이제운의 애정도 풍화되어 없어져 버리는 게 아닐까?

그런 두려움을 느끼지 못하는 것은 아니다.

그래도 역시 어느 쪽의 두려움이 더 크냐고 묻는다면…….

"흐윽!"

나이를 먹어감은 확정적이나 만에 하나는 만에 하나일 뿐이다.

마치 불 위에 올린 솥 안의 개구리처럼, 천천히 익어 가는 것을 택하는 자신을 어리석게 여기는 마음도 있다.

한번 크게 뛰어 솥 밖으로 나가면 좋으련만, 미지의 두려움은 역시나 그녀를 그 자리에 붙들어 맨 채였다.

'차라리 성좌님께서 내게 고백을 해 주셨으면 좋으련만.'

이런 비겁한 마음이 드는 것도 어쩔 수 없는 노릇이었다.

'그런 고백을 들으면, 당장 고개를 끄덕일 텐데.'

그러나 스스로도 비겁한 생각인 것을 알기에, 엄습해 오는 자괴감을 피할 도리가 없다.

"흐윽, 흑……."

결국 참지 못하고 눈물을 한 방울 흘렸을 그때.

"오랜만입니다! 보고 싶었습니다, 하나 씨!"

그녀의 성좌님이 나타나셨다.

고작 5분 만의 재회였다.

"아니, 왜 울고 계십니까!"

성좌님의 찬란한 웃음이 자신의 눈물로 인해 흐려졌음을 깨달았을 때, 그녀는 뒤틀린 기쁨을 느꼈다.

곧 자괴감이 그 기쁨을 뒤덮었지만.

"성, 성좌님······!"

그 짧은 새 목이 잠겼는지, 발음은 제대로 나오지 않았다.

목소리가 예쁘지 않았다.

고작 이런 이유로, 그녀는 입을 열 자신감을 잃었다.

"기다리게 해서 죄송합니다, 하나씨."

그러나 그녀의 성좌님은 오히려 그녀의 그런 모습을 보고 용기를 쥐어 짜낸 모양이었다.

그녀가 성좌님을 알게 된 이후 처음 보는 표정을 지으며, 성좌님께서는 미리 준비한 듯한 작은 상자를 양손으로 붙잡고 소중한 듯 열어 보였다.

그 상자 안에는 반짝이는 성좌의 파편이 박힌 반지였다.

"제 마음입니다, 하나씨. 늦었지만, 15년이나 늦었지만··· 그래도, 받아 주지, 않으시겠습니까?"

성좌님의 목소리가 점점이 끊어지는 것이 기꺼웠다.

두려움을 용기로 넘어선 것이 반짝여 보였다.

그 두려움은 이하나, 그녀 본인도 품고 있었던 것이기에 더더욱 찬란하게 빛났다.

고작 몇 초 전에 품고 있던 소원이 이루어진 그때.

그녀는 자신의 두 눈에서 눈물이 끊임없이 쏟아져 나오는 것에 당황했다.

"하나 씨, 죄송합니다. 하나 씨. 제발… 울지 마십시오."

상자를 든 두 손의 손가락 끝이 파르르 떨리는 것이 보였다.

용기가 두려움에 잠겨 흩어지는 것이 보였다.

이번이 마지막 기회임을, 이하나는 깨닫기 전에 알았다.

그리고 이제 용기를 내야 하는 쪽은 자신이 되었음을 자각했다.

간절한 마음으로 전신의 힘을 다 짜내어, 그녀는 간신히 왼손의 네 번째 손가락을 들어 올렸다.

그것이 그녀가 할 수 있었던 전부였다.

"…아아, 하나 씨."

그러자 그녀의 소중한 성좌님께서 눈물을 흘리기 시작하셨다.

성좌님께서는 그녀의 용기를 헛되이 하지 않으셨다.

걱정스러울 정도로 떨리는 손가락을 필사적으로 움직여 상자에서 반지를 꺼낸 성좌님께서는 체온이 전달된 탓인지 미지근한 반지를 마침내 그녀의 손가락에 끼워 주었다.

오히려 맞닿은 손가락이 화상을 입을 듯 뜨거웠고 감전사할 듯 지릿지릿거렸다.

"브라비!"

"브라보!"

누군가의 외침이 들렸다.

동시에 검었던 하늘에 불꽃이 솟아올라 펑펑 터지고, 화려한 조명이 그녀와 성좌님을 비췄다.

'여기 실내 아니었나? 분명히 신전의……'

그러나 놀랄 일은 여기서 끝나지 않았다.

정신을 차리고 보니 그녀는 항상 입고 있던 정장 대신 화려한 웨딩 드레스를 입고 있었고, 성좌님도 하얀 예복을 입고 있었다.

그리고 [끌어내려져 존경받는 왕] 성좌가 단상에 서 그녀와 성좌님을 내려다보며 이렇게 물었다.

"신랑은 신부를 사랑합니까?"

"…예!"

확신에 찬 목소리.

그 목소리의 울림이 그녀를 전율케 했다.

"신부는 신랑을 사랑합니까?"

"…네!"

입술이 떨어지지 않으면 어쩔까 전전긍긍했던 것도 잠시.

그녀의 입술은 제멋대로 움직이듯 대답 먼저 내보냈다.

"이제 두 사람이 부부가 되었음을, 엄숙하게 선언합니다."

그 선언과 함께, 사람들의 환호성이 울려 퍼졌다.

'아, 이거 결혼식이었구나.'

맞잡은 손에서 느껴지는 온기에, 그녀는 현실감을 되찾았다.

성좌님의 손은 아직 떨리고 있었지만, 그럼에도 불구하고 힘차게 그녀를 끌어안았다.

그녀는 저항하지 않았다.

저항할 수 있을 리 없었다.

그렇게 두 사람은 생애 최초의 첫 키스를 나누었다.

＊　　　＊　　　＊

"후… 이제야 진짜로 첫째 독립시킨 것 같네."

나는 홀가분한 마음으로 첫째 아들과 며느리를 바라보았다.

이 결혼식을 준비하는 데에 얼마나 많은 힘이 들었는지 모른다.

시간을 거슬러 올라가 미리 주례로 [끌어내려져 존경받는 왕] 섭외하고, 하객들 섭외하고…….

여기 쓴 힘에 비하면 신전을 결혼식장으로 개조하고 두 사람의 복장을 신랑신부의 것으로 바꾸는 건 별 것 아닐 정도였다.

다시 떠올려 보니 생각했던 것보다 별로 힘이 많이 들진 않았던 것 같다.

지금 느껴지는 보람에 비해서야 이건 품도 아니지.

"잘됐다, 잘됐어!"

티케는 연신 손뼉을 치며 눈물을 흘렸다.

녀석의 등을 쓸어 주며, 나는 미소지었다.

"그럼 이제… 둘째 가질까?"

티케의 입에서 이런 말이 나오기 직전까지는.

"어, 어?"

솔직하게 말하자면 굳이? 라는 생각이 먼저 들기야 했다.

하지만 그런 생각을 솔직하게 털어놓을 정도로 아마추어는 아니었다.

　대체 뭐의 프로인 건지는 잘 모르겠다만, 그거야 뭐 여하튼.

　"…싫어?"

　여기에다 대고 싫다고 말할 수는 없지.

　첫째 결혼시켜서 인생의 고비 하나를 넘었다고 생각했건만, 아무래도 다음 고비가 또 나를 기다리는 모양이다.

　이렇게 인생은 계속 이어진다.

『강한 채로 회귀』完.